JE SUIS LÀ…

©2021. EDICO
Édition : JDH Éditions

77600 Bussy-Saint-Georges. France
Imprimé par BoD – Books on Demand, Norderstedt, Allemagne

Illustration de couverture : Yoann Laurent-Rouault
Création de couverture : Cynthia Skorupa

ISBN : 978-2-38127-141-5
Dépôt légal : juin 2021

Le Code de la propriété intellectuelle n'autorisant, aux termes de l'article L.122-5.2° et 3°a, d'une part, que les copies ou reproductions strictement réservées à l'usage privé du copiste et non destinées à une utilisation collective, et d'autre part, que les analyses et les courtes citations dans un but d'exemple et d'illustration, toute représentation ou reproduction intégrale ou partielle faite sans le consentement de l'auteur ou ses ayants droit ou ayants cause est illicite (art. L. 122-4).
Cette représentation ou reproduction, par quelque procédé que ce soit constituerait une contrefaçon sanctionnée par les articles L. 335-2 et suivants du Code de la propriété intellectuelle.

Gildas Thomas

Je suis là…

Roman

JDH Éditions
Nouvelles Pages

*Un immense merci à
Benoît, Bernadette, Cécilia, Florence, Françoise,
Julie, Ludovic, Mathieu, Marie-Blandine,
Mauricette, Sylvia, Thierry, Virginie,
et … bien évidemment Virginie
pour leurs lectures et relectures*

À Marie-Laure …

*Ceci est une œuvre de fiction.
L'auteur en assume toutes les largesses
prises avec les connaissances médicales
et scientifiques
à l'heure de son écriture.*

« Sa pupille ne réagit toujours pas. Électrocardiogramme stable. »

Je perçois de façon très précise ce qui se déroule autour de moi.

Mais rien, je ne ressens rien.

Aucune douleur.

À tel point que je ne sens même pas mon corps non plus. D'une insensibilité totale. Enveloppé d'un voile totalement noir.

Où est le haut ? Le bas ? Où suis-je ?

— Statu quo absolu... Il faut voir ses proches.

— Nous allons les contacter, oui.

— Parfait. Tenez-moi au courant, s'il vous plaît.

Je crois ne pas me tromper en me disant que ces voix inconnues parlent de moi et ces quelques mots n'éveillent ni crainte ni enthousiasme. Je voudrais juste savoir ce qui m'arrive, où je suis et même quel jour nous sommes. Mais je ne peux rien faire, ni bouger, ni voir, ni parler. Rien...

Je me sens aussi inerte qu'une pierre et aussi léger qu'une essence de fleur.

Une certitude cependant, mon esprit est vif, bien qu'il me soit impossible de me souvenir des derniers évènements de ma vie.

Un accident, je suppose. Ou une agression ?

Un traumatisme, sans équivoque.

Mes facultés intellectuelles sont-elles altérées ?

1, 2, 3, 4... Je compte, je multiplie comme un élève de primaire, je calcule de tête, je me remémore des numéros de téléphone, les codes d'accès de mes sites Internet, les prénoms de mes amis, de ma famille, ma mémoire n'est pas touchée, c'est déjà ça. Je réfléchis de façon claire et précise, ce qui est rassurant.

Bon.

Je dois simplement avoir les neurones et le cortex ankylosés pour être «bloqué» de la sorte. Je sais qui je suis, d'où je viens, où je vis, avec qui et de quoi sont faites la plupart de mes journées.

J'essaie de faire ressurgir mon souvenir le plus récent pour tenter de comprendre les causes de mon état. Il revient sans effort, de façon plutôt nette.

Un soleil matinal. Doux soleil de début de printemps, qui nous réconcilie peu à peu avec la chaleur évanouie durant l'hiver. Ce dernier a beau ne durer que quelques semaines, la peau oublie vite les rayons.

Je me sentais bien, je peux même dire que je ressentais une immense joie, car je me préparais pour la venue de mes petits-enfants la semaine prochaine. C'est cela, oui. Mes petits-enfants. Des bouffées de bonheur deux à trois fois par an... Jouer aux Lego, dessiner des sorcières qui, objectivement, ne ressemblent pas plus à des sorcières qu'à des troncs d'arbres improbables, retrouver la fascination universelle que procure un simple ballon.

Tout cela me revient parfaitement.

Et faire des crêpes.

Un sujet de discorde avec Mathilde.

Mathilde...

Quarante années passées à nous chamailler sur l'obligation de verser ou pas quelques gouttes de rhum dans la pâte à crêpe.

Certes, ce désaccord n'était pas le seul, mais aucun autre ne revêtait finalement plus d'importance existentielle que le rhum dans la pâte à crêpe.

Autant dire que nous coulions des jours heureux !...

Tout est parfaitement clair dans ma mémoire :

Je sors la clé de ma poche pour ouvrir la voiture.

Un geste machinal, quotidien, et en un quart de millionième de seconde, la douleur.

Vive, brutale, insupportable, irradiant mon crâne, obstruant ma vision et me faisant perdre inexorablement l'équilibre.

Puis la conscience...

Ensuite, rien.

Le vide.

Jusqu'à cet instant.

Combien de temps s'est-il écoulé ?

Mathilde...

Elle seule pourra me dire ce qui m'est arrivé, où j'en suis, et ce qui m'attend.

Peut-être même que sa présence va me sortir de cette torpeur.

Sûrement, même.

Quarante années de vie commune et d'amour réciproque doivent donner les clés pour ouvrir ces ténèbres.

Je réalise que je n'ai ni faim ni soif. Ni envie d'uriner. Ce constat ne me plaît guère.

« Quand l'appétit va, tout va », me revient un lointain souvenir de ma grand-mère maternelle. Elle me répétait systématiquement cet adage lorsque, à la suite d'une convalescence, je me remettais à dévorer des tablettes de chocolat, ou de la cervelle d'agneau.

Et au fait, suis-je habillé ou pas ? Je n'ai aucune sensation qui pourrait me donner le moindre indice pour répondre à la question. Et comment ma pudeur ne m'a-t-elle pas fait m'inquiéter plus tôt ? Lorsque j'étais en proie à plusieurs regards inconnus tout à l'heure, offrais-je le spectacle de ma nudité la plus totale ou celui de mon jogging sale, ou d'autre chose dont le corps médical m'aura affublé sans que je ne m'en rende compte ?

Car il est évident que je suis en milieu hospitalier. Nul besoin de la perspicacité d'un Hercule Poirot associée à celle de Sherlock pour deviner cela.

Et cela me rassure.

Je dois faire confiance. Comme on fait confiance au pilote au moment du décollage ou de l'atterrissage.

Voilà bien les deux univers en lesquels notre confiance se doit d'être aveugle. La chirurgie et l'aviation.

Rien ne dit d'ailleurs que mon sort va se jouer par la chirurgie, après tout. Je suis à l'hôpital, certes, mais ça ne veut pas dire que mon corps va être ouvert pour donner lieu à je ne sais quelle intervention.

Je ne me souviens pas avoir subi un choc, donc il ne doit pas y avoir d'organe à réparer. Il ne me semble pas non plus avoir eu le moindre projet d'amélioration plastique à ma personne, ces derniers temps. D'ailleurs, à mon âge, ce serait parfaitement ridicule.

Donc la probabilité pour que mon cœur subisse le traumatisme d'une anesthésie est sans doute mince.

Si toutefois c'est le cas, comment vont-ils être informés de mes quelques allergies ?

Mathilde, sans doute…

La question de la nudité, en toute logique, me fait rebondir sur une autre : je suis en fait incapable de savoir si j'ai froid ou chaud. Me voici hermétique à toute perception de la température, celle de la pièce comme celle de mon corps.

Et je n'aime pas ce constat-là.

Car bien que complètement inculte en matière médicale, je crois quand même savoir que l'insensibilité à la température n'est pas bon signe…

Un traumatisé se retrouve le plus souvent en proie à un refroidissement notoire. Il n'en est rien pour moi.

De la même façon, je ne perçois aucune odeur. Bien qu'à l'hôpital, je ne sente rien, ni chloro-acido-bidule ni bichlorate d'éthanoate de machintéramol, rien.

Je ne sens rien, je ne vois rien, je suis incapable de bouger.

Incapable de faire frémir d'un dixième de millimètre une narine ou un sourcil.

Je ne sens pas davantage mon poids. Pas plus que ma respiration.

C'est comme si j'avais la pleine conscience d'exister sans… exister, en fait.

Car je pense.

Et j'entends !

J'entends même très bien.

Et je ne peux sortir aucun son, aucune parole.

Et… Et en fait, si j'étais mort ?

Si c'était ça, la mort ? Ou du moins le dernier métro avant le terminus ?

Cette hypothèse disparaît vite quand l'acuité de mon ouïe me fait réaliser que je ne dois pas me trouver très loin d'un couloir, car je perçois de façon récurrente des pas, des battements de portes, des voix. Le couloir de la mort ne peut pas ressembler à ça. Trop banal. Trop humain.

Et aucun Créateur n'aurait eu la stupidité d'inventer des sons pareils pour souhaiter la bienvenue dans son paradis ou son enfer. Trop industriel. Trop banal. Trop humain.

Cette agitation m'informe sans grand risque d'erreur que nous sommes en pleine journée. Bien banale. Bien humaine.

C'est déjà cela de positif. Je me dois, pour l'heure, d'être satisfait de ne pas être en train de vérifier, je ne sais où, l'existence de Dieu…

Et je ressens peu à peu une sensation que je connais.

Alors que je n'ai qu'un voile noir devant moi sans savoir si je suis incapable d'ouvrir les paupières ou si ma rétine n'est plus réceptive à la lumière, je sens toutefois une lourdeur me gagner. Le sommeil.

Je connais ces sensations…

Et je me laisse aller. Ai-je le choix ? …

J'ai envie de rire. Car je me réveille et je me dis que « j'ouvre les yeux » ! Mais en fait, je n'en sais rien. Et quand bien même ils seraient ouverts, mes yeux ne me sont d'aucune utilité. Je me console en me disant que le bleu de leur iris produira peut-être un quelconque effet sur une jeune infirmière...

Peut-être. Et ça me servirait à quoi ?

Je me sens alors submergé par une réelle inquiétude... Mon ouïe semble en parfait état de marche, mais à part les quelques mots de cet homme qui sont de toute évidence ceux d'un médecin, je n'ai toujours pas entendu la moindre parole à mon égard, en fait. Aucun autre personnel médical, aucun proche. Le vide complet.

Depuis combien de temps suis-je ici ? Quelques heures ? Des jours, des semaines, davantage ? Après tout, je n'en sais rien et je peux m'adonner à toutes les spéculations dans ce domaine, puisque les mots entendus de la part du médecin ne me donnent aucune information temporelle. Depuis combien de temps dure le « statu quo » qu'il a évoqué ? Quatre heures, deux jours, six mois, dix ans, un siècle...

Le dernier souvenir qui me vient est bien celui des instants qui ont précédé mon malaise, mais à quelle date était-ce donc ? Peut-être suis-je laissé à l'abandon ? Au fond, je n'y crois pas vraiment, mais tellement de choses peuvent m'avoir échappé que tout est finalement possible...

Toutes les options me terrifient.

Que je sois « abandonné » depuis des lustres ou livré à mon sort depuis hier, je panique. Sans ressentir d'accélération cardiaque ou de gêne respiratoire, mais clairement, je panique.

Il n'est pas possible que je reste dans cet état !

Ne rien ressentir physiquement, ne pas pouvoir effectuer le moindre mouvement, prononcer la moindre parole, et dans le même temps, tout entendre.

Et tout comprendre. Tout ressentir émotionnellement. Sans pouvoir lever un doigt ou un orteil pour souligner la moindre sensation.

Comment en suis-je arrivé à ne rien pouvoir exprimer ? Mes émotions, intactes, sont prisonnières de je ne sais quelle bogue. Dois-je m'en remettre à un hypothétique coup de talon énergique ou à l'avancée aléatoire des frimas de l'automne pour la faire craquer ?

Combien de temps cela va-t-il donc durer ?

Une lueur d'espoir, toutefois.

Je me suis « réveillé ». Cela veut donc dire que je fais la différence entre la veille et le sommeil. Ma conscience tourne effectivement à plein régime. Je n'ai pas souvenir d'avoir fait le moindre rêve, mais je ne doute pas un seul instant que si cela avait été le cas, je l'aurais parfaitement identifié.

De ce point de vue, je ne suis pas mort.

Loin de là.

Et si JAMAIS je ne pouvais me « réveiller » ?

Et si j'étais plongé dans un coma éternel, coupé du monde, conscient, mais incapable de réagir ? Si j'étais comme cet ancien footballeur international français, Jean-Pierre Adams, je crois, resté des décennies dans le coma à la suite d'un accident de voiture ?

Je suis pris d'un violent sentiment de panique.

L'inquiétude s'est transformée en profonde angoisse. Je voudrais crier, me lever, courir, pleurer, taper les murs, hurler, cracher.

Mais rien, je ne ressens rien.

Les battements de mon cœur restent inexorablement imperceptibles alors que la peur me gagne.

Je voudrais crier de ne pouvoir crier.

Je repense soudain à ces histoires de morts-vivants enterrés par erreur dans les siècles passés, à des âges où la médecine légale ne distinguait pas la mort clinique de la mort cérébrale, à ces histoires de cercueils déterrés et ouverts dans lesquels il fut retrouvé des traces de griffures sur la face interne du couvercle…

Je panique comme un nageur qui ressent l'imminence de la noyade, à ceci près que je ne me sens même pas suffoquer.

Je voudrais m'évanouir pour m'enfuir, perdre cette conscience qui m'agite intérieurement. Mais je suis bien réveillé, l'esprit aussi vif que devrait être celui d'un ado à l'approche de l'épreuve de philo au bac.

Si je dois mourir dans cet état, au moins aurai-je le temps de faire le bilan de ma vie. Je ne serai pas comme ces automobilistes qui, paraît-il, voient défiler toute leur existence dans l'ultime virage avant le platane qui n'avait-rien-à-faire-là-mais-qui-y-est-quand-même… Je ne mourrai pas dans un flash comme Claude François ou Joe Dassin, l'un tombé dans sa baignoire, l'autre dans son assiette de pâtes…

Je vais bien avoir le temps de la voir s'approcher, la grande dame noire à la faux, de la regarder dans les yeux, si je puis dire, et peut-être pourquoi pas de lui dire ses quatre vérités, elle seule avec laquelle nous avons tous un rendez-vous immanquable sans que la date ne soit cochée sur l'agenda.

Le problème est que bien que copieusement diminué – c'est un euphémisme – je n'ai pas du tout, mais alors pas du tout envie d'honorer ce rendez-vous.

Je veux vivre.

Car je peux, je dois m'en sortir.

Il ne peut en être autrement.

La médecine a progressé. Ils vont aller scruter tous les recoins de mon cerveau, y dénicher l'étincelle de vie qui y demeure, et à partir de cette étincelle, à la manière du souffleur de braises de barbecue qui ne supporte pas d'abandonner quelques côtelettes mal cuites en fin de repas, ils vont ranimer l'intégralité de mon être.

Je dois juste être patient.

Et avoir confiance.

Avoir confiance en la science, en ces médecins qui s'occupent de moi, en Mathilde, mes enfants, mes amis, en la vie.

Je m'apaise peu à peu. L'angoisse du nageur en perdition s'évapore lentement.

Comment les médecins me perçoivent-ils ? Bien vivant ? À la lisière de la mort ? Déjà mort ? Récupérable ? Foutu ?...

Tout à coup, en une seconde, je la sens sans vraiment la ressentir, mais je la sens...

La petite goutte de frayeur dans le dos.

Celle qui survient quand on réalise qu'on a oublié ses clés dans sa voiture après avoir claqué la portière, ou quand on réalise qu'on a oublié le feu sous la poêle à frire alors qu'on est déjà sous la douche, ou encore quand on réalise qu'on a égaré son passeport alors qu'on se dirige vers la salle d'embarquement.

Cette goutte coule le long de ma colonne vertébrale. De façon virtuelle, certes, mais elle ruisselle.

Ma mémoire sensorielle me fait ressurgir la sensation du front moite, de l'estomac noué, des viscères malmenés.

Un souvenir.

Celui d'une signature.

« Bon pour accord. »

En bas d'un document officiel qui risque d'avoir de fâcheuses conséquences dans un avenir plus ou moins proche...

Je sens la goutte glisser le long de ma colonne vertébrale, toujours aussi virtuelle, mais bien présente. C'est le souvenir de toutes les gouttes de frayeur que j'ai eues par le passé qui rend celle-ci aussi réelle et prégnante.

Je dois me raisonner.

Allons, pourquoi penser à cela ? Je n'ai entendu personne évoquer le sujet pour le moment. Et si je réfléchis aussi bien, c'est que je suis bien vivant et que les médecins ont forcément accès à cette vie qui est en moi.

Ils ont les moyens de savoir que je suis encore de ce monde. Il est évident que j'ai une activité cérébrale qui doit émettre des signaux que leurs appareils ont déjà détectés à cette heure.

Pas de panique.

Respire, Pierre.

Tu n'as aucune raison de t'inquiéter.

Respire.

Je réalise, s'il en était besoin, que même la sensation de ma respiration est toujours hors de portée. Je ne sais même pas si je ventile réellement ou si je suis maintenu en vie par je ne sais quel procédé, enguirlandé de tuyaux. Je ne ressens aucun souffle dans mes poumons ou mon nez. Aucun mouvement de ma cage thoracique et encore moins de mon ventre.

Pourtant, mes années de pratique du saxophone m'ont appris à maîtriser ce que l'on appelle la respiration abdominale, à l'identique de celle des nourrissons.

J'ai une parfaite mémoire sensorielle de cet acte, mais je suis incapable de dire si je le réalise ou non. C'est comme si tout mon corps était complètement anesthésié et que j'en étais parfaitement conscient.

Mais peut-être que cette anesthésie a été décidée et mise en place par le corps médical, après tout.

Il arrive souvent que les médecins y aient recours afin de sauver un patient. Je l'ai lu, je l'ai vu à télé, j'en ai entendu parler.

Mais si c'est le cas, ça veut dire que mon état est plutôt préoccupant. Il est rarement fait appel à ce genre de méthodes pour une appendicite ou une bronchite…

Je n'ai aucune notion du temps, mais je m'aperçois que c'est la première fois depuis que je suis ici que j'ai une pensée pour le sax. Moi qui pensais que c'était un vrai dada dont il était impossible que je me sépare, je me rends compte qu'il a été totalement absent de mes préoccupations jusqu'à maintenant. Il n'a émergé que par association d'idées avec la respiration.

C'est-à-dire d'un point de vue technique, et non pas d'un point de vue artistique. Comme si tous les *Feelin' good*, les *Fly me to the moon*, les *Summertime*, les *Hit the road Jack* ou *Take five* s'étaient évaporés. Comme si tout le travail que j'avais fourni pour les apprivoiser et l'émotion que j'éprouvais en les jouant ne trouvaient finalement leur résonance que dans l'instant présent, mais ne constituaient pas un axe fondateur de mon bien-être. En somme, ai-je « consommé » du sax pendant toutes ces années ?

Alors que moi et moi seul avais choisi cet instrument, imposant à mes parents et ma sœur des heures indigestes de gammes interminables, l'anche ne me manque pas plus que ça au moment où j'en suis privé.

Ceci dit, j'avais été quand même compréhensif, je leur ai évité la cornemuse…

Avec un soupçon de mauvaise foi, je me dis alors que c'est parce que mes sensations sont inexistantes que je n'éprouve aucun manque. C'est parce que je suis incapable de ressentir mes lèvres, ma bouche, mon souffle, mon oscillation respiratoire que je n'éprouve aucun manque. Parce qu'il m'est impossible de me figurer la vibration que je ressens quand je joue. Cette vibration qui part de la bouche et revient décuplée par celle de l'instrument. L'extase !

Cela voudrait donc dire que le corps commande l'esprit. Comment aurais-je réagi si on m'avait enfermé en prison sans saxophone ? Libre de mes mouvements, en pleine possession de mes moyens physiques, dans une cellule de 6 m².

Sans doute aurais-je été terriblement frustré et malheureux de ne pas pouvoir souffler. Je n'en sais finalement rien.

Cela me rassure de voir que je ne suis pas à ce point ingrat envers mon loisir préféré, auquel il me semble toutefois excessif d'associer le concept de passion.

Je vérifie ici que, ni toutes noires ni toutes blanches, les choses sont toujours teintées de différentes nuances de gris.

Je me rejoue les premières notes de *Over the Rainbow* dans ma tête, imagine mes doigts sur les touches, les respirations, mais cela reste abstrait. Il s'agit bel et bien d'un souvenir intellectuel, mais à proprement parler, je ne ressens rien, même si je suis capable de parfaitement me remémorer la ligne mélodique.

Mathilde aime ce morceau. Surtout la version chantée par un Hawaïen sans doute champion de sumo...

Bien qu'elle me demande de le lui jouer parfois, notamment les dimanches pluvieux en fin d'après-midi, je n'ai jamais réellement su si Mathilde était totalement sincère quant à son appréciation de mon jeu de musicien.

Peu importe.

Quelques secondes de quiétude. La musique mémorielle que je viens de me jouer m'a apaisé. C'est une « bonne » nouvelle pour l'avenir.

Je sais désormais que j'ai cette carte à disposition.

Le souvenir de la musique.

Et si j'essayais d'autres souvenirs, afin de faire ressurgir d'autres sensations ?

Celles du toucher, par exemple. Je peux parfaitement retrouver les sensations que procurent les touches de mon sax, mais suis-je capable de retrouver aussi facilement le toucher du bois, du tissu, de la faïence ou d'un simple vêtement ? Un pull, des chaussettes, une chemise, un caleçon, une cravate, une veste.

Cette idée me fait sourire. Un sourire sans aucun doute aussi indétectable que le dernier cri des sous-marins russes en mer Baltique.

Je me concentre sur chaque objet, sa texture, ses contours, ses formes. Je me surprends à retrouver très précisément la sensation d'une brosse à dents.

Étrange...

Un objet aussi anodin, associé au quotidien le plus banal, que l'on utilise de façon machinale. Et je suis bien sûr de ne pas me tromper. Je l'ai dans la main, je sens son poids et son design. Tout comme j'ai dans l'autre main un tube de dentifrice. Je suis surpris par l'incroyable précision avec laquelle ces sensations me reviennent.

Un réel plaisir me gagne. Plaisir qui se mue en jubilation quand je me dis que j'ai là une assurance contre l'ennui. Si mon état doit perdurer et que le temps me paraît bien long, je pourrai toujours m'amuser à retrouver les sensations physiques provoquées par une foule d'objets du quotidien.

Une heure à tuer – voilà une expression iconoclaste dans mon état, mais je n'en trouve pas d'autres – et je cherche à retrouver les sensations d'une poêle à frire, du volant de ma voiture, d'une boule de pétanque ou d'un baby-foot.

Ça, le baby-foot, cela pourrait être un grand projet, capable de m'occuper autant que la confection d'un collier de pois chiches déshydratés à l'occasion de la fête des Mères dans une autre tranche de ma vie.

Bien me concentrer sur la table de jeu, m'attarder sur toutes les poignées, celles un peu trop huilées des attaquants et celles plus capricieuses des défenseurs d'en face, sous-peser et jauger chaque balle, les neuves, aussi lisses qu'un œuf, et les usées, rugueuses, devenues des sphères imparfaites et ramollies après des heures et des heures de catapultages dans les cages de métal.

J'entends parfaitement les claquements à chaque but, les cris de joie ou de dépit selon le côté où l'on joue, les insultes et les provocations ripailleuses proférées dans la plus grande camaraderie, le boulier que l'on égraine pour matérialiser la progression du score.

Toutes ces sensations sont d'une précision absolue dans mon esprit.

Alors que c'était il y a si longtemps…

Le silence m'oppresse tout à coup.

Je suis seul je ne sais où, à la merci de je ne sais quel toubib. Mais ce silence est loin d'être parfait. Au-delà des bruits de couloir récurrents qui me parviennent, je perçois de très légers bips-bips métronomiques. Je n'y avais pas franchement prêté attention jusqu'ici, mais il est évident que ce sont des appareils de mesure destinés à ma personne. Des « éléctro-encéphalos » ou cardio ou « intestino-grammes » qui sondent la vie qui est en moi et collectent toutes les informations nécessaires aux médecins, comme le feraient les sonars ou radars d'un sous-marin à destination de la cellule de commandement.

Voilà, j'ai bien la réponse à ma question de tout à l'heure, c'est de cette machinerie que viendra mon salut. J'espère que quelqu'un aura l'idée de prendre une photo, pour que je m'admire plus tard dans cet accoutrement de câbles et de capteurs, mi-Alien mi-Johnny 2017…

Je suis à la fois soulagé et inquiet.

Soulagé parce que ça veut dire qu'« ils » savent où j'en suis, leurs appareils détectent et mesurent tout. Et inquiet parce que, par définition, on ne sonde pas ainsi quelqu'un de bien portant…

Attendre.

Voilà un verbe qui, je le sens, va devenir le mur porteur de ma vie dans un proche avenir.

Mais pour l'heure, je sens une vive excitation en entendant une porte s'ouvrir et des voix, dont une, que je reconnaîtrais parmi des millions…

— Préférez-vous rester seule un instant, Madame Letuyer ?
— Non merci, Docteur. Je doute que j'aie beaucoup d'échanges avec lui.
— Effectivement. Comme je vous l'ai dit, son état est très, très critique. Son cerveau a manqué d'oxygénation pendant beaucoup de temps. Quelques minutes de trop, c'est certain.
— Il... Il pourra s'en sortir ?
— Pour l'heure, nous sommes dans une totale inconnue. Son cœur bat. Mais son cerveau ne semble montrer aucune autre activité que la commande aux fonctions vitales.
— Il semble serein.
— Oui, je vous l'accorde.
— Je peux lui parler ?
— Bien sûr. Faites. C'est important. Même si je pense qu'il ne vous entend pas. Je vais être honnête avec vous, Madame Letuyer, s'il s'en sort, rien... rien ne pourra être comme avant. Vous voyez ? Nous ne savons pas encore lesquelles et à quel degré, mais il est sûr et certain que ses fonctions cognitives ont été altérées... le langage, la pensée, la parole, certaines fonctions motrices... nous ne savons pas, mais il y a obligatoirement des lésions après ce qu'il a subi. Mais parlez-lui. De n'importe quoi. C'est vraiment important.
— Je vois...
Mathilde a le souffle court.
Je la sens émue.
Elle reprend :
— Pierre... Pierre, je ne sais pas si tu m'entends... Je suis là... J'ai prévenu les enfants, Adrien et Léo seront là demain. Zoé nous rejoindra après. Elle ne peut se libérer plus tôt.

Un silence.
Zoé… C'est pourtant de sa présence que j'ai envie au plus vite.
Ma fille.
La venue d'Adrien ne me réjouit pas plus que ça.
Mon fils.
Enfin, l'un des deux…
Mathilde reprend :
— Docteur, vous avez déjà eu à traiter ce genre d'accidents, je suppose ?
— Oui, bien sûr.
— Et le pourcentage de guérison est de combien, environ ?
— Je n'ai jamais vraiment établi de statistiques, vous savez. Chaque cas est particulier. Ce n'est pas comme une pathologie bien identifiée à laquelle on peut appliquer un protocole standard. Nous ne savons pas réellement ce qu'il se passe…

Je n'aime pas la voix de ce toubib, étrangement ressemblante à celle d'un de mes profs de physique que j'avais jadis détesté. Tout autant que je détestais la physique. Je suis à nouveau surpris par la précision avec laquelle ces souvenirs de lycée me reviennent. Jamais je n'avais repensé à cette année-là auparavant. Alors que cet individu avait fait partie de mon quotidien – même si j'ai des doutes sur le fait que quelqu'un à qui vous avez affaire quelques heures par semaine puisse être considéré comme une personne du quotidien – je l'avais complètement éjecté de ma mémoire. Et à cet instant, en quelques phrases, quelques intonations, quelques signes distinctifs de prosodie, je suis téléporté quarante-cinq ans en arrière. Le pouvoir de toutes nos madeleines de Proust est absolument fascinant. Positives ou négatives, elles font de toute évidence ressurgir à la seconde des molécules enfouies et endormies dans les trous les plus noirs de notre cerveau.
Des molécules…

Allez, Docteur, penses-y, aux molécules.
Cherche-les.
Débusque-les en moi.
Ravive-les.
Et tout mon être se réveillera.
J'en suis convaincu.
Et arrête avec ton ton professoral, faussement rassurant. Je suis un être humain, pas un objet d'étude ou un cobaye.

— Docteur, promettez-moi de ne rien me cacher, et de toujours m'informer de la réelle évolution de son état…

Mathilde a lancé cette phrase de façon solennelle. Elle est de toute évidence complètement ébranlée et se prépare au pire…

Je la connais si bien…

— Bien sûr, Madame Letuyer, soyez sans crainte, je n'omettrai aucune information s'il y a du nouveau.

Cet individu me fait penser à un inspecteur des impôts qui, par fausse empathie, tente de vous rassurer sur la bénignité de votre redressement fiscal, tout en vous raccompagnant à la sortie, alors que lui comme vous savez pertinemment que la réalité des chiffres restera implacable.

Mathilde reprend :

— Son cerveau présente bien une activité électrique ?

— Oui, mais très, très minime. Le minimum pour les fonctions vitales.

— Vous en déduisez qu'il est inconscient ?

— J'en suis certain, oui.

— Merci, Docteur.

— Mais parlez-lui, parlez-lui tant que vous pouvez, même si vous avez l'impression de parler dans le vide… C'est important.

— Même inconscient ?

— Oui. Ça ne peut pas être négatif, au contraire.

— Et… Et si cela perdure ?

— Nous n'en sommes pas là… Nous aviserons…

Je ne sais pas combien de fois je vais me ressasser cette dernière phrase, mais la panique s'empare de moi. Muette, indétectable, invisible, inaudible, mais tellement réelle, inondant tout mon être. Corrélée à cette goutte de sueur virtuelle qui revient…

À cause de cette signature, ce « bon pour accord » en bas à droite d'un document officiel de directives anticipées dans le cas où, en fin de vie, je ne pourrais plus exprimer mes volontés…

« Je pense que c'est une évolution vers laquelle l'humanité ira forcément. Tu vois, Pierre, cela va bien au-delà du seul combat pour le droit de mourir dans la dignité, il s'agit d'un combat pour la vie, en fait. »

Antoine sirotait son whisky avec délectation en prononçant ces paroles. De deux ans mon cadet, il était mon ami le plus proche depuis des décennies. Nous nous connaissions depuis l'école hôtelière de La-Roche-sur-Yon que nous avions fréquentée quarante ans plus tôt. Nous avions, à nos débuts, officié dans le même établissement, puis, en tant que vrai passionné, il avait longtemps travaillé comme cuisinier chez un chef étoilé en Bourgogne et avait ensuite fait le grand saut en ouvrant sa propre affaire en lointaine banlieue parisienne. Un établissement chaleureux dans lequel il avait su marier la qualité à la fois irréprochable et créatrice de sa cuisine avec des prix accessibles pour des bourses plutôt modestes.

J'avais toujours admiré Antoine. Une admiration sans doute alimentée par son indéniable succès auprès de la gent féminine.

Alors que de mon côté, je n'avais connu que Mathilde tout au long de ma vie, lui collectionnait les conquêtes, certaines histoires pouvant être aussi enflammées que d'autres avaient pu être ratées, à l'instar de ses essais en pâtisserie… J'avoue que le feuilleton de ses relations intimes avait de tout temps éveillé ma curiosité et une sidération teintée de jalousie.

J'avais bien eu de mon côté quelques tentations, quelques velléités vite avortées, quelques émois et quelques systoles pour d'autres femmes, mais rien n'avait donné lieu à la moindre incartade notoire.

Je regardai Antoine différemment lorsqu'il fut confronté au décès de sa mère. Une longue maladie, comme on dit. Une de ces agonies qui font terriblement souffrir le futur défunt autant que l'entourage qui se sent à la fois impuissant et désemparé face à l'inéluctable.

La relative superficialité dont j'avais affublé mon ami pendant de nombreuses années fit peu à peu place à une autre forme d'admiration. Je lui découvris progressivement une humanité plus dense, davantage tournée vers l'essentiel de l'existence.

Le grand départ de nos parents nous amène forcément à réaliser que nous ferons partie du prochain wagon. Et plus ce deuil survient tard dans notre vie, plus cette prise de conscience est forte. C'est exactement ce que ressentit Antoine.

Mais il fut surtout marqué par l'acharnement thérapeutique dont sa mère fut l'objet alors que son âge canonique aurait dû dissuader les médecins de se lancer dans de telles procédures.

Impuissant, Antoine avait eu le temps de constater la déchéance physique et morale qui conduit à une véritable perte de dignité chez le malade.

Celle-ci était devenue la pierre angulaire de ses réquisitoires en faveur d'une légalisation de l'euthanasie. Ou tout au moins, du « droit à mourir dans la dignité ». La question centrale était celle du choix. Celui de pouvoir choisir les conditions de son départ si nous jugeons la douleur trop insupportable et que nous préférons abdiquer face à la grande faux.

Et lorsque le malade n'est plus en capacité d'exprimer sa volonté, un de ses proches peut, à la condition que des directives anticipées aient été signées en pleine conscience, demander l'arrêt des soins ou une sédation progressive.

Antoine avait adhéré à une association militante sur la question et tentait de convaincre le plus grand nombre possible de personnes de rejoindre ce mouvement. Mathilde avait tout de suite été convaincue du bien-fondé de ce combat.

Nous en parlions assez souvent, et sans trop identifier d'argument contraire, j'avais assez facilement accepté l'idée que Mathilde et moi signions ce genre de documents l'un pour l'autre.

C'était finalement une sorte de pacte d'amour fondé sur une confiance absolue, celle qui consiste à laisser peut-être la dernière étape de notre vie entre les mains de celui ou celle que l'on aime. J'avoue que je voyais cette démarche avec un regard teinté du bleu des fleurs. J'étais aussi rassuré par le fait qu'à tout moment, ce « contrat » pouvait être modifié ou révoqué. On avait donc le droit de changer d'avis. Parfait.

Autant le mariage m'avait fait peur, car, bien que doté de l'antidote du divorce, il exprime une sorte d'engagement définitif, autant je trouvais la signature de ces prérogatives finalement plutôt amusante.

Et il faut bien avouer qu'on ne pense jamais vraiment à cela. La mort, quoi qu'on en dise, reste un concept abstrait, et puis, c'est pour les autres. Pour les vieux, ou pour les malchanceux qui contractent la mauvaise maladie au mauvais moment ou ne voient pas le feu rouge auquel ils ont pourtant l'habitude de s'arrêter depuis quinze ans.

Alors que si on y réfléchit un peu, c'est bien la seule, l'unique, l'irrévocable certitude que nous ayons au moment de notre venue au monde. Devoir mourir un jour n'effleure guère nos pensées.

Ou alors lors de donations, mais l'idée reste quand même virtuelle, car elle est dominée par les avantages fiscaux que celles-ci procurent. Et les avantages fiscaux, tout de même, c'est moins virtuel…

Je capte le silence, entrecoupé des bips-bips incessants de ma machinerie de surveillance.

Le jour ? La nuit ?

Aucune idée.

Je ne sais pas si la visite de Mathilde était matinale ou de fin de journée.

L'hôpital fonctionne-t-il à son heure de pointe ou est-il en marche de nuit, avec des infirmières comparables à des officiers de quart ?

Ma nuit permanente m'évoque spontanément l'image d'un sous-marin.

Des centaines d'hommes et de femmes embarqués à bord d'une boîte de conserve sans conscience de jour et de nuit. La situation la plus non-naturelle qui soit.

Ce jour et cette nuit rythment nos existences depuis la plus tendre enfance. N'est-ce pas là le premier objectif des parents ?

Que le nouveau-né « fasse » ses nuits. La nuit associée au sommeil, à la recharge des batteries, ou à la fête, ou la souffrance si elle est habitée d'insomnies. La nuit des cauchemars, des peurs, en premier lieu celle du noir, puis du loup. La nuit éclairée par la Lune, elle-même changeante au fil du mois. La nuit interdite que l'on conquiert à l'adolescence. Les premières nuits blanches qui semblent d'interminables espaces de liberté alors qu'elles se banaliseront plus tard.

Me voilà donc privé de toute variation de luminosité, sans doute à la manière d'un aveugle, à la différence qu'à part l'ouïe, je n'ai aucun sens alternatif.

Et encore, je ne sais même pas si mon acuité auditive a progressé au bout du compte, peu convaincu que ces bips-bips représentent un stimulus réellement intéressant pour mes tympans. Mais l'absence de voix ou d'agitation vient tout de même corroborer l'idée que nous sommes la nuit.

En y repensant, j'ai toujours été fasciné par ce phénomène jour/nuit propre à notre planète, et aux décalages horaires qu'il engendre. Cet émerveillement devant le fait que, quand il fait jour ici, aux antipodes, il fait nuit de façon diamétralement opposée, de même qu'il existe quelques heures de décalage avec le continent américain. Notre soir est contemporain de leur début d'après-midi. Cela peut paraître une banalité ou une lapalissade de me répéter cette réalité, mais j'ai toujours gardé mes yeux d'enfant à ce sujet. Et je sais que les quelques voyages que j'ai effectués ont en partie été agrémentés par l'observation de ce phénomène. Passer un petit appel téléphonique depuis l'Inde pour réveiller la maisonnée fut quelque chose de jubilatoire pour moi…

Et je repense à tous ces gens que je n'ai croisés qu'une fois dans ma vie, dans les différents hôtels où j'ai servi. Ces gens venus des quatre coins de la planète, la majorité d'entre eux passant dans mon établissement leur première nuit en France après un trajet leur provoquant un jet lag évaluable à la lourdeur de leurs paupières.

Je me laisse gagner par une certaine quiétude, teintée de douce torpeur. Bien que n'ayant effectué qu'un nombre relativement restreint de voyages à travers le monde, que ce soit avec Mathilde ou lors de séjours professionnels dans le dernier tiers de ma carrière, je me laisse submerger par une multitude d'images et sensations furtives, sans savoir si elles me « tombent » dessus par hasard ou si je me les provoque en faisant une sorte de cadavre exquis inconscient…

Des parfums d'épices sur des marchés, des odeurs de forêts au crépuscule, des klaxons, des images furtives de carrefours grouillant de marées humaines, des montagnes de poussière soulevées par des cavaliers lancés au galop, des plages de sable blanc, des musiques festives et dansantes accompagnées de cocktails plus corsés qu'en France, des réticences à goûter certains plats inconnus, l'appel du muezzin à l'aube, des chants de perroquets multicolores, des garnisons de surfeurs à l'assaut de vagues impétueuses, des réflexions personnelles faites sur-le-champ, comme celle que notre siècle est bien moins violent que les précédents, si on y réfléchit bien…

En fin de compte très peu de photos, tant je suis nul dans ce domaine. À l'époque de l'argentique, le simple fait de devoir changer de pellicule me dissuadait d'effectuer le moindre clic. Et bien évidemment, j'ai vu arriver le numérique ; avec son corollaire, la transformation totale des comportements. À l'hôtel, j'ai vu tant de gens mitrailler tout et n'importe quoi, puisque les photos pouvaient être supprimées dans l'instant. Devant l'entrée, dans les couloirs, les salons… Comment peut-on vivre le moment présent tout en prenant des photos ?

Les Asiatiques m'ont toujours bluffé à ce sujet, tant ils se comportent de façon plus caricaturale que la plus satirique des caricatures à leur encontre.

Je me souviens aussi de gens devant les chutes du Niagara ou le Capitole à Washington, qui passent moins de temps à admirer le spectacle devant eux qu'à cadrer les photos.

Au moins, je me rassure maigrement en me disant que j'ai bien fait de ne pas prendre trop de photos. Je ne serais pas plus avancé aujourd'hui…

Je souris.

Intérieurement, bien sûr.

Combien de temps vais-je rester ainsi ?

À force de penser aux voyages, j'en oublie où et dans quelle situation je suis. C'est déjà ça de gagné.

Quelques minutes de relatif bien-être.

À revoir quelques belles images exotiques, à retrouver quelques sensations de vent ou d'odeurs. Et réentendre la voix de mes amis ou celle de Mathilde à mes côtés.

Ou celle d'Antoine me souffler, à propos de ses voyages : « La Terre est ronde, mais j'aime bien ses coins. »

Je souris à nouveau.

Tout aussi intérieurement, bien sûr.

Je réalise aussi que nous n'avons quasiment pas voyagé avec nos enfants. Question de budget, sans doute. Mais pas uniquement.

Le souci de ne pas les avoir dans les pattes aussi.

Démarche égoïste. Ou tout au moins égocentrée.

Toujours possible de se rassurer en se disant que, de toute façon, les enfants ne peuvent pas réellement apprécier un voyage à sa juste valeur et qu'il vaut mieux qu'ils en vivent à l'âge adulte, de leur propre initiative.

La mauvaise foi pourrait me faire accepter ce dernier argument, mais en toute honnêteté, à tout âge, je sais que n'importe quelle découverte d'un autre pays ne peut être que bénéfique.

Comment se serait passé un voyage avec Adrien ?

Je suis tout d'un coup traversé d'un violent effroi en même temps qu'une réelle envie de rire.

Intérieurement, bien sûr…

Adrien et son côté ingérable, tête brûlée sourde aux remontrances, puis léthargique et imperméable à toute contemplation autre que ses habitudes.

Mes pensées se focalisent tout d'un coup vers ce fils aîné aussi mystérieux que redouté… J'ai entendu Mathilde annoncer sa visite prochaine.

L'appréhension me gagne.

Il doit venir « demain ».

Sans cette notion de jour et de nuit, je me doute que c'est pour bientôt.

Comment va-t-il réagir ?

Lui qui, de toute évidence, ne m'a jamais réellement porté dans son cœur non plus. Quand il sera face à ce père inerte et sans intérêt, que ressentira-t-il ?

A-t-il le moindre souvenir de ce foutu papier que j'ai signé avec sa mère ?

Elle lui en a peut-être reparlé. Elle lui dit tout…

La goutte de sueur revient et prend de l'ampleur. Toute la relation que j'ai eue avec Adrien tout au long de ma vie me revient comme une lame de fond imprévisible.

Je me sens totalement impuissant, submergé par un sentiment de panique comparable à une voile incontrôlable. J'essaie cependant de me raisonner. Je ne dois pas me monter la tête tout seul avec ce papier de directives anticipées. Tant que je n'entends personne évoquer la question, je n'ai pas de raison de m'inquiéter. Ma santé mentale est forcément un gage d'espoir.

Certes, ce toubib est convaincu que je suis inconscient et que je n'entends rien, mais il va découvrir la vérité. Il doit être compétent. Il n'a pas encore lu toutes les infos de ses machines ou celles-ci ont buggé de façon momentanée.

Allez, Pierre. Ce n'est pas de la méthode Coué, c'est du bon sens.

Respire.

Pense à des choses po-si-tives.

Mathilde ne t'abandonnera pas.

Et puis ça me fait plaisir que mes enfants viennent me rendre visite. Je vais les entendre, à défaut de les voir. Je suppose qu'ils viendront seuls, sans les petits-enfants, pour leur épargner la vision d'un papi endormi de façon mystérieuse.

On « verra » bien…

« C'est un garçon. » C'est par cette phrase laconique que j'annonçai la nouvelle à ma mère depuis la cabine téléphonique de la maternité. Aujourd'hui, cela se fait par texto, ou même par Skype, avec premier coucou de la mamie en live alors que le poupon est encore enturbanné du cordon ombilical...
Premier jour de l'existence. Premier selfie.
Question d'époque.
Mais cela ne change pas fondamentalement grand-chose.
J'y étais préparé.
Je le savais.
Le lit, les jouets, les couches, le papier peint dans la chambre, tout était en place pour l'accueillir.
Et pourtant, je fus complètement chamboulé, complètement déséquilibré par cette arrivée que je vécus, de façon assez surprenante, comme une surprise.
Qui c'est, celui-là ?
D'où vient-il ?
J'avais bien une explication triviale, mais plus profondément, d'où venait cet être qui, de toute évidence, avait déjà en lui une personnalité propre, indépendamment de toutes les influences éducatives qui viendraient par la suite le modeler ?
Le premier regard échangé avec Adrien, alors qu'il venait à peine de se calmer de son premier cri, n'a cessé de me poursuivre.
Tout était déjà là. Je n'avais pas perçu le côté annonciateur de ce premier regard, mais au fil de ma vie et de mes problèmes relationnels avec cet individu, je ne cessai d'y repenser.
Je devais être sans doute un peu jeune pour embrasser les responsabilités de la paternité.

Mathilde avait su me convaincre, l'idée n'étant pas venue de moi, comme l'idée vient rarement chez 80 % des hommes.

J'aimais tellement Mathilde. Impossible de lui refuser cela.

Mais jamais je n'avais explosé de joie à l'idée de devenir père et, en toute franchise, j'avais secrètement espéré que l'alchimie des corps ne débouche pas de façon trop rapide sur l'issue tant souhaitée par mon épouse.

Hélas, si je puis dire, l'alchimie de nos corps, associée au parfait état de marche de nos tuyauteries intimes, fit avorter tout suspens.

Cinq ou six semaines.

Tel fut le laps de temps qui sépara notre décision d'enfanter de l'annonce mutine que me fit Mathilde un matin avant de presser une orange, d'une voix dans laquelle s'exprimait toute la féminité enfin accomplie.

« Pierre, je suis enceinte. »

Je suis incapable de me souvenir quelle fut ma réaction, mais je sais que la qualification de la France pour la Coupe du monde 78 m'avait davantage exalté.

Surtout le but signé Rocheteau lors du dernier match face à la Bulgarie.

Avais-je feint une joie indéfectible, avais-je trahi mon malaise ?

Je ne sais plus.

Je me souviens que les semaines et les mois qui suivirent furent vécus en total paradoxe.

Je n'étais pas mécontent, il serait injuste de ne pas le reconnaître, mais je cherchais davantage à me préparer psychologiquement plutôt qu'à profiter d'un réel bonheur.

Au fond de moi, je savais que j'avais concédé ce projet à Mathilde. En toute franchise, en toute honnêteté, je ne voulais pas de cet enfant, en fait.

Est-ce que ce non-désir aura finalement construit toute ma relation avec ce fils ?

Est-ce que ce regard farouche et hostile que je décelai dès sa naissance n'aura été en fait que le produit de ce non-désir ?

Au bout du compte, est-ce qu'Adrien n'était que le boomerang de ce non-désir ?

Je me suis maintes fois reposé ces questions lorsqu'Adrien arriva à l'âge adulte. Sans doute aurait-il été préférable que je me les pose avant, mais je n'avais sûrement pas la lucidité pour cela dans mes plus jeunes années, alors que les conflits qui nous opposaient étaient d'une incroyable récurrence.

Que ce fût à l'occasion des cours de natation que je lui donnais à la plage alors qu'il avait sept ans, dans lesquels je m'attirais les foudres du regard des baigneurs tant ma tolérance devant son incompétence calamiteuse avoisinait le zéro.

Que ce fût à l'adolescence pour tenter de négocier un rythme de sorties le plus compatible possible avec une amélioration notoire de ses résultats scolaires.

Ou que ce fût à l'approche de la trentaine quand la succession de petits boulots qu'il enfilait rendait à mes yeux totalement illisible le moindre projet professionnel cohérent.

L'arrivée d'Adrien fut, de toute évidence, l'évènement majeur des trente premières années de ma vie personnelle.

Dès son enfance, j'étais incapable de savoir si j'aimais ou non ce fils. Je me sentais investi d'un devoir absolu vis-à-vis de lui, presque d'une mission, mais était-ce de l'amour ?

Par définition, on ne choisit pas ses enfants, pas plus que ses parents, d'ailleurs, et on ne sait jamais ce que le « hasard » a décidé de nous mettre dans les pattes. Parmi les milliards de milliards de combinaisons possibles de chromosomes entre notre moitié et nous-mêmes, quelle est celle que l'on va tirer ? Il s'agit bien d'une loterie. Sans aucun service après-vente, de surcroît.

Était-ce donc réellement de l'amour ?

Combien de fois je me surpris à maudire cet énergumène chez lequel je ne distinguais guère de réelle caractéristique suffisante pour me démontrer de façon irréfutable qu'il était bien ma progéniture.

Un peu rond, alors que je suis svelte. Une chevelure dense, suscitant, paraît-il, l'admiration de toutes les coiffeuses, alors qu'à son âge, ma propension précoce à la calvitie avait déjà œuvré. Les yeux noisette, jurant avec mon bleu.

Peut-être fallait-il chercher dans l'ascendance slave de Mathilde pour trouver quelque explication, mais je ne cherchai pas plus que ça à comprendre un phénomène sur lequel, de toute façon, j'étais totalement sans influence.

Adrien était sanguin, pouvant dès le plus jeune âge entrer dans des colères cataclysmiques ; ses premiers jouets en firent les frais.

Plus tard, le caractère d'Adrien s'enrichit d'autres palettes, notamment celle d'une certaine léthargie qui me démontra que les ados hibernent l'été. Des grasses matinées interminables, suivies de siestes précoces réduisaient le temps passé en commun à « passe-moi la moutarde, s'il te plaît » ou « putain, merde, encore des choux-fleurs !! ».

En temps scolaire, pour Adrien, c'était lundi tous les jours de la semaine. Seuls les samedis et dimanches trouvaient grâce à ses yeux.

Alors que je me passionnais, de façon certes différente, pour mon métier et le saxophone, je ne voyais jamais Adrien se motiver pour le moindre effort. La vie semblait glisser sur lui et des capacités intellectuelles indéniablement au-dessus de la moyenne lui permirent de suivre un cursus scolaire très honorable sans réelle douleur à la tâche. Il montra un petit intérêt pour la climatologie et passa quelques années en fac de sciences sans que l'intitulé de son année d'études ne dépassât jamais le 1...

Lorsqu'un jour, mon ami Antoine me demanda : « Alors, Adrien étudie les glaciers ? », je riais jaune de lui répondre du tac au tac : « Mouais, plutôt les glaçons, pour le moment… »

Sujet d'inquiétude, de déceptions, de conflits, de frustrations, Adrien fut la cause de mes premiers cheveux blancs, avant mes 35 ans.

De par l'amour indéfectible qu'elle portait à son aîné, Mathilde demeura la plus grande avocate et alliée d'Adrien. Il aurait pu faire exploser la tour Eiffel, sans doute lui aurait-elle trouvé quelque circonstance atténuante.

Sans jamais nous le dire de façon explicite, Mathilde et moi avons toujours évité que notre différence d'appréciation du dossier Adrien ne devienne source de réel conflit entre nous. Lorsque la moutarde commençait à monter, nous savions pertinemment quelle lichette de vinaigre chacun de nous devait mettre afin de ne pas faire tourner la mayonnaise.

Mais, sans aucun doute, ce cessez-le-feu permanent entre ses parents permit à Adrien de mener sa vie comme bon lui semblait et de passer outre mes invectives, puisque n'importe laquelle de ses décisions trouvait l'assentiment de l'autre moitié du gouvernement…

Ainsi, ce que j'éprouvais pour Adrien, était-ce réellement de l'amour ? La question resta sans réponse pendant quatre ans.

Puis la réponse se précisa.

Lorsque Zoé arriva…

Une présence. Ou plutôt des présences. Je n'attends pas longtemps avant de comprendre.

— Ça fait combien de temps qu'il a pas eu de toilette, celui-là ? demande une jeune voix féminine.

— Bah, vu qu'il est sous perf depuis lundi, y a pas besoin de trop le laver, tu vois... Risque pas beaucoup de se chier dessus...

— Ah ouais. Sympa.

J'entends des mouvements de tissus, de draps, des soufflements d'efforts, mais je ne ressens absolument rien.

Je suppose qu'elles me déshabillent, me lavent, me retournent, mais cela se passe en totale anesthésie.

C'est troublant au-delà de l'imaginable, car je me doute que je dois être mis sur un côté, puis basculé sur l'autre flanc, sans que je ne perçoive la moindre notion de haut, de bas ou de latéralisation. Je ne me sens même pas en apesanteur, car d'après ce que j'ai entendu des témoignages de spationautes, ils ont des sensations !

— Il est pas en super forme, quand même, celui-là...

J'apprécie le « celui-là ».

— Tu m'étonnes. Miraculé d'un AVC foudroyant, je crois. Un légume, quoi.

— Je plains sa famille.

— Ouais, ça va pas être simple.

— Tu crois ?

— J'en sais rien. Suis pas toubib. J'ai vu de tout, ici. Mais quand on est dans ce coma-là, ça sent pas bon quand même...

Un silence.

De légers bruits de tissus.

— Tu crois que... ??
— Non, arrête !!!
J'entends ces deux gamines pouffer.
— Arrête, je te dis...
— Oh, on peut bien se marrer un peu... Au salaire où on est payé... De toute façon, il sent rien... Et y a pas de caméra dans la piaule...
— Arrête, tu crains...
Elles éclatent d'un rire sonore, me transperçant les tympans qui n'avaient plus reçu une telle dose de décibels depuis... lundi, d'après ce que je viens de comprendre...
— En général, aucun keum ne résiste à ça... Tu vois, du bout des doigts, doucement, du bas vers le haut, du haut vers le bas...
— Arrête, t'es con.
— Vraiment vexant, ce keum... Bon, en même temps, il a plus vingt ans, papi...
— Arrête, je te dis...
Les rires redoublent, à la manière d'actrices de sitcom des années 90.
Je suis éberlué. Papi, papi, elles exagèrent quand même... Je ne suis pas sénile non plus.
À la fois en colère et quelque part attendri par le jeu de ces deux jeunes aides-soignantes qui se divertissent comme elles peuvent de cadences sans aucun doute infernales, répétitives et déshumanisées.
Peu à peu, j'entends leurs gloussements se calmer.
Des pas feutrés.
Une porte se refermer.
Puis me voilà à nouveau avec mes copains les bips-bips.
Je ne sais si j'ai envie de rire ou de m'apitoyer de façon honteuse sur ce qu'il vient de se passer.

Au moins, j'en conclus que je n'ai vraiment que l'ouïe et ma conscience en état de fonctionnement. La zone qui vient vainement de subir une tentative de réanimation est tout aussi inerte que le reste. Et après tout, ça me rassure. Ne manquerait plus que je ressente une quelconque libido qui ne déboucherait que sur une insupportable frustration.

Et tant pis pour la pudeur.

Je dois être comme notre chat, en fait, opéré dès son plus jeune âge pour nous éviter de le voir partir guerroyer avec d'autres mâles en quête de conquêtes reproductrices.

Mon chat… Tiens, je l'avais complètement oublié, celui-là. Sans doute la démonstration que quatre caresses quotidiennes et le remplissage de temps en temps d'une coupelle de croquettes industrielles ne peut en aucun cas constituer le socle de ce que l'on appelle une relation. Nestor est le chat de Mathilde, après tout. La litière lui est donc attribuée.

En toute objectivité, mon existence ressemble en ce moment à un cousinage avec la mort…

Alors, Messieurs-dames les médecins, trouvez la vie qui est en moi, et sauvez-moi…

Je ne sais pas si j'ai connu cela par la suite. On dit toujours que ce n'est jamais pareil. Que chaque fois est différente. Que chaque fois est toujours une première fois.

C'est sans doute vrai.

Certes, je n'ai pas connu pléthore d'histoires sentimentales. Une chose est sûre, jamais je n'ai ressenti le même frisson que ce jour-là, un mois jour pour jour après mes 15 ans.

Ce ne sont pas tant les sensations de cette première découverte avec la nudité du sexe opposé qui m'ont marqué que toutes les minutes qui l'ont précédée.

C'était au printemps. Lors d'un mariage auquel mes parents avaient été invités. Je ne connaissais pas grand monde, s'agissant de l'union d'une cousine de deuxième degré, disons d'un degré qui m'échappait complètement à l'époque tant la généalogie me passionnait autant que la trigonométrie.

Je l'ai tout de suite remarquée. D'un an mon aînée, elle arborait une robe vert pomme particulièrement sensuelle. Pas vraiment moulante, mais cintrée à souhait, elle mettait en valeur une poitrine ferme qui représentait pour moi, comme toutes les poitrines de ses congénères de sexe féminin, un mystère inaccessible. Blonde aux grands yeux noisette, elle avait le port altier d'une danseuse classique que l'on pouvait considérer de prime abord comme hautain.

Mais nos premiers échanges, basés sur une présentation sommaire de nos situations scolaires ainsi que nos goûts musicaux, m'ont tout de suite fait ressentir que nous étions en phase. C'est sans doute ce jour-là aussi que je réalisai à quel point j'étais sensible à la voix. Son timbre, ses inflexions, la prosodie, tous ces aspects sont autant de critères érotiques en ce qui me concerne.

Et sans parler d'érotisme, la voix d'un interlocuteur a toujours été prépondérante dans mes relations avec autrui.

Elle s'appelait Nicole. Un prénom plutôt répandu à l'époque, tombé dans une certaine désuétude depuis, à l'image d'autres prénoms masculins qui ornent nos monuments aux morts.

Les organisateurs du mariage, c'est-à-dire les jeunes époux eux-mêmes, avaient eu le nez creux en plaçant les gens exactement comme il le fallait sur des tables rondes de six personnes. Les vieux avec les vieux, les trentenaires avec les trentenaires, les ados avec les ados, etc. Ce n'est que sur des farandoles criardes et franchouillardes que les générations auraient l'occasion, en cœur de soirée, de se mélanger.

«La chenille» n'existait pas à l'époque, mais il y avait quelques équivalents dont j'ai oublié le nom, et j'ai toujours éprouvé une profonde aversion pour ce «genre» musical, qui ne sert qu'à exacerber nos instincts les plus grégaires et faussement expansifs. Je ne pouvais en outre pas concevoir que de la musique puisse rassembler tous les âges. Par définition, elle se devait d'être clivante. Hors de question de m'afficher sur les valses ou paso doble des grands-parents et, dans le même temps, je voyais d'un mauvais œil que l'un d'eux vienne se trémousser sur notre territoire fait de rythmes binaires ornementés de guitares électriques et saturées. Ce n'est que bien plus tard que je découvrirais l'inégalable charme des fêtes intergénérationnelles africaines ou bretonnes…

Le repas, interminablement long, avec deux entrées, deux plats, salade, fromages et desserts, nous avait laissé le temps de plaisanter, nous jauger, avec tout le paradoxe de la pudeur mélangée à l'exubérance dont les adolescents ont le secret. Nicole minaudait sans excès, mais c'est aujourd'hui que je peux en prendre conscience. J'étais bien évidemment incapable d'identifier cet état, à l'époque. Seule ma grande sœur avait bien compris ce qui se tramait et elle ne cessait de m'envoyer des sourires et clins d'œil depuis sa table adjacente.

Elle s'amusait forcément de voir que mon duvet précurseur de moustache, sujet d'une conversation intime que j'avais eue avec elle quelques jours auparavant, ne constituait pas un bouclier à la séduction autant que je pouvais le craindre.

Ma sœur. Mon unique sœur... Paix à son âme...

Comme il s'agissait d'un samedi de printemps, la clémence de la météo nous permit de zapper le pousse-café que notre jeunesse, de toute façon, ne nous permettait pas d'apprécier à sa juste valeur.

Une balade digestive aux abords du restaurant. Entre cinq et sept minutes pour dissuader quelques gringalets et gamines de nous suivre, cinq autres bonnes minutes pour choisir le chemin à emprunter, valse-hésitation entre un sentier bordé de fougères montant vers une pinède, un sentier descendant de façon franche vers un plan d'eau en contrebas, et un autre allant en direction opposée vers une colline drapée de pommiers ou poiriers, étant bien incapables de faire la différence. Sans doute pour la visibilité et l'absence d'obstacles notoires pour les petits talons de Nicole qu'il offrait, nous choisîmes celui qui descendait vers le plan d'eau.

Aussi certainement parce que la perspective d'un plan d'eau devait éveiller en nous de façon inconsciente une certaine forme de romantisme, parce qu'un plan d'eau était par nature un merveilleux point de départ de conversation sur... l'eau, donc la baignade, donc les vacances, donc nos loisirs préférés, et constituait aussi peut-être l'occasion de pouvoir me mettre en valeur en réussissant quelques spectaculaires ricochets de galets...

Pendant toute la descente vers la mare, nous n'échangeâmes pas un seul mot. Le silence n'était brisé que par nos pas, au rythme de la prudence de Nicole à ne pas se fouler la cheville avec ce type de chaussures qui, à l'évidence, n'agrémentait pas son quotidien. De temps à autre, nos mains se frôlaient imperceptiblement, preuve que nos corps cherchaient le contact alors qu'il eût été plus logique de garder autour de soi une bulle d'indépendance.

À chaque contact, une décharge électrique parcourait tout mon corps, ne partant pas du point de contact en lui-même, mais du bas-ventre. Un frisson global qui m'irradiait tout entier, une sensation totalement inconnue jusque-là. Un mélange de trac, bloquant la respiration, mais décuplant en même temps l'énergie, et d'impatience à sauter dans l'inconnu.

Nous arrivâmes aux abords de l'eau et notre rythme ralentit. Toujours dans le silence, nous entreprîmes de marcher le long de la rive, sans but précis, les yeux rivés vers l'étendue plus marécageuse qu'il n'y paraissait de loin.

Nicole se jeta la première à l'eau, si je puis dire.

— On s'assoit un peu ? Je suis fatiguée.

Le printemps offre cet avantage de fournir une herbe verte et suffisamment dense pour y poser son séant, à condition de ne pas choisir une surface trop humide.

Le choix des quelques cm^2 sur lesquels nous allions nous installer prit un bon moment, Nicole trouvant toujours des défauts à la parcelle envisagée. Parfois avec des arguments très objectifs et indiscutables, comme la présence d'excréments canins, parfois avec des arguments plus subjectifs, comme le fait que l'herbe à tel endroit ne manquerait pas de laisser des traces sur sa robe, parfois avec d'autres arguments qui, à la réflexion, me permettent de dire aujourd'hui que je n'aurais pu construire aucune histoire réelle avec elle, tant je peux les mettre dans la catégorie « arguments de chieuse ».

Mais pour l'heure, j'étais d'une patience à toute épreuve et étais prêt à renoncer à tel endroit parce que quelques fourmis s'y affairaient.

Nicole finit par décider qu'un petit espace était parfait sans que je comprisse en quoi il était parfait, mais j'obtempérai. Elle étala son châle de façon à protéger sa robe de la chlorophylle trop prégnante et s'assit.

Je fis de même à ses côtés.

À cette époque, nous ne connaissions pas grand-chose du sexe opposé. Alors que la mixité se généralisait dans la plupart des établissements scolaires du pays, nous n'avions que peu d'infos sur le fonctionnement des filles, si ce n'est les stéréotypes que les anciens nous assénaient.

Je ne trouvais rien à dire. Je tournicotais entre mes doigts une tige de plante sauvage, trahissant autant ma nervosité devant la situation que l'angoisse de ne parvenir à prendre la moindre initiative.

Nicole regardait vers l'horizon.

Assis à ses côtés, je contemplai discrètement son cou, ses mèches blondes y plongeant de façon désordonnée et le teint délicatement hâlé de ses avant-bras. Les frissons dans le bas-ventre ne cessaient de s'intensifier, ma respiration devenait difficile, le vide sidéral gagnait mon cerveau.

Que ressentait-elle de son côté ? Était-elle dans le même état que moi ?

Si nous en étions là, c'est que nous savions au fond de nous ce qui allait se passer. Oui, mais voilà bien le plus difficile : faire remonter ce qu'il se passe au plus profond de nous vers l'extérieur, faire exploser la lave capricieuse de la pudeur.

Il doit cependant y avoir un instinct qui nous dépasse, quelque chose d'inhérent à l'espèce humaine, qui nous apporte la solution sur un plateau. Quelque chose qui relève de l'indicible.

Nicole s'est tournée vers moi, nos regards se sont croisés, j'ai plongé mes yeux dans les siens. Les quelques secondes de temps objectif m'ont paru une éternité, faisant littéralement exploser mon cœur dans ma poitrine.

Nicole a entrouvert la bouche, sans détourner le regard, et un mélange de comportements innés et d'autres acquis dans des modèles cinématographiques, d'un soupçon de lâcher-prise et d'une bonne dose de phéromones fraîchement secrétées a fait le reste.

Nos lèvres se sont rapprochées, rencontrées, nos langues se sont mêlées et nos corps ont tendrement basculé dans l'herbe fraîche.

Allongé sur elle, je m'enhardissais. J'écartai les bretelles de sa robe, permettant à mes mains de toucher pour la première fois des seins.

Lundi, je pourrai me vanter au collège.

« J'ai peloté une fille ! »

La perspective de cette mise en avant m'a donné encore plus de confiance, accentuée par la succession incontrôlée des petits gémissements encourageants de Nicole.

En forçant un tout petit peu sur l'élasticité de sa robe, et en écartant son soutien-gorge, sans risquer de me ridiculiser à tenter de dégrafer une lingerie à laquelle je ne comprenais rien, je réussis à faire émerger un mamelon.

Je l'embrassai avec avidité. Le dernier contact avec cette partie de l'anatomie féminine remontant à mes tétées de nourrisson, je découvris le plaisir de caresser, sucer, jouer avec ses seins.

C'était bon, c'était rond, c'était chaud.

Je trouvais Nicole délicieusement belle, avec la clarté descendante du soleil qui se reflétait dans sa blondeur.

Nous restâmes un moment ainsi, enlacés dans l'herbe, blottis l'un contre l'autre, chacun de nous sentant s'ouvrir devant lui un horizon infini de découvertes à faire.

Nous étions heureux.

Rassurés.

Fiers, aussi.

L'enfance était partie…

Puis la fraîcheur croissante du lieu, logique en milieu aqueux en fin de journée, mélangée à la crainte de susciter l'angoisse de nos parents, nous a poussés à prendre la sage décision de retourner à la salle de noces.

Nous ne nous adressâmes plus beaucoup la parole pendant le reste de la soirée, chacun étant sans doute conscient qu'il venait de vivre ce qu'il attendait depuis un moment. Nicole ne m'intéressait pas pour ce qu'elle était, et sans aucun doute réciproquement, nos parcours scolaires respectifs laissant supposer que nous n'étions pas du même monde. Nous venions simplement de collaborer dans une sorte de rite de passage inconscient, rien de plus.

Rien de plus, et pourtant, je m'en souviens comme si c'était hier. Tout comme je me souviens du sourire radieux de ma sœur lorsque je la croisai à mon retour.

Je n'ai aucune idée de ce qu'est devenue Nicole. Je ne l'ai jamais revue. Bien sûr, à l'époque des réseaux sociaux, je pourrais sans grande difficulté retrouver sa trace, à moins que son mariage, en lui faisant changer de nom, ne la rende introuvable.

Mais je n'en ai jamais eu envie, en fait.

Qu'est-elle devenue ?

Est-elle toujours aussi blonde et aussi élancée ?

Sa poitrine est-elle toujours aussi ferme ou porte-t-elle les stigmates de plusieurs grossesses cumulées à un rythme professionnel plus subi que choisi ?

Peu m'importe.

Nicole a fait partie de ma vie toute ma vie. Alors que je n'ai partagé que quelques heures avec elle.

Sans l'assurance gagnée au contact de Nicole je n'aurais sans doute pas pu séduire Mathilde quelques années plus tard.

Je me dis que tout ce que j'ai vécu aurait pu ne jamais être vécu, tout ce qui a existé aurait pu ne jamais exister.

Alors je dois me réjouir de ce qui a réellement existé.

Oui, j'aurais fort bien pu ne jamais rencontrer Mathilde, après tout.

Et du coup, dans la même mesure, Adrien aurait fort bien pu ne jamais être né…

« J'en ai marre de ce temps de chien. »

Voilà la quatrième fois en vingt minutes qu'Adrien fait référence à la météo. Je lui sais gré de m'informer de la température extérieure, inférieure à la normale saisonnière. Il pleut beaucoup, apparemment... Eh bien tant mieux, ça fera pousser mes fraises.

Mais pour le reste, rien. Une petite question sur la durée de mon état. La voix est atone, sans relief, ne trahissant aucune émotion particulière.

Comme je m'y attendais, il est venu seul. Sans Baptiste, mon petit bonhomme adoré. Et sans... sans... mince, comment elle s'appelle déjà, la nouvelle ?

C'est la troisième, non... la quatrième avec laquelle il « fait un bout de chemin », comme il dit... Ce concept m'échappe un peu. Savoir à l'avance que l'on ne va faire qu'un bout de chemin ensemble et donc que la séparation est inéluctable, à la merci du premier chemin de traverse croisé ou d'une autoroute non signalée.

Il est venu nous voir deux ou trois fois avec elle, et l'oubli de son prénom confirme qu'elle ne m'a pas laissé un souvenir impérissable. Tout comme celles qui l'ont précédée. Bien sûr, Carine, Carine avec un C, comme elle aime à le rappeler sans cesse sans que je comprenne en quoi c'est réellement important, a un statut particulier en tant que maman de Baptiste.

Mais la dernière m'échappe complètement. Vaguement châtain, les cheveux bouclés, je crois, un peu trapue, pas vraiment loquace – à l'image de son compagnon – autant dire que beaucoup d'anges sont passés lors de ses rares visites...

— Il est alimenté comment ?
— Par la perfusion, là.
Mathilde a répondu de façon machinale, sa voix trahissant une certaine lassitude. Peut-être est-elle déçue de voir Adrien si distant, alors que son comportement est tout de même conforme à sa personnalité profonde. Preuve que Mathilde a vraiment des œillères en ce qui concerne son fils aîné... Elle le voit bien tel qu'elle voudrait qu'il soit. Nous en reparlerons à mon réveil...

Je me surprends à être aussi sûr de moi quant au fait que je vais me réveiller. C'est d'ailleurs bien la première fois que je ressens cette certitude. La présence de mon fils y est peut-être pour quelque chose, toute l'énergie conflictuelle générée par cette relation décuplant sans doute mon désir de m'en sortir.

L'heure n'est pas à l'analyse, mais je sens qu'il y a là une piste à explorer...

J'écoute le plus attentivement possible le moindre soupir, le moindre mouvement de pied, de jambe, qui pourrait m'éclairer sur le ressenti de Mathilde et Adrien.

J'entends quelques coups contre une porte, une poignée se mouvoir, puis les gonds couiner délicatement.

— Bonjour, Messieurs-dames, je viens pour une petite vérification.

— Faites, je vous en prie.

Comme j'ai commencé à m'y habituer, je ne ressens absolument rien de ce qu'il se passe. Pourtant, je suppose que l'on me touche, que l'on replace tel câble ou telle sonde. Mais j'entends parfaitement que cette jeune personne fredonne tout en travaillant.

C'est positif. Mon contact ne constitue pas un blocage à ses élans musicaux.

Et la présence de Mathilde et Adrien ne semble pas la gêner non plus. Peut-être Mathilde goûte-t-elle moyennement ce chant guilleret...

D'ailleurs, je reconnais cette ligne mélodique... La la la la la la... C'est quoi, déjà ?

Comme un enfant aux yeux de lumière, la la la la la la les oiseaux...

Oh my god ! Qu'est-ce qui lui prend à cette jeune aide-soignante ou infirmière de fredonner cette niaiserie d'avant sa naissance ?

Elle l'a peut-être entendue à la radio ce matin et elle en a pour la journée, sans se rendre compte qu'elle répète inlassablement les quatre mêmes mesures en boucle.

Ou une madeleine de Proust lui a remis cette chanson dans le cervelas, car elle chantait ça en colonie de vacances à la fin de son CM1...

C'est la force de ce qu'on appelle les mélodies populaires : leur prégnance ! À court ou long terme. Ça y est, ça me revient ! Il s'agit en l'occurrence de *L'oiseau et l'enfant*, dernière victoire française à l'Eurovision à la fin des années 70, chantée par Marie Myriam. Que devient donc cette chanteuse, aujourd'hui ? Tiens, ça doit être étrange d'avoir toute sa vie résumée autour d'une soirée. Sa nécrologie tiendra en une ligne. Comme son épitaphe. Un fait d'armes, un exploit qui occulte les quelques autres dizaines de milliers de journées vécues. Comme certains sportifs immortalisés sur la ligne d'un palmarès, comme Gagarine...

Certains le vivent d'ailleurs très mal, paraît-il.

Et toi, Pierre, qu'as-tu fait de ta vie ?

Y a-t-il une journée qui sorte du lot dans la masse informe de ton existence ? Que laisseras-tu ?

Comment sera résumé ton passage sur Terre ?

Je m'embarque là sur un terrain que je pressens désagréable... Changer de sujet est primordial et, de toute façon, ce n'est pas le moment de m'épancher là-dessus, la question viendra bien assez vite comme ça. Je crois avoir compris que, du temps, je vais en avoir pour réfléchir...

La fille fredonne de façon de plus en plus discrète sans que j'en comprenne la raison. Le besoin de se concentrer sur sa tâche ? Un regard noir de la part de Mathilde ?

Je l'entends s'éloigner. Je me fais la réflexion que je n'ai reçu à ce jour que des visites féminines parmi le personnel hospitalier. Par contre, le toubib en chef est bien d'un sexe mâle, lui. Je vérifie empiriquement s'il en était besoin la féminisation des tâches subalternes et la chasse gardée masculine pour les postes à responsabilité. J'entends déjà ce que dirait Zoé...

Zoé...

Je souris.

Intérieurement, bien sûr...

— Et comment va Nestor ?

La question d'Adrien me sidère. Il est dans la chambre d'hôpital dans laquelle son père est plongé dans le coma depuis des jours, et il s'enquiert de la santé du chat !

Mais la réponse de Mathilde me gifle au-delà de l'imaginable.

— Je pense qu'on va devoir l'euthanasier.

Outre le fait que le verbe employé me glace le sang, je ne savais pas ce pauvre félin malade à ce point.

Allons bon, on ne tombe pas si vite que ça dans un état qui nécessite un tel « traitement » ! Comment ai-je pu passer à côté de ça ? Ou alors Mathilde me l'a caché ? Mais pourquoi ? Je n'ai jamais eu de rapport particulièrement profond avec cette boule de poils et je n'aurais certainement pas frôlé la dépression si j'avais appris sa grave maladie. J'avoue que je reste perplexe quelques instants.

— Ah bon, qu'est-ce qu'il a ?

— Le véto a détecté plusieurs tumeurs incurables dans son système digestif.

— Et il n'y avait pas de symptômes ?

— Ben non, pas vraiment. Je n'avais rien remarqué. Il s'alimente normalement. Toujours aussi goinfre.
— Ah.
Un silence.
— C'est con, un chat.
— Comment ça ?
— Non, pas con, mais bon, c'est bizarre. Il continue de bouffer alors qu'il est malade à en mourir ?
— Et alors ? Tant qu'il ne souffre pas, il vit normalement… Il ne sait pas ce qu'est un diagnostic, lui.
— Ben alors, pourquoi veux-tu l'euthanasier ? Pourquoi tu n'attends pas que son état se dégrade vraiment ?
— Parce que quand il va commencer à souffrir, ça va être horrible pour lui. Il va se vider en très peu de temps, si j'ose dire. Pourquoi le laisser aller vers cette fin cruelle et douloureuse alors que je peux l'endormir en douceur avant ?
— Ben, profite jusqu'au bout de sa présence et tu verras bien.
— C'est égoïste, ça. Un animal de compagnie porte bien son nom, non ? J'ai un peu le droit de vie et de mort sur lui, non ? Ce qui est à proscrire, c'est la maltraitance. Mais je considère que c'est un bien pour lui de lui éviter toute souffrance.
— C'est sûr qu'il ne donnera pas son avis, lui.
Un silence.
— Je ne te comprends pas, maman. Laisse-le vivre ce qu'il a à vivre.
— Il va souffrir.
— Mais si ça se trouve, il saura gérer ses premières douleurs avec son instinct et tu aviseras à ce moment-là. En plus, tu es prête à te priver, toi, de ce chat par anticipation. C'est la double peine, en fait.

Adrien parle avec une verve que je ne lui connaissais plus depuis longtemps. Je sens qu'il a fait mouche dans l'esprit de Mathilde. Dans le mien aussi.

Je réalise aussi que j'ai une chance inouïe d'être à ce poste d'observation. Par définition, JAMAIS je n'avais assisté à une conversation entre Mathilde et Adrien, et je m'aperçois qu'ils ne sont pas autant en phase que je le pensais.

Sur le fond de la conversation, les arguments d'Adrien tiennent la route, mais je n'ai pas le cœur à analyser. Je veux écouter, percevoir autant les propos que les non-dits. Je prie pour que leur visite dure et qu'ils parlent, parlent, parlent. Que je m'abreuve de leurs paroles, leurs idées, que je sente la vie autour de moi.

Mais le silence reprend le dessus un instant.

Ça veut dire qu'ils savent inconsciemment que la conversation au sujet de Nestor doit se terminer. Cela veut donc dire dans ce cas que j'assiste là à un désaccord qui n'est sans doute pas le premier entre eux. Tiens, tiens, c'est assez éloigné de l'image idyllique que j'ai toujours eue de leur relation, en fait. C'est sûr qu'en tant que père de famille occupé les trois quarts de son temps hors du foyer, je n'ai sans doute pas tout perçu à sa juste mesure.

Je suis particulièrement excité par ce poste de petite souris, voilà une raison de me « réjouir » de ma situation.

Allez, parlez encore…

S'il vous plaît.

De n'importe quoi.

Échangez vos points de vue.

Parlez de moi, aussi.

Mais la porte s'ouvre à nouveau. Je sens que Mathilde se lève…

— Bonjour, Docteur.

Le voilà, celui-là.

— Bonjour, Madame Letuyer. Bonjour, Monsieur.
— Adrien. Je suis le fils de monsieur Letuyer.
— Enchanté. Bon, rien de nouveau, a priori… Nous allons procéder à une nouvelle IRM. Afin d'en savoir plus.
— C'est-à-dire ?
— Eh bien, ces comas sont mystérieux, vous savez. A priori, il est totalement endormi et déconnecté. Mais sait-on jamais. Il existe peut-être une forme de conscience quelque part. Cette deuxième IRM nous permettra d'inspecter chaque zone de son cerveau. Et je vous conseille à nouveau de lui parler. Lui prendre la main. Lui raconter ce que vous faites, le tenir informé de ce qu'il se passe à l'extérieur, lui faire entendre la musique qu'il aime, n'importe quoi qui, en temps normal, lui ferait du bien.

Je suis surpris par le temps de réaction de Mathilde. Cela ne lui ressemble pas. Elle n'a aucune réticence à exprimer son enthousiasme, en général…

— Bien, Docteur. On y pensera, oui…

On y pensera…

Drôle de réponse.

Connaissant Mathilde, j'aurais supposé que de tels propos de la part du médecin auraient déclenché plus d'entrain chez elle… Me parler ne serait donc pas une perspective réjouissante ?

On y pensera !

Mais non, Mathilde, il ne s'agit pas d'y penser ! … Mais de le faire, sans réfléchir, comme tu me parlerais en situation normale. Ce n'est quand même pas compliqué, non ?

Et je trouve curieux que le médecin n'insiste d'ailleurs pas davantage. Comme si le simple fait d'avoir donné ses prérogatives lui donnait le sentiment d'avoir, dans tous les cas, fait son travail…

Je suis décontenancé par ce que je viens d'entendre, à l'affût de ce qu'il se passe, et en même temps, elle revient…

La goutte dans le dos…

On frappe de nouveau à la porte. L'identité du visiteur ne laisse planer aucun suspens.

Léo.

C'est vrai que j'avais entendu Mathilde dire que les deux garçons viendraient aujourd'hui.

Mais j'avais complètement zappé la venue de mon deuxième fils. Comme une forme de raccourci symbolique de ma relation avec ce cadet, en fait.

Léo est, par essence, un visiteur imprévu.

Sa visite dure depuis bientôt trente-cinq ans et j'avoue qu'elle ne m'a posé jusqu'à présent aucun souci notoire.

Léo est enjoué, tolérant, vif, malin, autonome, un tantinet charmeur, volontaire, déterminé dans ses choix.

Il a pris le meilleur de Mathilde et de moi-même, c'est toujours ce que notre entourage a dit, et il a su capter les bonnes leçons à prendre dans les parcours d'Adrien et de Zoé.

Un accident. Il est arrivé par accident, et au final, je dirais qu'il est plutôt « réussi », même si je pense que je serais bien embarrassé si je devais parler de lui en profondeur.

Que sais-je de lui réellement ?

Je peux dire qu'il a étudié les arts graphiques et qu'il travaille aujourd'hui dans ce domaine. Mais ça consiste en quoi, ses arts graphiques ? Je me doute bien qu'il s'agit de dessin, de design, d'images et que tout ça se situe dans le giron de la communication, mais concrètement, que fait-il ? Autant je n'ai eu de cesse de mettre une forme de pression sur les épaules d'Adrien pour m'enquérir de ses choix, autant j'ai laissé la corde lâche au cou de Léo. Ou même, pour être franc, je n'ai utilisé aucune corde. L'autonomie précoce de Léo a sans doute conduit à cela aussi.

Mathilde m'a souvent signifié que je n'étais pas juste avec mes fils et que je faisais deux poids deux mesures. La liberté laissée à Léo n'excuse pas pour autant le fait que je ne sache pas grand-chose de sa vie et ses activités. Seule la curiosité aurait pu combler cette ignorance…

Deux de nos trois enfants sont présents, les garçons.

Je sais que ces trois-là ne se sont pas vus depuis quelques semaines. Il me semble qu'ils ne se croisent que chez nous, lors de réunions familiales dont Mathilde et moi avons l'initiative. Même si nous habitons tous dans le périmètre francilien, à l'exception de Zoé, installée en Auvergne et que nous ne voyons pas moins, nos rencontres sont aussi espacées que si des centaines de kilomètres digérables en TGV nous séparaient.

— Bonjour, m'man, salut, Adrien.

Quatre bises claquées.

Effusions sommaires.

Je reconnais l'énergie de Léo et me visualise son éternel petit rictus charmeur. Je l'imagine se planter face à moi et m'observer un instant. C'est plus que de l'imagination, en fait. Je le sens ainsi. Ou je le sais. Je ne fais pas bien la différence, peu importe.

Que ressent-il ?

— Tu m'as dit qu'il s'est effondré d'un coup, c'est ça ?

— Oui. Il allait faire une course. Et heureusement, il avait oublié ses papiers sur la table du salon. Je me suis dépêchée d'aller les lui porter et je l'ai trouvé étendu à côté de la voiture. Sans cet oubli, il serait resté encore plus longtemps sans oxygène et ne serait sans doute plus de ce monde à l'heure qu'il est.

Je réalise que c'est la première fois que j'entends le récit de ce qui m'a amené ici…

La voix de Mathilde est chargée d'émotions primaires teintées de nuances grossières ou subtiles dans lesquelles je perçois un mélange à la fois cohérent et paradoxal de réelle tristesse, d'angoisse, de stress, d'impatience, de soulagement et d'attente. Tout cela est bien confus. Et bien dense…

— Il est entre de bonnes mains, ici. Il est suivi par un professeur réputé. Il faut avoir confiance.

Je partage ce ressenti. Faire confiance.

— Vous avez tenté du côté de la médecine chinoise ?

La suggestion de Léo me surprend et je ne dois pas être le seul, tant les secondes qui suivent semblent être consommées dans un interminable sablier. En même temps, seul Léo dans la famille peut proposer une telle idée. Aller chercher dans les cultures orientales, ou au moins dans tout ce qui peut susciter un espoir alternatif aux méthodes occidentales courantes.

— Tu crois qu'il est réceptif à de l'acupuncture dans son état ?

La remarque d'Adrien gifle le silence. Il y a mis tout le sarcasme nécessaire pour que l'on comprenne bien qu'au-delà de l'appréciation qu'il donne à la suggestion de son frère, c'est toute sa personnalité qu'il juge.

— Il n'y a pas que l'acupuncture, tu sais… La médecine chinoise possède bien d'autres atouts, et surtout, elle ne regarde pas la maladie sous le même angle que nous.

— Écoute, ça ne fait que quelques jours qu'il est comme ça. Laissons d'abord l'hôpital agir comme il l'entend et on avisera si rien ne se passe. Mais ne commençons pas déjà à envisager des solutions d'un autre monde alors que ce qui doit être tenté en premier ne l'a pas encore été, non ? Et tu vas le transporter comment pour aller chez tes Chinois ? C'est pas Usain Bolt, papa, en ce moment, tu vois…

— OK, Adrien. Je disais ça comme ça.

— Tu me fais marrer, toi. T'as toujours les solutions pour tout…

— Ne me fais pas dire ce que je n'ai pas dit. C'était une idée en l'air. Spontanée.

— Eh oui, comme souvent, Léo. Au lieu de réfléchir à la situation réelle et à ce qu'il est réellement possible de faire, tu nous sors des recettes toutes faites, comme des jokers que tu abats en toutes circonstances… La médecine chinoise ! Pourquoi pas appeler un marabout ou un sorcier malien, tant qu'on y est ? Moi je pense que ce genre d'initiatives reviendrait à fabriquer un bonhomme de neige à côté d'un barbecue…

— OK, je t'ai dit. Si ça te soulage d'expulser ta rage envers… tout ce qui te paraît un peu «bobo», tu ne l'as pas dit, mais c'est bien de ça qu'il s'agit, OK, pas de problème… Tu juges direct de façon péremptoire tout ce qui échappe à ta logique.

— Bon, ça va, les garçons ! Vous n'êtes pas venus ici pour encore vous engueuler, quand même !

Avec le petit soupir en fin de phrase qui signifie sans équivoque que la partie est close, Mathilde a joué l'arbitre de chaise avec autorité. Il n'y aura pas besoin d'un recours à la vidéo.

Je ressens soudainement un malaise et me sens gagné par une réelle tristesse. Non pas d'entendre mes fils exprimer leurs désaccords de façon virulente, cela est courant dans la plupart des fratries, paraît-il, mais de me rendre compte que je ne garde aucun réel souvenir d'une quelconque dispute de la sorte, en fait. Or le ton employé et la vitesse à laquelle il est monté ne laissent aucun doute sur le fait qu'il ne s'agit ni d'un galop d'essai ni d'un round d'observation. Ces deux-là ont de toute évidence l'habitude de se disputer. Et je n'ai finalement jamais eu le loisir d'assister à leurs combats de coqs. Pas à l'âge adulte, en tout cas. Alors que l'arbitrage de Mathilde, de même que son «encore vous engueuler» trahissent un savoir-faire en la matière que seule la répétition de l'expérience a pu lui conférer. Bien évidemment, les cinq ans qui les séparent ont empêché qu'ils ne partagent les mêmes Lego ou construisent les mêmes cabanes, évitant de ce fait les chamailleries de l'enfance les plus répandues, mais je n'ai aucun réel souvenir de véritables tensions entre eux lorsque l'âge de raison, puis la maturité eurent fait leur œuvre.

Tiens donc. Je pensais connaître parfaitement mes enfants puisque je les avais faits et surtout éduqués, mais la notion de « parfaitement » est de toute évidence à revoir à la baisse…

Je n'écoute plus ce qu'ils se disent. Ils se donnent des nouvelles de leurs vies, sans vraiment s'écouter, en posant leurs questions de façon convenue, poliment. C'est ainsi que je connais ces deux frères. Se croisant de façon courtoise, chacun sachant le petit mot qu'il ne faut pas dire s'il veut éviter l'escarmouche.

Oui, ce ton m'est familier. Mais pourquoi ne m'en suis-je jamais offusqué ?

Et pourquoi Mathilde n'a jamais vraiment abordé le sujet avec moi ?

Comment, eux, en sont-ils arrivés là ?

Je devrais avoir une théorie sur ces questions, ou mieux, une explication empirique. Mais j'ai beau fouiller dans ma mémoire, rien ne me vient de façon notoire.

Très vite, une certitude : j'ai dû rater quelque chose. Dans le double sens du terme, d'ailleurs. J'ai raté en tant que spectateur, et raté en tant qu'acteur qui aurait pu, aurait dû être capable d'influer sur le cours des choses.

Je ressens le besoin de revenir en arrière, loin, très loin. Essayer de dénicher un évènement fondateur. Débusquer la faille que je n'avais pas vue. Comprendre a posteriori le nœud que je n'avais pas dénoué à temps.

Peut-être que j'exagère aussi… ?

Peut-être que ma situation et la seule perception sonore de leurs échanges accentuent ce sentiment de conflit que je ressens. Si je les voyais, peut-être ne ressentirais-je pas du tout la même chose, après tout ? ...

La situation est peut-être analogue à ce qu'il se passe avec une vidéo. N'avoir que le son, ou avoir le son avec l'image, ça ne donne pas du tout la même chose en termes de perception. Peut-être...

Je voudrais poser la question. Parler. Crier. Alors que je sens la colère monter.

Je suffoque de ne pouvoir rien dire. J'ai envie de pleurer, mais, encore une fois, aucune larme ne sortira. Alors qu'il m'est si souvent arrivé de retenir des larmes, tout en sachant que, où qu'elles aillent, les larmes qu'on retient reviendront tôt ou tard faire une petite visite en boomerang...

Et là, je pourrais les convoquer de toutes mes forces et ma volonté, elles resteront enfouies.

Je dois me concentrer sur l'enfance de mes fils, leur adolescence, essayer de retrouver ce que j'ai manqué, omis ou refusé de voir à l'époque.

Que ma perception ait été pertinente ou exagérée il y a quelques instants, j'ai envie de creuser cette question afin de comprendre ce pan de ma vie.

Je vais réfléchir au passé, réfléchir à l'imparfait...

Tiens, tiens, il est intéressant de constater que le nom du temps qui nous sert à exprimer le passé à travers une durée indéfinie de l'action s'appelle... l'imparfait...

Le passé est donc par essence imparfait.

Ce simple constat me met un peu de baume à l'âme...

C'était entre Noël et le jour de l'An, dans cette semaine pendant laquelle beaucoup des jouets fraîchement débarqués de la hotte finissent déjà à la casse ou tombent dans l'oubli prématuré de leur propriétaire. Mais il arrive que le père Noël ait fait mouche dans ses choix et que de réelles passions se déclarent. C'est ainsi qu'Adrien ne décollait pas de son train électrique. Le faire venir à table ou lui demander de s'habiller nécessitait de passer en mode « colère ». Zoé n'éprouvait qu'indifférence pour ce jouet sans doute trop genré pour elle, alors que Léo, voulant imiter son grand frère, ne cessait de venir l'importuner et de poser ses jeunes pattes pataudes sur les rails et wagons miniatures.

Ce qui lui valut, au cinquième jour, non sans plusieurs avertissements, une claque monumentale de la part de l'apprenti cheminot.

Mathilde avait géré, essayant de trouver le juste compromis entre la nécessité de faire comprendre à un enfant de quatre ans que les jouets de son frère, outre leur fragilité, ne sont pas les siens, et celle de faire prendre conscience à un gamin de neuf ans qu'on ne résout rien par la violence, surtout envers un petit qui n'en est pas au même stade de compréhension de la propriété…

Je me souviens très bien de la scène. Je me souviens aussi surtout du fait que je n'avais pas vraiment levé les yeux de ma lecture du moment, une interview d'un jeune retraité nommé Michel Platini.

Soit.

Ce n'est pas parce que ma position horizontale actuelle s'apparente à celle d'un patient chez le psychanalyste que je vais me laisser tomber dans un mea culpa caricatural non plus. Même si je n'ai jamais eu le loisir de participer à ce genre de consultations, je crois savoir que cet échange se fait à deux. Le fait de parler est bénéfique parce que quelqu'un écoute... Or, jusqu'à preuve du contraire, je me vois ici affublé de la double casquette, reléguant l'intérêt de cette démarche au second ou troisième plan...

C'est bien Mathilde qui gérait une grande partie de l'éducation de nos enfants et qui intervenait en premier lieu pour gérer leurs conflits. Je me tenais en officier de réserve au cas où la situation venait à empirer et, d'après mes souvenirs, je n'ai eu à intervenir qu'en de rares occasions. Mais comme le donneur d'ordre était finalement... moi-même, en toute honnêteté, je plaçais le seuil d'intervention suffisamment haut pour que je reste déchargé de toute responsabilité...

Ceci dit, sérieusement, avions-nous besoin d'être deux pour nous occuper de cela ?

J'avais effectivement un rythme de travail au-dessus du raisonnable et je voulais légitimement profiter des rares moments de tranquillité que je pouvais m'octroyer.

Est-ce dans ces moments-là que s'est construite la distance que je ressens à ce jour avec mes fils ?

Je me dis que c'est trop simple. Ou trop simpliste. Antoine dirait que la simplicité ne semble simpliste qu'aux yeux des prétentieux...

Si je m'étais investi ce jour-là, lors de cette altercation entre Adrien et Léo, dans la gestion de ce conflit de mômes, cela aurait-il changé quelque chose à la relation que j'ai avec eux aujourd'hui ? Aurais-je eu des clés pour la suite ?

Je reste quand même dubitatif. Qu'y a-t-il donc à apprendre d'une dispute pour un jouet entre un enfant de neuf ans et son frère de quatre ?

Est-ce réellement révélateur de quelque chose ?

Ou cela relève-t-il de l'anecdote à propos de laquelle il est complètement vain de chercher la moindre signification ?

Peu importe, finalement.

Le plus important est que je réalise que ce jour-là, je ne me suis pas levé, que ce jour-là, je ne me suis pas intéressé à ce qu'il se passait chez moi, que ce jour-là, j'ai laissé Mathilde se charger du problème. Que ce jour-là a ressemblé à des milliers d'autres. Que je m'en souviens avec précision parce que c'est moi qui avais choisi ce train électrique et que j'étais ravi de voir Adrien s'amuser avec un jouet dont j'avais moi-même rêvé toute mon enfance…

Pour une fois, Adrien me ressemblait.

Voilà ce qui m'avait marqué.

Mais au fond de toi, la dispute entre Adrien et Léo, tu t'en fichais royalement, Pierre, avoue.

Je cherche encore dans ma mémoire.

Très vite m'arrive l'image d'un train – bien réel, celui-là – dans lequel nous étions tous en famille. Je ne sais plus vraiment où nous allions, peut-être un week-end à la montagne, mais je revois parfaitement l'image du compartiment de train corail dans lequel nous avions pris place. Nous devions certainement aller à la montagne, puisque nous traversions de nombreux tunnels. Et comme ces derniers se rencontrent majoritairement dans notre réseau ferroviaire montagnard, j'en déduis que notre destination était montagneuse sans qu'aucun souvenir précis ne vienne me le confirmer…

Adrien était un jeune préado impétueux et arrogant, avec des restes d'enfance colérique et des prémices d'adolescence lymphatique.

Il était l'heure de déjeuner. Mathilde avait préparé des sandwiches et aussi acheté sur le pouce des taboulés en barquette. Ce plat oriental venait de faire une entrée fracassante dans le quotidien des Français, et l'industrie agroalimentaire venait de s'y investir.

Mais tenter de manger un taboulé dans un tunnel de train à la stabilité aléatoire peut s'avérer être une expérience particulièrement burlesque, surtout lorsque la maîtrise de la fourchette n'est pas encore tout à fait optimale.

À son insu, c'est ce que fit Léo.

Lorsque la lumière revint à la sortie du tunnel, sa bouche et son tee-shirt étaient maculés de semoule.

Zoé explosa d'un rire franc et bienveillant alors qu'Adrien ne put s'empêcher de se moquer de son frère en lui signifiant qu'il était encore plus bébé que son âge réel ne le laissait supposer.

Une anecdote, bien sûr, mais à bien y réfléchir, le sarcasme d'Adrien, bien au-delà de la moquerie, résonne dans ma mémoire comme un prélude au début de dispute que je viens d'entendre.

Pourtant, je n'y avais prêté aucune importance, à l'époque. Et Mathilde ? Qu'en avait-elle pensé ? Comme nous en parlions très peu, comment le savoir ? Je suis persuadé que Mathilde s'accommodait très bien de sa gestion en solo de ces questions.

Très vite me revient aussi l'obtention du brevet des collèges par Léo.

Haut la main, tranquille, en totale autonomie. Ce n'est d'ailleurs que lorsqu'il nous a dit qu'il l'avait eu que j'ai réalisé qu'il le passait, tant ce diplôme n'avait fait que perdre de son prestige au fil des générations et des diverses réformes successives de l'Éducation nationale…

Ce dont je me souviens, c'est bien de la remarque désobligeante d'Adrien à propos de la réussite de son petit frère.

Lui qui ramait pour la seconde fois en première année de sciences à l'Université et qui ne considérait le système scolaire qu'avec condescendance n'avait pu s'empêcher de dénigrer la réussite de Léo, qui avait déjà la maturité pour prendre ce succès avec philosophie.

Dire qu'il s'agissait de l'expression basique d'une jalousie évidente n'apporte pas grand-chose à ma réflexion.

Ce qui me chagrine davantage, c'est que cette jalousie ne m'a jamais réellement perturbé ni inquiété, en fait. Bien sûr que j'en avais conscience, mais elle ne représentait à mes yeux que l'arrière-plan un peu flou de leurs vies. Puisqu'il est fréquent que la jalousie soit un sentiment fondateur dans beaucoup de fratries, ce n'était pas pour moi un sujet de la plus haute importance, et Mathilde, évidemment, ne m'a jamais non plus réellement alerté sur le sujet.

Et que dire du manque de reconnaissance de la part d'Adrien pour le talent inné et évident de Léo pour le dessin ?

En tant que petit dernier, Léo recevait les louanges de ses grands-parents et de ses oncles et tantes, dont ma défunte sœur.

C'est vrai qu'Adrien, lui, n'avait a priori pas grand-chose pour déclencher le moindre applaudissement.

L'admiration d'autrui, tombée du ciel ou recherchée, revendiquée ou fortuite, jalousée ou admirée, comme élément fondateur de notre personnalité, ou pas, voilà un sujet dont j'aimerais m'entretenir avec Mathilde ou Antoine. Maintenant. Autour d'un thé à la menthe ou d'une bonne bière belge.

Refaire le monde.

Disserter à partir de généralités en prenant quelques exemples personnels. Mais au bout du compte, se met-on réellement à nu ?

On passe le temps, c'est sûr…

Et c'est déjà beaucoup.

Mais là, maintenant, tout de suite, que ne donnerais-je pas pour parler, échanger, entendre, et contempler des silences, aussi…

Il va me falloir patienter pour cela, c'est ma seule certitude…

Antoine. Je suis certain qu'il est là. Seul. J'ai entendu quelques chuchotements et bribes de mots à son arrivée, sans doute des échanges « logistiques » et réglementaires avec le personnel hospitalier.

Je suppose qu'il est assis. Non, je ne suppose pas. Je sais qu'il est assis. En face de moi. Et me regarde. Je vois très bien à quoi il pense. Un mélange de nostalgie de nos jeunes années et d'espoir pour un futur proche. Il réfléchit beaucoup.

Je suis profondément ému par ce que je ressens. Cette certitude de sa présence. Je n'ai pas clairement entendu le son de sa voix, comme j'ai pu entendre celles de Mathilde, Adrien ou Léo, mais je n'ai aucun doute sur le fait qu'Antoine est dans la pièce. Cela relève du domaine de l'indicible. Je sais pertinemment qu'il ne parlera pas, même si Mathilde a dû le lui conseiller. Trop cartésien pour croire que je puisse l'entendre, consciemment ou inconsciemment.

Ce n'est pas grave, Antoine.

Je sais que tu es là.

Mon ami. Indéfectible ami. Il paraît que garder une amitié aussi longtemps est rare en ce monde. Sur plusieurs décennies, je veux bien le croire. Avec nos mobilités autant professionnelles qu'affectives, nous sommes amenés à rencontrer de nouvelles personnes dont les noms, peu à peu, au gré d'activités ludiques ou de terrasses ensoleillées partagées, viendront remplacer des noms plus anciens au sein de nos répertoires.

Ainsi va la vie. Et comme nos mémoires téléphoniques ont curieusement moins d'espace libre que nos bons vieux carnets à spirales, on est contraint de supprimer. Pour faire de la place. Sans que cela ne nous émeuve plus que ça.

Ainsi va la vie.

Antoine, c'est autre chose. Il ne s'agit ni de camaraderie ni de fraternité comme les cultures méditerranéennes aiment à le clamer.

Il s'agit d'amitié profonde.

Un adage, sans que j'en connaisse les origines – un truc arabe du quatorzième ou quinzième siècle, je crois – prétend qu'un ami est quelqu'un que l'on connaît très bien, mais… que l'on aime quand même.

Je suis tellement d'accord avec cette définition. Antoine en est l'illustration vivante, l'incarnation totale, devrais-je dire.

Nous nous sommes rencontrés au lycée hôtelier, à une époque où la plupart des jeunes de notre génération n'allaient pas au lycée. Tous deux issus de la classe moyenne, pour être schématique, nous avions autant de points communs que de différences, autant de terrains d'entente que de sujets de frictions.

Une passion commune pour les arts de la table, Antoine étant de loin plus créatif et imaginatif que moi, des goûts musicaux se situant dans le même univers de la soul, du jazz ou du rock, nous faisions état de nos pierres d'achoppement dès qu'il était question de politique. D'ailleurs, nous n'avions pas eu une lecture commune des grands évènements de la fin de la décennie et nous ne nous trouvions pas du même côté des barricades… Barricades intellectuelles j'entends, car lui comme moi étions bien trop frileux pour nous risquer à lancer des pavés en attaque ou en défense de quelque morale ou philosophie que ce soit.

Mais cette différence de point de vue a perduré toute notre vie, sans que nos situations opposées sur l'échiquier politique ne viennent obstruer notre amitié. Au contraire, elle la nourrissait.

Nous avions un réel plaisir à nous provoquer, d'autant plus en public que ses idées de gauche rencontraient un vif succès auprès des filles. J'avais pour ma part intégré que je n'avais guère que le bleu de mes yeux pour attirer le sexe opposé, mais qu'une fois passée cette attirance, ce sexe opposé avait vite compris qu'il n'y avait pas grand-chose d'autre à aller chercher.

Voilà l'opinion que j'avais de moi-même. Et le souvenir de cette époque me revient avec humour et tendresse, sans réelle frustration. Je me suis très vite résigné à cet état de fait, et la présence quasi permanente d'Antoine à mes côtés ne pouvait que me conforter dans ce schéma, tant la lumière qu'il dégageait me faisait de l'ombre.

Je souris intérieurement en repensant à tout cela. Comme je revois le bonheur dans son regard à l'ouverture de son premier restaurant.

Lui, le gauchiste, n'avait pas tardé à devenir patron, alors qu'au bout du compte, de mon côté, je n'ai été qu'un salarié toute ma vie. Sans que je ressente d'ailleurs cette remarque de façon péjorative. Je l'ai accepté. Il faut une certaine personnalité et une confiance en soi pour prendre les rênes d'une affaire, quelle qu'elle soit. Une bonne dose de courage, aussi. Un brin de chance ou de sentiment de sécurité familiale et on obtient le cocktail du parfait jeune entrepreneur.

Antoine faisait finalement partie de ces « révolutionnaires » qui gardent leurs convictions en rangeant le *Petit Livre rouge* dans la boîte à gants de leur BMW…

J'ai toujours su, sans jamais l'avoir évoqué, que si l'un de mes enfants avait eu besoin d'un stage dans le domaine de la restauration, Antoine aurait ouvert grand ses bras et la porte de son établissement.

Mais aucun d'eux n'a embrassé ce genre de carrière ni même exprimé le moindre soupçon d'intérêt pour le sujet.

Antoine, à l'heure qu'il est, à quoi penses-tu ?

Dis-le-moi. Ou fais actionner, sans t'en rendre compte, les leviers de la télépathie. Vas-y, je suis tout « ouïe ».

Comment me trouves-tu dans mon immobilité ? Ai-je l'air serein ou inquiet ? Ou simplement endormi ? Le coma ressemble-t-il à un simple sommeil ou présente-t-il une parenté avec le stade ultime de notre condition humaine ?

Je n'ai jamais eu l'occasion de voir qui que ce soit dans cet état, alors je ne sais pas. Personne n'a fait de commentaire à ce sujet et, bien sûr, aucune glace, aucun miroir ne me serait de la moindre utilité.

À quoi je ressemble, Antoine ? Sois franc. Tu l'as toujours été avec moi, alors n'hésite pas à me dire la vérité.

La vision de mon corps étendu incite-t-elle à l'espoir ou prépare-t-elle à aller prendre rendez-vous chez un ébéniste spécialisé en bois de sapin ?

Je me sens à côté de mes pompes, oui, mais sont-elles funèbres ?

Dis-moi tout, Antoine.

Repenses-tu à cette satanée adhésion à ton association que tu m'as fait signer ? Et ce document de directives anticipées que j'ai fini par accepter sous ton influence ? Il est dans ton esprit à cette heure, Antoine ? Mon état te fait-il y penser ? Est-ce d'actualité, à ton avis ?

Je sais bien qu'aucun mot ne sortira de ta bouche, mais je me concentre pour percevoir une onde, une énergie qui me mettrait sur la voie de tes pensées.

La goutte de sueur dans le dos fait à nouveau sa visite dès que je pense à ce fichu document qui donne les pleins pouvoirs à Mathilde.

Je sens à nouveau le stress et l'angoisse monter. Je suis ligoté, il n'y a pas d'autre mot, en fait. Avec des cordes d'une solidité diabolique.

Je veux vivre, Antoine. Entends-le. Sache-le. Je t'envoie cette volonté de toutes mes forces.

Je veux vivre.
Je veux vivre.
Je veux vivre.
Même dans cet état.
La médecine semble à ce jour incapable de détecter la vie qui est en moi. Alors même si elle venait à affirmer un pessimisme rédhibitoire, je garderai, moi, l'espoir de m'en sortir, l'espoir de retrouver l'intégrité de mes capacités.
Entends tout cela, Antoine.
Je sais que tu vas finir par l'entendre.
Mais à la seconde présente, j'entends la sonnerie de son téléphone.
Je ne m'étais donc pas trompé. C'est bien Antoine qui est là.
Watermelon Man, standard de jazz qu'il avait téléchargé en un clin d'œil au moment où j'en travaillais l'adaptation au saxophone.
J'apprécie ce moment. Ce pouvoir incroyable de la musique sur nos souvenirs et nos émotions. En même temps, je m'étonne qu'il n'y ait pas de brouilleur de portable dans cet hôpital. Avec tous les appareils autour de moi, je trouve cela surprenant. Je ne manquerai pas de faire une réclamation administrative à mon réveil…
— Allô…
…
— Oui, ça va, je suis à l'hôpital…
…
— Oui oui, je suis devant lui, oui…
…
— Tout à fait, on en parlera ce soir…
…
— Oui, tu as raison…
…
— Je t'embrasse, Mathilde…

Il raccroche.

Pourquoi diable Mathilde appelle-t-elle Antoine à cette heure ?

Et le « Je t'embrasse, Mathilde », tout comme l'ensemble de l'échange témoignent d'une familiarité plutôt différente de celle que je leur connais en ma présence...

Qu'est-ce qui m'aurait encore échappé ?

Perdu dans mes pensées, je n'entends pas Antoine s'en aller.

La goutte dans le dos dépasse largement la taille d'une goutte à cet instant...

Je me réveille « en sursaut » à cause de gloussements intempestifs à mes côtés. Tiens, les revoilà, ces deux-là... Je sens qu'elles ont « la blague »...

Ce sont bien elles, je reconnais leurs voix.

Comme la fois précédente, je ne ressens rien physiquement, alors qu'il est de toute évidence l'heure de ma toilette.

Me voilà redevenu bébé, en somme. Je ne veux pas réfléchir davantage à ce qui me permet d'avoir une hygiène acceptable et ne souhaite me rajouter ni dégoût ni affliction.

— Arrête, Sandra...

Et les gloussements repartent de plus belle.

Je suis content de connaître le prénom de l'une. Comme ça, la prochaine fois, je me dirai : « Tiens, voilà Sandra. » Sans que je connaisse bien sûr le moindre trait de son visage, le simple fait de la nommer me donnera un sentiment de familiarité, de convivialité, sentiment que je suis bien loin d'éprouver pour quelque médecin que ce soit ici...

— Arrête, je te dis. T'es conne ou quoi ?

Cette fois, le ton de son acolyte se fait plus sévère, teinté de réelle inquiétude.

— Si on nous chope, on craint grave... Arrête, je te dis.

— Tu sais très bien que personne n'entre sans prévenir quand on a mis le panneau sur la porte...

— Et alors ? Si un toubib se pointe, il ne va pas attendre trois plombes avant d'entrer. T'aurais pas le temps de le remettre comme si de rien n'était...

Et c'est l'explosion de rires. Franche, juvénile, sincère et communicative.

Je ris.
Intérieurement, bien sûr.

Je ne sais ce qu'elles ont trouvé comme blague, mais leur jeune âge et leur goût de l'imprudence me font bien comprendre qu'il doit s'agir d'un humour franchement potache et graveleux.

De mémoire, il ne me semble pas qu'à mon époque, les filles avaient ce genre d'humour entre elles ! ... Certes, par définition, nous n'étions pas en leur compagnie dans ces moments-là, mais je donnerais ma main à couper que leurs blagues tournaient autour de choses bien moins triviales. Un certain mois de mai est passé par là, sans doute, et les années qui suivirent ont accéléré les choses, mais je reste coi...

Zoé rirait-elle en la circonstance ?
Si je n'étais pas son père, peut-être.

Encore que je m'aperçois que je n'ai quasiment jamais ri de blagues en dessous de la ceinture avec ma fille, évitant toujours le sujet, consciemment ou non, ou m'arrangeant pour changer de thème de conversation lorsque la menace se faisait trop présente.

— Regarde comme c'est mignon avec ce petit nœud papillon...

Non !!!

Elles n'ont pas fait ça, quand même !!

Je ne veux pas me figurer de façon réelle ce que cette phrase évoque.

J'avoue que si elles se font « choper », comme elles disent, elles auront mérité une sanction sévère.

Mais si elles se divertissent de la sorte, c'est que leurs tâches doivent les entraîner dans une morne routine et c'est peut-être là que le bât blesse, après tout... Alors que je suis censé être le premier concerné par leur travail, je ne suis même pas en mesure d'émettre le moindre avis sur sa qualité...

Il n'empêche. Cela aurait-il pu se produire à une époque où les subalternes exécutaient ce qu'ils avaient à faire sans rechigner et sans réfléchir au bien-fondé de leur travail ou la pénibilité qui le caractérisait ?

Peut-être, après tout, que ce genre d'amusement existe depuis des lustres en milieu hospitalier sans que personne n'en sache quoi que ce soit.

Je n'en sais fichtre rien, d'autant plus qu'il s'agit en fait de la première hospitalisation de ma vie, le destin m'ayant jusqu'ici largement épargné.

Et pour l'heure, j'avoue que cette question ne constitue pas la plus grande priorité de mes pensées…

Je suis dans une forme de léthargie étrange, luttant contre le sommeil, sans que je sache où ce sommeil se situe dans le spectre de mon coma. Je dors à l'intérieur du coma, en somme. Voilà bien quelque chose dont je n'avais jamais entendu parler et qu'il faudra que je narre aux médecins à mon réveil, ne doutant pas une seconde de l'intérêt qu'ils porteront à mon récit.

J'entends des bruits bizarres, de l'agitation, des sons de machines électroniques que je n'ai souvenir d'avoir entendus que dans des films catalogués dans le genre « science-fiction »…

Je ne tarde pas à comprendre. Je dois sûrement être en train de subir l'IRM dont le médecin parlait à Mathilde.

Les bruits prennent peu à peu une ampleur insupportable, comme un mélange de turbines industrielles, de rotatives du siècle dernier et de marteaux-piqueurs. Personne n'a bien sûr eu l'idée de me mettre un casque !

Il va m'être impossible d'entendre le moindre commentaire. Et puis, de toute façon, les médecins doivent se trouver dans une autre pièce…

La musique. Seule la musique peut venir à mon secours.

Ce sera *All of me*, l'un des premiers morceaux que j'ai su jouer au sax.

Les paroles de la chanson, exceptionnelles dans la voix de Sinatra, me reviennent et commencent leur effet de berceuse…

« *All of me, Why not take all of me, Can't you see I'm no good without you… Take my lips, I want to lose them, Take my arms, I'll never use them…* »

— Nous sommes certains de ce que je vous dis… Nous allons attendre encore un peu. Mais je préfère vous le dire en toute franchise. Comme vous me l'avez demandé.

La voix professorale du toubib se fait tranchante dans le silence de ma chambre. Ils sont tous là. Mathilde, Adrien, Léo, Antoine.

Je ressens la pesanteur extrême de l'atmosphère dans la pièce.

Il reprend :

— Schématiquement, la mort clinique peut être un état simplement temporaire et réversible grâce aux techniques de réanimation. Trois critères permettent de définir cette mort apparente : l'absence d'activité musculaire spontanée, de respiration et de réflexes. La mort cérébrale, elle, est bien différente. Le cerveau n'a tout simplement plus aucune activité. Et c'est bien le cas de M. Letuyer. Certains organes peuvent encore fonctionner, en général maintenus en état de marche par une assistance respiratoire, comme nous sommes en train de le faire, mais ils sont amenés à mourir avec la cessation de ces mesures. La mort cérébrale peut être prononcée après que deux médecins ont vérifié que le patient ne répondait plus à la douleur, que les pupilles étaient immobiles et que les réflexes ne fonctionnaient plus. L'électroencéphalogramme doit aussi être totalement plat. La mort, quant à elle, est légalement définie dans le Code de la santé publique par trois critères qui doivent être simultanément constatés : ce sont l'absence totale de conscience et d'activité motrice spontanée, l'abolition de tous les réflexes du tronc cérébral et l'absence totale de ventilation spontanée. La loi demande également que soient effectués certains tests afin de prouver la destruction du cerveau de la personne. Ainsi, les médecins doivent soit réaliser deux encéphalogrammes nuls et aréactifs effectués à un intervalle minimal de quatre heures et durant chacun trente minutes, soit une angiographie, c'est-à-dire une photo du système vasculaire, objectivant l'arrêt de la circulation encéphalique... Voilà, tout ceci est un peu... froid et technique, j'en conviens, mais au moins... nous savons de quoi on parle...

J'hallucine !

« *Nous savons de quoi on parle.* »

Mais non, bougre d'incompétent, tu ne sais pas de quoi tu parles, tu n'as rien compris, tes machines ne fonctionnent pas et sont à des années-lumière de comprendre ce qu'il se passe en moi... Je suis vivant ! Vivant ! Vivant ! J'entends tout et comprends tout ce que vous dites, avec, sans aucun doute, une acuité que je n'avais jamais eue auparavant. Alors, s'il te plaît, cesse ce ton de monsieur qui-sait-tout, car de toute évidence, tu es complètement hors sujet... Le pire est que l'assistance croit forcément à tout ce que tu racontes, buvant tes propos comme des enfants de classe maternelle, au sommet de la naïveté, boivent les contes et légendes que leur maîtresse leur raconte pour les amener à la sieste. Mais c'est toi qui as les commandes, je le sais bien. Ils se rangeront derrière ton avis. Tu sauras trouver la syntaxe qui enrobera tes propos de façon à ce qu'ils conduisent ton auditoire à choisir l'option que tu auras, toi, anticipée. Ma vie est entre tes mains, je le sais bien. Ma vie, oui. Ne t'en déplaise, je suis en vie. Tu devrais examiner mon cas de vraiment plus près, il est sans doute révolutionnaire. Ou, du moins, il risque de révolutionner l'état de vos connaissances, toi et tous tes confrères, et de susciter peut-être la stupeur, l'effroi, puis le repentir lorsque vous ressortirez de vieux dossiers pour lesquels vos conclusions hâtives ont conduit à l'irréparable. Je ne sais par quel « miracle » je suis dans cet état de conscience, mais c'est un état de fait. Je suis ainsi. Et ce n'est pas à moi d'en expliquer les raisons. Alors, cherche... et trouve ! Il y a urgence, tu ne crois pas ?

Je me repasse les arguments du médecin en revue et, effectivement, je constate que, vu de l'extérieur, mon état doit s'apparenter à celui d'une mort clinique. Mais comment peut-on me ranger dans la catégorie de la mort cérébrale alors qu'il est impossible que mon encéphalogramme soit plat avec l'activité mentale qui est la mienne depuis mon malaise ? Comment est-ce possible ? Je me sens gagné par un sentiment profond d'injustice, sentiment qu'éprouve l'accusé solitaire alors qu'il se sait innocent face à la meute des accusateurs.

Je me dois d'écouter encore ce qui se dit pour être informé de la tournure des évènements tout en réalisant que mon impuissance ne pourra rien changer à quoi que ce soit et que cela ne pourrait que faire grandir mon ressentiment.

— Mais comment peut-il se retrouver dans cet état à la suite d'un malaise si... rapide... si anodin d'apparence ? lance Mathilde.

— Ce cas n'est pas isolé, si je puis dire. Vous savez, le cerveau, même si nos progrès dans sa connaissance sont considérables depuis des décennies, reste un grand mystère, une inconnue en grande partie inexplorée... Par définition... personne n'est jamais revenu de la mort... Personne ne sait vraiment ce qu'il s'y passe vraiment...

— C'est sans doute mieux ainsi... Si ça se trouve, beaucoup de gens voudraient y retourner, en fin de compte... se risque Adrien avec un ton humoristique que, de toute évidence, lui seul comprend.

Même si ce n'est pas encore la pleine saison des diptères, on entendrait une mouche voler.

Le sujet n'est toujours pas abordé, mais je le sens germer dans les esprits. Le silence qui envahit la pièce, la présence du médecin, que je suppose le visage fermé et grave, à la manière d'un professionnel des pompes funèbres qui sait exprimer la compassion d'un simple rictus, alors qu'au fond de lui, il est davantage préoccupé par sa facture de gaz ou le prochain match de l'équipe de France. Mais il n'y a pas que le silence. Je ressens cette énergie du doute, de la peur, la peur d'aborder le problème, la peur d'entendre les avis des autres.

— Bien, Messieurs-dames, je vais vous laisser. Vous savez où me joindre. Au moindre besoin, n'hésitez pas. Et parlez-lui, je vous le rappelle. Nous sommes certains que cela ne peut qu'avoir des effets positifs.

Et j'entends quelques pas, quelques saluts prononcés tout bas et la porte s'ouvrir, puis se refermer.

Mais sur ce point, il a raison. Pourquoi mes proches ne me parlent-ils pas plus souvent ? Cela fait maintenant plusieurs fois que le toubib donne ce conseil et je ne sens aucune véritable initiative en ce sens… Je repense au « on y pensera » de Mathilde, au silence de mes fils, tout comme à celui d'Antoine suivi de ce coup de fil énigmatique reçu de la part de mon épouse…

Je ne sais si cela changerait quelque chose, mais j'aimerais être sollicité par leurs paroles, avoir des bouées, des mains tendues auxquelles accrocher mon énergie. Cette énergie incroyable que je ressens en moi, et si je la ressens si fort, c'est bien que j'ai développé des capacités mentales particulières, parce que mon cerveau connaît une activité exceptionnelle… Comment la production et l'utilisation de toute cette énergie peuvent-elles échapper aux capteurs des machines qui sont censées être à l'affût du moindre signal électrique émanant de mon être ?

Si je me réveille pour de bon, j'éluciderai ce mystère et la science aura fait un grand pas.

Parlez-moi. Faites comme ce médecin a dit. Il est globalement à côté de la plaque, certes, mais sur cette question, il a raison.

Alors pourquoi gardez-vous le silence ?

En y réfléchissant un peu plus, je me dis qu'il s'agit peut-être d'une question de pudeur. Car la situation empêchant toute réponse de ma part, chacun se retrouverait alors en situation de monologue face à moi, entendu des autres, quasiment en « spectacle ». C'est cela qui doit dissuader chacun de prendre la parole, par peur du ridicule. Ou du manque d'inspiration. L'une étant la cause de l'autre. Et inversement.

Je n'imagine pas Mathilde me faire une déclaration d'amour devant nos fils. Nous ne nous embrassions pas devant eux lorsqu'ils avaient huit ou dix ans, alors aujourd'hui, je ne vois pas comment elle pourrait dénuder ses sentiments. Inconsciemment, c'est sûrement injouable.

Et puis il y a Antoine, forcément.

Quelle est la réelle nature de leur relation ? Mon meilleur ami et mon épouse ? Non, je ne suis quand même pas le dindon d'un boulevard de série Z joué par la troupe de théâtre amateur de St Joachim-les-Hirondelles !!!

Ce n'est pas possible.

Tout simplement pas possible.

Impossible.

Je ne peux pas être passé à côté d'un tel scénario toute ma vie !

Je dois me raisonner. Ne pas attacher d'importance à une simple intonation de voix qui ne peut être que la source d'une projection de ma part. Une forme primaire de paranoïa.

Antoine fait partie de la famille, en fait, et cela me fait chaud au cœur de le constater. Il est devenu proche de Mathilde par amitié pour moi. Comme une évidence, comme la vérification empirique de cette loi de la transitivité qui dit que les amis de mes amis sont mes amis. Je me rassure.

Je les entends respirer. Croiser et décroiser les jambes. Se moucher. Souffler.

Tous ces sons qui trahissent l'attente subie, l'impatience, le stress, l'ennui. Nous ne sommes pas dans une salle d'attente dans laquelle chacun connaît la raison de sa présence, une auscultation ou une piqûre dans la bouche, mais cela ressemble en fait davantage à une réunion familiale dans laquelle chacun attend de passer à table et prend l'apéro de façon machinale et convenue, sans le plaisir réel du partage.

À la différence que... le repas ne sera pas servi.

Surtout pas par moi.

On frappe soudainement à la porte.

— Entrez, lâche Mathilde.

Mais avant même que la porte ne s'ouvre, j'ai compris.

Quatre personnes font leur entrée.

Jeanne et Louis, deux faux jumeaux de six ans.

Leur papa, Bertrand.

Et leur maman, Zoé...

— Vous n'auriez sans doute pas dû venir avec les enfants... reproche Mathilde.
— Ben pourquoi ? répond Zoé, incrédule.
— Ça peut être perturbant de voir leur grand-père ainsi.
— Au contraire. Pourquoi leur mentir ?

Je reconnais l'énergie de Zoé, sa façon d'assumer ses idées, non sans avoir dialogué et expliqué ses positions.

Mathilde ne relance pas la conversation.

J'entends les embrassades, les câlins, sans doute plus fervents avec Léo qu'avec Adrien.

Les bises plus distanciées qu'échangent ses frères avec Bertrand. Quelques gouzi-gouzi retenus et sobres avec les enfants.

Ils n'ont pas encore ouvert la bouche. Eux qui mettent en péril la résistance de mes cervicales lorsqu'ils me retrouvent en vociférant de façon joyeuse, sont tout calmes, sans doute pétrifiés par la situation et la vision de mon corps étendu.

Jeanne et Louis, mes bains de jouvence, mes objectifs sur l'agenda. Vivement Noël quand arrivent les vendanges, vivement l'été une fois digérées les crêpes de la Chandeleur.

Avec ou sans rhum, finalement...

J'avais entendu dire que le passage au statut de grands-parents donnait un sens et une vitalité nouvelle à l'existence, que cela ressoudait aussi le couple de façon incroyable.

J'ai vérifié ces « on-dit » au-delà de ce que je pouvais supposer.

Depuis leur naissance, Jeanne et Louis ne sont synonymes que de joie, bonheur et rigolades.

Je me permets de partager avec eux des jeux que je n'avais pas vraiment partagés avec leur maman ou leurs oncles. Des jeux pratiqués simplement pour leur dimension ludique. Ceci est fréquent, paraît-il, mais il est tout de même troublant de l'expérimenter pour de bon.

Le regain de complicité avec Mathilde trouve aussi son origine dans cette double naissance, c'est certain.

Des jumeaux !

De l'annonce de la bonne blague à la première échographie de Zoé jusqu'à aujourd'hui, ces deux enfants ne cessent de me faire rire...

Et si leur présence parvenait justement à me faire rire et me réveiller ?

Surtout, ne te mets pas de pression, Pierre...

Laisse faire.

Je ne sais pas si Adrien reviendra un de ces jours avec son fils à lui, Baptiste, deux ans plus jeune que ses cousins. Je l'aime beaucoup aussi, celui-là, mais la primeur de Jeanne et Louis leur confère sans aucun doute un statut particulier.

Et Adrien ne m'a pas fait partager sa paternité comme Zoé l'avait fait avant lui. En soi, cela n'a rien de surprenant, puisque Zoé avait toutes ses inquiétudes de future, puis jeune maman, à discuter avec Mathilde, et qu'Adrien... c'est Adrien...

La question s'était posée alors qu'Adrien n'avait pas encore soufflé sa deuxième bougie. Autant l'expression du premier besoin de maternité de Mathilde avait pris quelques détours et avait emprunté plusieurs zones d'approche afin de ne pas me brusquer, autant le deuxième fut exprimé de façon claire et sans ambiguïté.

— Il ne faudrait pas qu'Adrien reste seul trop longtemps et se laisse gagner par le syndrome du fils unique.

En clair, faire un deuxième enfant relevait davantage d'une démarche pédagogique envers le premier que d'une réelle envie en tant que telle. Je m'amusai avec délice de cette manifeste mauvaise foi.

Je me laissai facilement convaincre. Sans doute les difficultés rencontrées avec Adrien me firent approuver son prétexte et me motivèrent-elles à remettre le couvert, histoire de ne pas rester sur cet « échec »…

Contrairement à la première fois, nos gamètes tardèrent à s'unir. Mais sans stress ni inquiétude, nous avons laissé agir l'irrationalité de la magie amoureuse pour qu'elle mette son grain de sel dans les quelques lacunes dont nos biologies respectives semblaient faire preuve.

Et alors qu'Adrien faisait connaissance avec l'Éducation nationale, nous lui annoncions l'arrivée prochaine d'un petit frère ou d'une petite sœur. Avec le recul, c'était peut-être beaucoup d'infos et de chamboulements en trop peu de temps pour un petit être si fragile… En tout état de cause, nous étions bien repartis pour l'achat de couches-culottes, tétines, biberons et autres mignardises de la petite enfance, même si Mathilde avait pris soin de conserver beaucoup de l'attirail d'Adrien, car « cela pourrait toujours servir »... Ben voyons ! ...

D'un commun accord, alors que la science faisait des progrès vertigineux en la matière et qu'il devenait de plus en plus répandu de ne pas attendre l'accouchement pour découvrir le sexe de sa progéniture, Mathilde et moi décidâmes de laisser dame Nature nous faire la surprise.

Après tout, nous avions toute la vie devant nous pour connaître le sexe de cet enfant, nous pouvions bien attendre quelques mois de plus.

D'autant que j'espérais au fond de moi que ce fût une fille, histoire de connaître autre chose, et dans l'espoir aussi de ne pas avoir deux furies de sexe masculin à devoir gérer. Je me voyais mal devoir attendre l'arrivée d'un deuxième garçon, alors que s'il se présentait « par surprise », je n'avais d'autre choix que de l'accepter. Oui, je l'avoue, à cette époque, j'associais sexe masculin à furie et sexe féminin à douceur. Et à ma décharge, je n'étais pas le seul, puisque les premières institutrices d'Adrien expliquaient son énergie rebelle et parfois hors de contrôle par la présence du chromosome Y dans ses gênes...

Je vécus la grossesse de Mathilde de façon beaucoup plus sereine que la précédente et je reconnais que je désirais cette naissance – que je jugeais nécessaire au bon équilibre de notre cellule familiale – alors que le saut dans l'inconnu m'avait, quelques années plus tôt, tétanisé à bien des égards.

Le choix de la surprise quant au sexe de ce deuxième enfant nous permit aussi de vivre le divertissement de ce choix fédérateur pour le couple : celui du prénom !

« Adrien » était venu comme une évidence et nous n'avions pas réellement d'alternative en cas de sexe féminin. Et tant mieux, ce fut un garçon.

Cette fois-ci, la question se reposait et nous n'avions pas d'accord en cas de sexe masculin. Je ne me souviens d'ailleurs plus quelle liste des possibles nous avions dressée. En cas de fille, c'était le néant. La grande mode des prénoms en -a sévissait, mais sans nous.

Nous avions bien quelques idées inspirées par nos souvenirs d'enfance, mais aucune ne faisait l'unanimité. Et comme un couple est composé d'un nombre pair de personnes, il était impossible de faire émerger la moindre majorité.

Avant que cette sécheresse d'inspiration ne devienne problématique et cause de réels désaccords, à quelques semaines de l'heureuse échéance, nous nous décidâmes pour « Théo » en cas de garçon, un prénom qui repointait le bout du nez, et finîmes par tirer au sort en cas de fille.

Il fut demandé à Adrien, main innocente – quoique – de piocher une lettre dans le jeu de scrabble. Petit farceur, il nous sortit la lettre Z !...

Il n'y a qu'un Z dans le scrabble, et il a fallu qu'il tombe dessus...

Zohra, trop en dehors de notre culture.

Zara, trop en -a, et bien nous en prit, puisque quelques années plus tard, il eut été associé à la pornographie, et encore plus tard à une multinationale de prêt-à-porter...

Zeldée, difficile à prononcer.

Zoubida... euh... non.

Zazie, trop associé à la RATP.

Zoé fut donc un choix par défaut, mais il s'imposa facilement dans notre imaginaire.

Les deux syllabes claquent, c'est musical, mutin, festif, original...

Merci, Adrien, finalement.

Zoé Letuyer. Ça fonctionne.

Nous étions ravis. Et Adrien espéra du coup que la nature lui offre une petite sœur.

Son vœu fut exaucé.

Cette naissance fut un miracle pour moi. Le plus surprenant est que le bébé fut placé immédiatement sur le ventre de Mathilde à sa naissance, et que la question de son sexe ne nous effleura même pas pendant plusieurs secondes. Jusqu'à ce que Mathilde réagisse tout d'un coup : « Et au fait !!!! »…

Elle a soulevé le petit corps qui vociférait sa surprise de venir au monde et surtout son inconfort à remplir ses poumons des désagréables premières bouffées d'oxygène, et elle s'exclama : « Oh, c'est une fille ! »

Nous étions tous deux unis par une émotion pure, incapables de prononcer le moindre mot, gagas devant cette petite crevette de laquelle émanait déjà une réelle quiétude.

Rien de comparable avec son prédécesseur. Tout simplement diamétralement l'opposée de son aîné.

Je pourrais avec le recul m'amuser au petit jeu de « autant Adrien était ceci ou cela, autant Zoé était cela ou ceci » et j'aurais sans doute de quoi remplir un livre en trois volumes qui finirait par ennuyer le lecteur dès la quinzième ligne, en fait…

Je veux donc juste dire que j'étais comblé par les différences de caractère et de personnalité entre nos deux enfants.

J'ai longtemps espéré, pendant toute la petite enfance de Zoé, que ces différences aient à plus ou moins brève échéance une réelle influence sur son grand frère ; que par mimétisme, il en prenne de la graine, comme on dit.

Il n'en fut rien. Bien au contraire.

Adrien, avec une finesse d'esprit plus développée que son énergie de bulldozer ne pouvait le laisser supposer, sut perpétuellement garder ses distances avec Zoé, maintenant la trajectoire de son évolution strictement à la parallèle de celle de sa cadette.

D'emblée, je ressentis une réelle complicité avec Zoé. Ce bébé réagissait toujours de façon positive et enjouée à mes gouzi-gouzi, à mes berceuses pour l'endormir, à ma façon de lui faire prendre le bain.

J'avais envie de comprendre les mystères de cet être étrange. À quoi peut-on bien penser lorsqu'on ne possède aucun mot pour nommer les choses, concrètes comme abstraites, lorsqu'on est incapable d'identifier les émotions qui nous traversent ? Que se passe-t-il lorsque l'on n'est que dans la sensation, rien que la sensation ? Parallèlement, ce que je vis en ce moment, représente tout l'inverse... Je ne ressens rien physiquement, mais je suis traversé par une multitude d'émotions que je peux reconnaître grâce à un catalogue fourni de vocabulaire.

Toutes ces questions me passionnaient et je me surprenais à lire des livres spécialisés sur le sujet. Je n'hésitais pas à rester discuter avec des mamans à la crèche lorsque j'allais y chercher Zoé. Et je dis bien des mamans, car je ne devais pas être loin d'être le seul spécimen mâle à venir plus que de coutume chercher son enfant à la crèche. Pratique qui me valut d'ailleurs, outre quelques remarques acides de la part de collègues, de devoir déployer quelques stratagèmes fondés sur le mensonge pour obtenir le droit de ma hiérarchie de pouvoir m'éclipser plus tôt de l'hôtel.

Ce bébé me fascinait. Sans doute la cause principale était-elle à trouver dans le fait qu'il s'agissait d'une fille et que je succombais à l'imagerie populaire qui dit que les hommes entretiennent des liens particulièrement forts avec leurs filles. Peut-être. Je ne cherchais pas à trouver plus d'explications, c'était ainsi, c'est tout.

Il faut avouer que Zoé me le rendait bien. Toujours prompte à sauter dans mes bras ou à rire béatement à la plus consternante de mes grimaces, elle testait sur moi ses premiers atouts de séduction pour obtenir une minute supplémentaire de jeu ou le droit de toucher tel ou tel objet attisant sa curiosité.

Avec le recul, je réalise que ces années furent parmi les plus belles de ma vie.

Mais j'occultais de façon plus ou moins inconsciente certainement que je ne mettais pas du tout la même intention et la même énergie dans l'éducation d'Adrien. C'est donc naturellement qu'il se tourna encore davantage vers sa maman, faisant de notre cellule familiale une caricature du papa qui s'entend bien avec sa fille et de la maman proche de son fils.

Alors que je gardais une froide distance avec Adrien, je parlais sans cesse à Zoé. Je lui expliquais ma journée, tout en sachant évidemment que mes problèmes professionnels ne la concernaient que de très, très loin... Je lui commentais sans cesse mes actions. « Là, je mets l'eau à chauffer, ça s'appelle un bain-marie, Zoé, et une fois que c'est chaud, je mets le pot dedans. Et c'est pour qui la bonne purée de carottes-artichauts ? C'est pour Zoé ! »

J'avais un plaisir fou à jouer avec elle, à l'observer se démener pour essayer de tenir à peu près correctement un crayon afin qu'il traduise sur le papier les mystères de son génie créatif.

Cette relation privilégiée que j'entretenais avec ma fille fut d'autant plus exacerbée par l'arrivée inopinée, dix-huit mois après la sienne, de son petit frère Léo.

L'accident, le truc pas prévu, l'impromptu, l'impondérable, la bonne blague. La bourde dans le protocole contraceptif.

L'idée de mettre un terme à cette grossesse non désirée ne nous effleura même pas. Nous nous adapterions, nous en avions les moyens matériels et financiers, argument non négligeable. En effet, on a beau répéter que l'argent ne fait pas le bonheur, il n'empêche ; l'argent n'est qu'une illusion, certes. Mais il est une cinglante réalité, quand on n'en a pas...

Alors qu'elle avait clairement exprimé la volonté d'en rester à deux enfants, Mathilde trouva une vertu à ce troisième cursus obstétricien quand nous apprîmes que l'impromptu serait un garçon. Car cette fois-ci, nous demandâmes de connaître le sexe du prochain convive.

En effet, dans une fratrie de trois individus, la place du deuxième, celle du milieu, est souvent la plus délicate. Or, si cet individu du milieu se trouve être du sexe opposé à celui des deux autres, chacun garde alors pour la vie un statut unique et irremplaçable : L'aîné(e) – LE garçon ou LA fille – Le ou la cadet(te).

Je trouvais cet argumentaire plutôt pertinent et fus ravi de constater qu'il correspondait parfaitement à l'état civil de nos trois enfants.

« Théo », le prénom masculin que nous avions en réserve, bifurqua vers Léo, qui résonnait mieux en écho au prénom de sa sœur.

De manière surprenante, chacun de nos enfants présentait une maturité et une autonomie supérieures à celles de ses prédécesseurs. Peut-être que si nous avions fondé une famille nombreuse, le sixième ou le septième membre aurait été capable d'aller chauffer son biberon tout seul après avoir décidé de sortir du bain. Après tout, qui sait ? ...

Sans aucun doute, notre apprentissage empirique de la parentalité nous avait forgé une expérience qui ne pouvait que développer l'autonomie, cette analyse attestant l'hypothèse selon laquelle Adrien avait dû essuyer les plâtres.

Je m'entendis très bien avec Léo aussi. Mais de façon totalement différente de la complicité ressentie avec Zoé. Léo était de toute évidence brillant, rêveur, artiste, se nourrissant perpétuellement de son imaginaire. J'avais pour lui une bienveillance responsable et réfléchie, m'identifiant pleinement à un rôle de guide ou de « coach », bien que ce mot ne fût utilisé à cette époque qu'en de rares occasions, et essentiellement sportives.

La proximité de leur âge rapprocha tout naturellement Zoé et Léo ; rapprochement encouragé par la ressemblance sonore de leurs prénoms et rapprochement qui se ligua peu à peu contre le grand frère.

Ce dernier ne s'en prit jamais directement à Zoé, sans que je comprisse réellement les raisons de cet évitement. Ou, soyons plus sincères, je ne pris jamais le temps de m'y intéresser vraiment...

Des escarmouches entre Adrien et Léo me reviennent à nouveau, et je confirme que cela ne me touchait pas vraiment, à l'époque. C'est Zoé qui avait la primeur de mon intérêt et de mon regard, sans que cela ne m'attire le moindre reproche de la part des garçons. En étaient-ils conscients ?

Et ce domaine restait, dans mon esprit, le précarré de Mathilde, qui ne s'en offusqua jamais.

Ce fut ainsi pendant toute l'enfance de ma fille. Complices autant lors de l'apprentissage de la lecture que dans le choix des chaussons de danse, activité de loisir qu'en tant que petite fille, elle avait voulu essayer pendant quelques mois. Nous passions beaucoup de temps ensemble. Je voulais lui offrir, avec l'assentiment total de Mathilde, l'enfance la plus épanouissante possible en lui proposant moult activités.

Zoé chantait aussi très bien. D'une très grande justesse et dotée d'un sens inné du rythme, elle n'hésitait pas à me demander de l'accompagner au sax sur des chansons commerciales que seule la tendresse sourde et aveugle que j'éprouvais pour elle pouvait me permettre de tolérer. Mais je dois avouer que, privé de partition, mon sens de l'improvisation la laissait le plus souvent sur sa faim...

Calme et énergique en même temps, à la fois réfléchie et spontanée, intelligente, travailleuse, indépendante, je me délectais régulièrement des commentaires élogieux écrits sur ses bulletins scolaires, et je me tenais le plus possible informé de ses résultats, alors que ceux d'Adrien me consternaient. Quant à ceux de Léo, ils semblaient tomber positivement du Ciel, de façon presque irrationnelle.

Paradoxalement, alors qu'elle occupait la majeure partie de mes préoccupations paternelles, je ne vis pas vraiment grandir Zoé.

En prenant le temps d'y réfléchir maintenant, je pense que cela relevait d'une forme de déni chez moi. Déni qui me fit découvrir avec surprise qu'elle portait un soutien-gorge à la fin de sa deuxième année de collège.

C'est vers Mathilde qu'elle s'était naturellement tournée pour parler de toutes les questions inhérentes à sa puberté, et cela m'arrangeait bien.

Je n'ai jamais abordé la moindre question liée à la féminité ou la sexualité avec elle et je suis convaincu que je ferais certainement autrement si c'était à refaire aujourd'hui. Même s'il est toujours aisé de tirer des leçons « après coup ». Mais à l'époque, je ne voyais mon rôle de père qu'à travers les questions scolaires, le sport, l'art, puis la politique.

Nous parlions d'ailleurs de tout, rarement en désaccord, et je constatais avec délice qu'elle se rangeait sur le même bord que moi à propos de toutes les questions sociétales ou économiques. À cause des témoignages de certains collègues qui avaient dû affronter la gauchisation de leur progéniture, j'avais un tantinet redouté que l'adolescence nourrisse chez Zoé une facette rebelle et désireuse de bousculer l'ordre du monde, mais il n'en fut rien.

D'autant que très douée pour les langues, et l'anglais en particulier, elle se dirigea assez vite vers une carrière dans l'Éducation nationale, terreau comme chacun le sait très propice à la culture des idées gauchistes… Mais il n'en fut rien.

De la même façon, je redoutais le talent intellectuel d'Antoine pour semer la mauvaise graine dans l'esprit de ma fille – petit jeu à double objectif chez lui : rallier une personne de plus à sa cause et me taquiner – mais il n'en fut rien.

Sans être une libérale radicale, Zoé demeura imprégnée d'idées que nous qualifions le plus généralement dans ce pays d'idées de centre droit...

Alors qu'un père est plutôt fier de voir son ou ses fils devenir adultes, la fille muée en femme intrigue et fait prendre conscience de façon terrible que nous vieillissons. Et cela prend en fait tout son sens lorsque l'on découvre le fameux premier « petit copain », celui avec lequel c'est suffisamment sérieux pour oser la confrontation des générations.

Je ne garde pas un souvenir impérissable de cette première rencontre. Son prénom ne me revient d'ailleurs même pas et je garde juste en mémoire la réflexion qui m'était venue à l'esprit et dont j'avais fait part à Zoé : « Il n'a pas l'air bien dégourdi, celui-là... »

Réflexion qui me valut de rester exclu de sa vie intime pendant de longues années et de n'être présenté une nouvelle fois qu'à celui qui allait devenir son concubin plus tard : Bertrand.

Que pourrais-je bien dire à propos de ce Bertrand ?

Eh bien, Bertrand est le père de mes petits-enfants.

Un très bon père, d'ailleurs.

Prof de maths.

Voilà.

Fin du dossier Bertrand.

J'ai lu, il y a quelques années, dans je ne sais plus quelle revue de vulgarisation scientifique, grâce aux conseils d'Antoine, que ce qui fonde l'humanité – de façon universelle – est en fait le tabou de l'inceste. Aux quatre coins du globe, ce qui maintient l'équilibre de l'ordre social, est le fait que les pères « donnent » leurs filles à d'autres hommes, éloignés de la famille. Ceci a été démontré par le père de l'ethnologie moderne, Claude Lévi-Strauss.

Je ne connaissais pas cette théorie lorsque Zoé décida de partager taxe d'habitation, vaisselle et gestion des ordures ménagères avec Bertrand. De façon spontanée, je donne ces trois exemples alors que, bien entendu, la première chose partagée était bien le lit, mais encore aujourd'hui, bien que grand-père grâce à cette union, je l'occulte…

Même si j'ai toujours su de façon théorique et générique que Zoé et Bertrand étaient ensemble et pratiquaient donc dans l'intimité tout ce que Mathilde et moi-même avions pratiqué avant eux, la moindre image corrélée à ces pratiques me venant à l'esprit le quart d'une demi-seconde était aussitôt détruite par je ne sais quel bataillon de mon inconscient.

J'étais certes heureux de voir Zoé heureuse, mais cela me donnait quand même un coup derrière la nuque, un coup qui me faisait prendre conscience de l'inexorable pente descendante qu'allait prendre dorénavant mon existence, alors que les conquêtes féminines de mes fils n'altéraient en rien mon sentiment d'éternelle jouvence…

Mais je dois reconnaître que même après son passage à la vie adulte, la complicité qui m'unissait à Zoé resta indéfectible.

C'est donc avec la quiétude maximale que je puisse éprouver en cet instant que je ressens sa présence dans ma chambre…

— Ils en disent quoi, les toubibs, alors ? demande Zoé, de façon très douce.
— Ils ne sont pas... du plus grand optimisme, tu sais, répond Mathilde sur le même ton.
— C'est-à-dire ?
— Ben... comme je te disais, son cerveau est resté trop longtemps... sans oxygène... et les lésions risquent d'être très graves, voire... irréversibles...
— Ça veut dire quoi *irréssibles*, maman ? s'exclame Louis.
— Ir-ré-ver-sibles, mon chéri. C'est quand quelque chose ne peut plus revenir en arrière... Par exemple, toi, tu grandis, eh bien, c'est irréversible... Tu ne redeviendras jamais petit...
Un silence.
Louis reprend :
— Mais il dort ou il est mort, papi ?
Je reste cloué par la banalité de son propos. La mort n'a sans doute pas la même signification dans l'esprit d'un enfant de six ans que dans le nôtre, certes, mais tout de même... Il a sûrement dû être déjà « confronté » à des centaines de morts virtuels dans ses dessins animés ou jeux de je-ne-sais-quoi, mon niveau de culture dans ce domaine étant corrélé à mon hermétisme à l'évolution récente des jeux et jouets. Il n'empêche... La vérité sortant le plus souvent de la bouche des enfants, si j'avais le moindre doute sur la ressemblance entre mon état et la dernière station, le voilà levé...
— Il n'est pas mort, mon chéri.
Imperceptiblement, je sens que Zoé s'est efforcée d'être la plus rassurante possible. Objectif sans doute atteint chez Louis, mais cette intention ne peut au contraire que m'inquiéter.

Je suis immobile, certes. Mais mes traits sont-ils à ce point tirés qu'ils flirtent avec la nécrose ? Suis-je blanc ou jaune ?

Allez, parlez !

Commentez, décrivez ce que vous voyez, seul miroir qu'il me soit donné d'avoir...

Décrivez ce que vous voyez, que je me fasse une représentation mentale de mon apparence.

Décrivez ce que vous voyez pour que j'entende aussi le ton avec lequel vous ferez ces descriptions...

Je me concentre autant que je peux sur cette volonté. Toute l'énergie vitale qui est en moi envoyée sur ce seul objectif. Avec la précision d'un laser chirurgical. Obtenir une description détaillée de ce qu'ils voient. La télépathie doit fonctionner. Nous ne connaissons que dix pour cent des capacités de notre cerveau, ai-je déjà lu. Alors, je me concentre encore davantage, dans l'espoir peut-être de devenir un Christophe Colomb, un Louis Pasteur ou un Neil Armstrong de la force mentale.

Le silence.

Quoique relatif, car j'entends des froissements de tissus, des jambes qui se croisent et se décroisent, des bruits de pas agités qui doivent être produits par Jeanne ou Louis sautillant sur place, quoique je donnerais ma main à couper que c'est Jeanne la « fautive »...

Je perçois aussi des chuchotements. Je mets toute mon énergie pour entendre ce qui se dit. Cela vient de ma droite. J'ai une nouvelle confirmation, s'il en était besoin, que mon oreille s'est incroyablement développée depuis que je suis ici, et aujourd'hui, les performances de mon audition doivent flirter avec celles d'un sonar.

Il y a un groupe d'hommes sur ma droite, j'en suis sûr. Adrien, Antoine, Léo, Bertrand... Je ne suis pas sûr et certain qu'ils soient tous les quatre ensemble à discuter à voix basse, mais cela y ressemble. La conversation semble passionnée.

Je frémis. Je ne sais pas si je dois me concentrer davantage pour bien identifier leurs paroles, car je redoute tout d'un coup d'apprendre quelque chose qui risque de me déstabiliser définitivement. Cette récurrente goutte de sueur qui revient virtuellement et irrémédiablement dans mon dos…

Mais la curiosité est trop forte. De toute façon, que j'apprenne que je suis promis à une mort imminente ne changera rien à l'affaire, puisque je suis totalement impuissant. Alors, autant le savoir, pour m'y préparer peut-être, mais surtout pour puiser dans cette information l'énergie nécessaire pour me relever et y échapper, justement !

Mon niveau de concentration monte d'un cran. Les chuchotements sont parasités par les gesticulations enfantines de Jeanne et Louis, remis en place de façon trop sporadique à mon goût par Zoé et Mathilde.

Je ne suis pas loin de pouvoir identifier quelques syllabes à partir desquelles je vais pouvoir reconstituer des mots, et peut-être des phrases, comme le faisait sans doute un espion de la STASI en 1971 en écoutant les conversations de soi-disant dissidents grâce à des micros cachés dans des pots de fleurs ou des serviettes de bain.

J'augmente le niveau sonore de ma captation.

Et deux mots me parviennent.

Parfaitement compréhensibles.

Identifiables à cent pour cent.

Sans l'ombre d'un doute.

Il s'agit de « penalty » et de « PSG »…

Je ne sais pas si je dois pousser un soupir de soulagement – virtuel, il va sans dire – ou me laisser gagner par une totale consternation.

Soyons pragmatiques. Si ces hommes, effectivement férus de football, parlent ainsi, c'est que nous sommes au lendemain d'un match important de Ligue des champions. Nous sommes donc mercredi ou jeudi...

Soit. La belle affaire, en fait...

Quoique, si, cela donne quand même une information : nous sommes en pleine semaine. Et il s'agit d'une semaine de vacances, puisque Zoé est là avec toute sa famille. La semaine de vacances pendant laquelle nous devions d'ailleurs accueillir les deux petits et faire des crêpes...

Donc cela veut dire que Zoé n'a pas eu besoin d'anticiper ses congés pour venir me voir. Sa présence n'est donc pas un signe d'urgence absolue et je peux affirmer que je ne suis donc pas, aux yeux des miens, à l'aube de l'extrême-onction. Et de surcroît, elle n'est pas venue dès le week-end des vacances ! Argument supplémentaire pour me dire qu'il n'y avait bel et bien pas urgence dans son esprit.

Je ne m'étais pas fait cette réflexion jusqu'à maintenant et j'avoue que cela me fait du bien. L'information déduite grâce au football a donc des effets positifs.

Certes, je me suis quelque peu éloigné de ce sport à mesure qu'il devenait une industrie ces dernières années, mais je suis quand même un peu son actualité, surtout celle des clubs français en Ligue des champions et de l'équipe nationale. J'avais effectivement oublié qu'il y avait ce match important, cette semaine. Cela démontre au moins que je ne suis pas ici depuis des mois... Je suis hospitalisé de façon récente.

Bon, alors, allez-y, les garçons, faites-moi plaisir, parlez plus fort !

Donnez-moi le résultat, tout de même, tant que vous y êtes...

La bienséance qui vous impose de chuchoter dans une chambre d'hôpital, en commentant un sujet si trivial, n'a en fait pas lieu d'être.

Vous me savez dans le coma, alors de votre point de vue, je ne peux ni vous entendre ni être réveillé par une simple parole. Alors pourquoi chuchotez-vous ?

Par respect ? Parce qu'on ne doit pas parler de football devant un... mourant, c'est ça ? Pourtant, le médecin vous l'a répété : il faut me parler ! Alors, parlez-moi de foot si c'est ça qui vous vient à l'esprit.

Pourquoi vous n'osez vous exprimer plus fort ?

Dites-le-moi ! Avouez-le !

Comme il ne vous viendrait pas à l'esprit de discutailler ballon rond pendant des obsèques ?

Est-ce par respect pour moi ou parce que vous n'assumez pas vous-mêmes le sujet de votre conversation en cette circonstance ? Je pense surtout que vous chuchotez pour que votre conversation se fasse à l'insu de Mathilde, Zoé et des deux mômes. Car effectivement, il y a de fortes chances pour que ces échanges soient mal perçus en ce moment précis... Question de morale, sans doute. Il y a des sujets tabous, ou déconseillés, lorsque la mort plane alentour.

Me serait-il venu à l'idée de parler de football, spectacle futile et éphémère, si j'avais été à leur place ? Je ne peux répondre de façon tranchée, mais je sens bien que la question suscite un malaise...

Mais pourquoi donc ?

Je réfléchis un peu.

Il me vient une explication, qui vaut ce qu'elle vaut... Dans le football, comme dans tous les sports médiatisés, seul compte le présent, l'instant T. Bien sûr, nous aimons nous remémorer des heures glorieuses du passé, des matches qui ont généré des émotions inoubliables, mais cela relève de la nostalgie de laquelle naissent des légendes. C'est en cela que le sport se différencie de l'art… Il n'est qu'éternel recommencement et le plaisir ne se vit que dans l'instant, ici et maintenant.

Il n'y aurait finalement rien d'incongru à ce qu'on chante ou joue de la musique dans cette chambre. Et a fortiori, dans le cas où les œuvres ont déjà atteint un certain degré de classicisme ou de reconnaissance universelle… Il n'y aurait aucune gêne à siffloter l'*Hymne à la Joie*, alors que le dernier Britney je-sais-plus-qui, ça passerait beaucoup moins bien, je pense…

Et dans le sport ne restent dans le temps que des noms gravés dans le marbre sur des palmarès.

Tous ces efforts, ce travail, ces parcours, pour avoir son nom, pour l'éternité, écrit sur la ligne d'un totem objectif et indiscutable…

C'est sans doute cet éternel recommencement, ces cycles incessants des trophées remis en jeu, cette course aux records destinés à être battus à leur tour, cette capacité à procurer des joies immédiates et spontanées qui confèrent au sport toute sa futilité. Et la futilité n'a pas sa place à côté de la mort, qu'elle soit réelle ou attendue… Voilà sans doute pourquoi j'ai trouvé incongru et, il faut le dire, vexant d'entendre ces hommes discuter football, alors qu'à deux mètres d'eux, leur père, beau-père ou meilleur ami navigue dans les eaux troubles du coma profond duquel on ne revient peut-être jamais.

Et d'autant plus frustrant qu'à l'arrivée, je ne connais même pas le résultat du match. Même si je devine toutefois de quel ordre il doit être, au vu de leurs intonations, et puisqu'il s'agit du PSG, cela ne me surprend guère…

Le silence, aussi lourd qu'un nuage de brume dans un paysage breton de novembre, abandonné de tout chant de mouette et de toute lueur de phare, pèse comme une chape de plomb. Le vide. Le néant. Ils sont tous là, personne ne se risquant à prendre en premier la parole pour répondre à la question posée d'une voix atone par Zoé : « On va faire quoi ? »

On va faire quoi…

« On » comme synonyme de « nous », la famille, mais aussi englobant le corps médical qui aura forcément un pouvoir prescripteur en la matière.

« Va faire ». Verbe au spectre large conjugué au futur. Faire. Ce mot indéfini ouvre la porte à toutes les possibilités, dont celle de… ne rien faire aussi, peut-être… La conjugaison au futur confère à la question l'idée que la situation ne peut rester en l'état, que l'imminence du lendemain va imposer aux décisionnaires de devoir faire un choix.

« Quoi ». Tout le monde doit deviner de toute évidence quelles sont les options offertes, mais la conjonction, par son indéfinition, résonne comme un écho à la pudeur.

Et le silence reprend ses droits. Pourquoi personne ne parle ? Qu'ont-ils donc dans la tête ? Pourquoi cette simple question ne trouve-t-elle de réponse spontanée ?

— Attendre encore, lâche mollement Mathilde.

— Et… s'il ne se passe rien… Aucune amélioration, je veux dire… relance Zoé.

— Tu veux en venir où ? claque Adrien.

— Eh bien, je sais pas, moi, mais… il faudra bien prendre une décision, non ? Imaginons qu'il soit condamné à rester ainsi pour… pour… toujours… Concrètement, on fait quoi ?

Le silence revient, concerto d'anges qui passent et repassent...

La surprise est de taille. J'aurais a priori pensé que les réponses seraient plus faciles, et surtout, plus consensuelles...

La question de Zoé n'est certes pas anodine, et personne ne semble vouloir nommer explicitement les alternatives qui se présentent. Est-ce uniquement de la pudeur, ou la peur de briser un tabou ? Ou, pire, est-ce la certitude que la famille se dirige là vers un conflit ?

La goutte de sueur virtuelle jaillit comme une lame de fond glaçante dans mon échine... J'en viens à espérer que cette angoisse me fasse frémir pour de bon et que l'assistance s'en aperçoive, mais la réalité vient s'accorder avec la vacuité de mes illusions. Ils ne sont pas d'accord entre eux ! Et personne n'ose lancer le débat en premier...

Bon, Pierre.

Respire.

Tu n'as pas le choix. Tu ne peux rien dire ni agir sur quoi que ce soit.

Alors, dis-toi, à défaut d'autre chose, que cette situation peut assouvir une certaine curiosité d'en savoir plus sur ce que pensent les tiens. C'est vrai que ma position a quelque chose de fascinant. Bien que tout le monde me voie, je suis en fait une véritable petite souris... À condition qu'ils parlent...

C'est Antoine qui rompt le silence le premier.

— Vous n'êtes pas sans savoir que votre père a signé un formulaire de directives anticipées en cas de... enfin, vous voyez, quoi...

Nous y voilà !!! Il s'est adressé directement à mes enfants. Cela veut sans doute donc dire que Mathilde sait déjà ce qu'il va dire ou même mieux, qu'ils sont tous deux de connivence. Les doutes concernant une liaison cachée et malsaine entre mon épouse et mon meilleur ami me reviennent.

Une fois de plus, je ressens virtuellement toutes les sensations du stress à travers des frissons dans le ventre, les reins et la nuque. Rien ne se produit en moi, mais je visualise parfaitement la sensation. Je dois l'évacuer au plus vite, afin de ne pas altérer ma capacité de perception.

En tout cas, ça y est, les pieds ont été mis dans le plat. Jusqu'à présent, je subodorais, je pressentais, j'anticipais, je me projetais, je redoutais que la question soit mise sur le tapis. Mais cette fois, elle n'existe pas que dans mon esprit. Elle est tombée, franche, comme un couperet, faisant basculer ma mésaventure dans une autre dimension.

C'est bien cette question qu'ils ne savaient comment aborder tout à l'heure. Le silence qui suit les propos d'Antoine me confirme qu'ils ne vont pas spécialement être d'accord entre eux.

Mais quel consensus espérais-tu donc, Pierre ? Cette question a-t-elle été réellement anticipée avec tous tes proches ? Tu as signé ce fichu papier avec Mathilde, certes, mais en as-tu vraiment parlé à tes trois enfants ? Cela fut évoqué lors d'un repas de famille, quelque part entre quelques feuilles de salade accompagnant le fromage et une pâtisserie produite par le talent inimitable de Mathilde. Je me souviens parfaitement de la curiosité aiguisée d'Adrien sur le sujet, et puis Léo a commenté le vin, et… la conversation a bifurqué vers la pertinence de produire du vin bio ou pas… J'ai promis à Adrien, sur un ton badin, que nous en reparlerions, et nous n'en avons jamais reparlé. Je ne suis même pas certain que Zoé avait pris part à ce bref échange, toute concentrée qu'elle était à essayer de faire manger proprement ses jumeaux, à la fois par souci de la bienséance et aussi par anticipation des lessives qu'elle n'avait pas envie de recommencer trop souvent.

Et j'avais zappé, ne jugeant sans doute pas la question si vitale que ça. Et j'avais procrastiné. Comme souvent... Mais le regretter serait tout simplement inutile.

Et puis, pourquoi est-ce Antoine qui prend la parole pour évoquer cela ? Il milite pour cette cause, soit, mais est-il vraiment dans son rôle en agissant ainsi ? C'était à Mathilde et Mathilde seule de parler de cela la première, me semble-t-il...

— Je ne suis pas convaincue que ce soit une bonne idée de parler de tout ça devant les enfants...

Je reconnais Mathilde et son désir de ne pas détériorer l'innocence qu'elle considère comme étant la pierre angulaire de toute enfance épanouie. Elle n'a toutefois pas tort. D'autant que j'entends Jeanne exprimer des signes évidents d'impatience.

— Oui, ma chérie, on va y aller.

La voix de Zoé est lasse.

— Je pense qu'il faut garder espoir. Il y a plein de cas de gens qui sont sortis de comas comme ça... Tant que la situation n'est pas définitivement scellée, il ne faut pas tirer de plan sur la comète, vous ne croyez pas ? lance Léo, sur un ton convaincu.

— Tu as sans doute raison, frérot, lui répond Adrien.

J'apprécie l'appellation utilisée par mon aîné à destination de son cadet.

— Et puis, qui sait... reprend Léo, sur un ton mystérieux. Peut-être qu'il s'en remettra, mais pas complètement, et que cette histoire aura une vertu...

— Laquelle ? lui répondent plusieurs voix en chœur, incrédules.

— Vous ne voyez pas ?

— Ben non...

— Vraiment pas ?

Un bref silence s'abat dans la pièce. Je devine que les différents protagonistes de la scène se triturent les méninges en roulant des yeux les uns vers les autres...

— Eh bien, qu'il ne puisse plus jouer de saxo, pardi !!

Les rires explosent en un quart de demi-seconde. Francs, massifs, conviviaux.

Je perçois même ceux de Louis et Jeanne. Toute une famille fédérée par le désir de voir son « chef » privé de son instrument fétiche !

— Vous vous souvenez de la fois où il a voulu nous jouer *Bohemian Rhapsody* ?

Les rires redoublent.

— L'Assurancetourix du jazz !! ...

Adrien :

— Fallait pas lui suggérer l'idée qu'il pouvait peut-être se remettre au travail...

Zoé :

— Tu m'étonnes. Sa susceptibilité le faisait monter sur ses ergots au quart de poil de fesse de Japonais...

Léo :

— Tiens, tu la sors d'où, cette expression ?

Zoé :

— C'est le chef de chœur de ma chorale qui dit ça tout le temps...

Léo :

— Ah... Moyen, quand même.

Zoé :

— Blague de potache, quoi...

Léo :

— Hum...

Adrien :

— Et toi, Zoé, quand tu étais petite, tu t'évertuais à chanter avec lui alors qu'il était toujours à côté. Il n'en mettait pas une... et toi, tu cavalais après son rythme plus qu'aléatoire.

Zoé :

— J'ai mis du temps à m'en rendre compte, oui...

Adrien :
— Ben oui, la fifille à son papa, aveuglée par son admiration pour lui…
Zoé :
— Bah non. C'était juste musical. Quand j'ai compris qu'il était quasi arythmique, j'ai arrêté de le solliciter…
Léo :
— En tout cas, ça fait du bien d'en parler ! …
Mathilde :
— Vous exagérez, quand même. Je pourrais bien citer deux ou trois morceaux qu'il maîtrise à peu près. Bon, OK, ce n'est ni Coltrane ni Maceo Parker, nous sommes d'accord, mais bon… Bon, c'est vrai que je n'ai jamais trop osé lui dire ce que j'en pensais… Il semblait tellement y croire ! … Je me rappelle la fois où il avait répondu à une annonce pour jouer dans un orchestre amateur… Il était revenu dépité. Il ne comprenait pas pourquoi l'audition avait tourné si court…
Adrien :
— J'aurais aimé voir ça. Le moment où il sort les premières notes… et voir le regard des autres musiciens…
Explosion de rires générale. À la manière d'un banquet gaulois pendant lequel Obélix sort une blague absurde en conclusion d'une de ses aventures. Merci d'avoir mis Assurancetourix sur la table, mon cher Léo…
Zoé :
— Mais, dis-moi, maman, je sais que je t'ai déjà posé la question, mais il jouait déjà quand vous vous êtes rencontrés, non ? Tu n'as pas été franche d'emblée ?
Mathilde :
— Ce n'est pas grâce à ça qu'il m'a séduite, c'est certain. Et la première fois que je l'ai entendu, nous nous fréquentions déjà et il m'avait sorti le morceau qu'il jouait sans aucun doute le

mieux à l'époque. Je n'ai pas osé le blesser, je suppose, ou plutôt susciter un point de friction entre nous alors que nous nous entendions si bien…

Adrien :

— Et voilà comment on arrive à des décennies de non-dits !

Léo :

— En même temps, ce qui est bien avec le ringard, c'est que ça prend jamais une ride…

Il rit, rejoint par les autres.

Antoine :

— Une fois, alors qu'on bossait tous les deux au « Grand Hôtel de la Marée », il avait amené son saxo pour demander des conseils à des musiciens qui jouaient pour l'apéro… On était encore jeunes, à l'époque. Le saxophoniste, un Noir américain aux dents éclatantes de jovialité, avait sorti un énorme « *Great* » en entendant Pierre jouer, mais c'est clair qu'il se retenait de rire pour ne pas le vexer…

Adrien :

— Et dire qu'il nous le sort à chaque Noël…

Mathilde :

— Eh bien moi, j'aimerais bien qu'il nous le sorte encore au prochain…

Enfin une parole sensée et agréable !

Les rires fondent dans un decrescendo angoissant et tendu, conduisant à un nouveau règne du silence, encore plus pesant que le précédent.

Mathilde n'arrive pas à maîtriser un sanglot.

— Reviens, Pierre… Reviens… Nous laisse pas ! … Tu pourras jouer du saxo tant que tu veux, promis… Mais reviens, reviens…

Ses derniers mots sont prononcés dans un mélange de murmures et de larmes, trahissant le nœud que sa gorge lui impose après que celle-ci ait somatisé son émotion.

Je suis là, Mathilde. Je suis là.

Parle-moi encore. Les autres aussi, continuez à me parler, restez, s'il vous plaît.

Mais vous pouvez me faire confiance, je vais me battre. Je ne sais comment, mais je vais me battre. Par amour pour vous. Par amour de la vie. Et aussi… du saxophone. Je vous prouverai que je ne suis pas le tocard que vous pensez que je suis…

Même inerte, plombé par un corps devenu totalement amorphe, je ne vais pas rester les bras croisés, vous pouvez me croire…

Par contre, pour ce qui est de l'influence positive que la médecine peut avoir sur moi, je ne pourrai que croiser les doigts…

Intérieurement, bien sûr.

La risée. Pendant toutes ces années, je n'ai donc été que la risée de tous mes proches à propos de ma pratique musicale. J'imagine très bien les blagues familiales, les rires en catimini, les sourires en coin, essentiellement de la part de mes trois enfants… Et je n'ai rien vu. Totalement dupe de l'opinion que mon entourage avait de mon jeu au saxophone… Je ne sais si je dois en rire ou laisser libre cours à mon affliction. Comment est-ce possible ? Moi qui m'étais toujours étonné de l'absence d'avis clair et explicite de la part de Mathilde sur cet objet si important pour moi, je comprends mieux dorénavant les raisons de ce silence. Bien sûr que je la revois encore me lancer quelques applaudissements auxquels j'ai cru. Car le plus important n'est-il pas d'y croire, de sentir gonfler en soi la force de l'encouragement, à la manière d'un enfant de quatre ans fier d'avoir « fait la soupe » alors qu'objectivement, sa contribution n'aura consisté qu'à laisser choir les rondelles de carottes et de pommes de terre dans la casserole ?

En fait, mon épouse riait… Elle riait. Elle s'en amusait, plutôt. Mes enfants, eux, se moquaient. Et je m'aperçois que ce fut un dénominateur commun pour eux, pourtant si différents tous les trois. Un de leurs rares moments de partage et de consensus, sans doute.

Mais pourquoi ne m'a-t-on jamais rien dit explicitement ? Pourquoi n'y a-t-il même jamais eu la moindre tentative de blague avec moi à ce sujet ?

Est-ce parce que ma famille n'a pas ce sens de l'humour là ? Ou est-ce parce que c'est moi qui suis à leurs yeux dépourvu du moindre humour pour pouvoir encaisser la plus anodine des petites piques ? Totalement démuni, de leur point de vue, du moindre sens de l'autodérision ? À l'écoute de leurs propos, j'opte bien évidemment pour cette option. Et cela me rend triste. Triste, oui. Est-ce ainsi que l'on me perçoit ? Zoé a parlé de susceptibilité... Mais non ! Je ne suis pas susceptible ! Quand mon prof d'instrument me faisait une critique, je l'acceptais. Et j'essayais de m'améliorer. J'aurais très bien pu entendre une remarque négative de la part de Zoé, Mathilde, Adrien ou Antoine. Peut-être n'ai-je pas compris ce qu'ils tentaient vainement de me faire comprendre avec finesse ?

Ai-je été dans le déni ? Je n'ai ni la force, ni le courage, ni l'envie de me replonger dans toutes ces années pour essayer de débusquer la moindre trace d'acidité dans des commentaires à propos de mon manque de talent au saxophone.

Une chose est certaine néanmoins : ma famille ne me connaît pas ! En réalisant ce décalage qui a pu exister à propos du sax, je n'ose extrapoler vers d'autres domaines, bien moins anodins !
… Je trouve ce constat tout simplement effrayant !

Il est certain que ma position de mort-vivant me confère un pouvoir que peu d'humains ont dû connaître avant moi. Comme je me le disais, me voilà en posture de petite souris. Alors, après tout, autant en profiter. Puisque je ne peux plus agir, autant accepter la petite part de positif dans tout ça. Apprendre et comprendre des choses sur moi-même ou mes proches. Même si cela n'est pas agréable et si je dois mourir, au final, j'aurai finalement le loisir d'entendre les « hommages » et l'oraison funèbre de mon vivant… Je dois reconnaître que je vis là une expérience peu commune.

Mais, surtout, quand j'y repense, que redoutait donc Mathilde pour ne pas me dire franchement ce qu'elle pensait ? Qu'elle n'ait pas osé me vexer alors que nous avions à peine vingt-cinq ans, je veux bien l'entendre, mais ensuite ? Alors que nos destins étaient scellés par le mariage, pourquoi ne pas avoir franchi le pas ? Avait-elle peur de mon courroux, bloquée par je ne sais quelle image de mari colérique qu'elle avait de moi ? Je n'ai absolument pas le sentiment d'être quelqu'un de colérique !

Ou alors avait-elle, au contraire, peur de m'abattre six pieds sous terre ? Me perçoit-elle comme un dépressif pour qui la moindre contrariété peut avoir de dangereuses conséquences ? Cela n'a pas de sens !

Ou peut-être, hypothèse médiane, suis-je perçu comme un susceptible râleur insupportable qu'il vaut mieux ne pas titiller sous peine d'être vite saoulé ?

Bon OK, râleur, oui, pourquoi pas, je le suis un peu. Mais bon…

J'avoue être perdu. Je ne comprends plus rien.

J'ai aimé Mathilde pendant toutes ces années, sans vraiment être conscient de l'image qu'elle avait de moi. Une image que j'estime ne pas correspondre à la réalité. Mais ce constat impose d'emblée l'affirmation de sa réciproque : je ne connais pas vraiment Mathilde. Son manque de franchise, même sur un sujet au bout du compte plutôt secondaire, me surprend a posteriori. D'autant que j'ai toujours considéré mon épouse comme étant une championne absolue de la franchise.

Nous ne nous connaissons pas vraiment, en fait. Nous nous sommes aimés, nous avons fait des enfants, nous avons partagé mille choses, mais concrètement, viscéralement, nous connaissions-nous ?

De façon intime et profonde.

C'était bien une femme comme Mathilde qui pouvait m'accompagner pendant toutes ces années. Mathilde et sa discrétion. Mathilde et sa probité. Avec laquelle j'ai vécu une relation sans ouragan ni typhon, tout au plus quelques tempêtes d'équinoxe inévitables dans toute relation conjugale.

Mais vraiment, nous connaissions-nous ?

Peut-on partager autant d'années la vie de quelqu'un en ne restant finalement qu'à la surface ?

Comment tout cela a-t-il pu être possible ? Avons-nous vécu quelque chose d'exceptionnel ou est-ce le lot de beaucoup de couples ? Et je réalise que je ne connais pas mieux mes propres enfants ni mon meilleur ami, en fait…

Au fil de mes réflexions, je me sens pris d'un vertige incommensurable.

Réveillez-moi. Ça n'a que trop duré, maintenant. Je veux m'exprimer, demander des comptes, comprendre, échanger avec les miens. Allez, réveillez-moi…

Je dois m'en sortir. Je suis obligé de m'en sortir.

Sinon, je n'y arriverai pas…

J'émerge à nouveau d'une étrange torpeur. De toute évidence, j'ai dormi. Je suis bercé par des notes de musique. *Eleanor Rigby* des Beatles, interprétée de façon instrumentale par un orchestre de cuivres que je suis incapable de nommer, pour la bonne et simple raison qu'il ne m'évoque aucun souvenir. J'ai toujours adoré les Beatles, à la fois contemporains de ma jeunesse et situés tout en haut de mon panthéon personnel des groupes ayant le plus influencé la musique actuelle, tous genres confondus. Ma famille a dû enfin suivre un des conseils du médecin : diffuser de la musique dans ma chambre. A fortiori celle que j'aime. Bonne idée. Mais ils ont de toute évidence pris soin de mettre une version que je ne connais pas, avec un double objectif : en premier lieu, sans doute celui de me provoquer une madeleine de Proust, et ensuite, celui d'éveiller ma curiosité. Bonne idée aussi. D'autant que le morceau suivant est *Lucy in the Sky with Diamonds*, un de mes préférés aussi, interprété avec une orchestration très originale et excitante. Je ne doute pas une seconde qu'il y a la patte de Mathilde et Zoé dans le choix de ce disque. Effectivement, quel risque y aurait-il à diffuser de la musique ? Elles ne savent pas que j'entends tout, alors elles tentent quelque chose qui pourrait me réveiller. Un stimulus de mon inconscient qui pourrait s'avérer positif pour le réveil de ma conscience. Les médecins doivent miser là-dessus. Comment leur dire que ma conscience est en parfait état de marche et qu'elle n'a pas besoin d'être stimulée ? Mais j'apprécie le geste. Déjà parce que cette musique me fait tout simplement plaisir, mais aussi parce qu'il témoigne de la volonté de chercher d'autres solutions pour me sortir de là. Ils n'ont pas baissé les bras. Ils vont forcément se donner un laps de temps avant de tirer la moindre conclusion de cette tentative. Un laps de temps pendant lequel ils laisseront peut-être cette histoire de directives anticipées sur la touche. Un laps de temps pendant lequel je vais pouvoir moi aussi chercher d'autres moyens d'aller à leur rencontre… Même si je suis bien conscient de la pertinence de l'euphémisme qui revient à dire que la palette des moyens de communication qui s'offrent à moi est bien maigre…

Comment ai-je pu signer un tel document il y a une paire d'années ? Il est vrai que la situation dans laquelle je me trouve est rarement évoquée. Je ne fais clairement pas partie des cas courants auxquels on pense quand on est amené à réfléchir sur la question. Sans doute que cela se passe beaucoup mieux, si je puis dire, lorsque les personnes sont réellement dans un état d'inconscience qui autorise alors leur entourage à décider à leur place... Mais si ça se trouve, je suis peut-être en train de vivre ce que des milliers d'autres ont vécu avant moi, mais dont nous n'avons pu recueillir aucun témoignage. Et pour cause ! ...

J'en frémis de terreur.

Intérieurement, il va de soi.

Ce que je trouve particulièrement incongru, et le terme est faible, c'est le fait que je vais peut-être devoir me préparer psychologiquement à être... achevé ? Occis ? Supprimé ? Exécuté ? Le mot exact est « euthanasié ». Comme va l'être le pauvre Nestor... Ceci est un concept intellectuel, en fait, dont nous n'avons aucune perception sensorielle tant que nous n'y sommes pas confrontés. Finalement, la mort demeure, tout au long de notre vie, une idée. Un rendez-vous abstrait, que nous savons inéluctable et auquel, paradoxalement, nous ne pensons jamais ! Alors qu'en fait, et c'est maintenant que cette réalité « me saute aux yeux », si nous avions cette fin un peu plus présente dans notre conscience quotidienne, je suis persuadé que nous ne dépenserions pas notre précieux temps en occupations inutiles ou stériles. Nous éviterions sans doute de nous lamenter dans des bouchons, d'ingurgiter des chips devant des séries vulgaires et sans intérêt ou de nous écharper dans des débats de comptoir oubliés dès que nous sommes passés aux toilettes... Franchement, si nous avions au quotidien une conscience plus forte de notre mort, passerions-nous des heures à regarder des absurdités à la télé ou nous laisserions-nous embarquer parfois dans des conflits vains, ridicules et inutiles avec nos proches ou nos collègues ? Je me souviens d'histoires invraisemblables dans les différents restaurants ou établissements que j'ai fréquentés. Des crêpages de chignons ou des combats de coq, comme on dit. Des conflits mineurs montés en épingle par je ne sais quel instinct de la confrontation. Causant un gaspillage hallucinant de temps et d'énergie... Et je reconnais avoir en ces temps-là apporté mon grain de sel à ces machines négatives et stériles. Et il est vrai qu'Antoine a toujours montré de réels talents pour relativiser les problèmes et dénouer ces nœuds dont la principale source d'énergie s'appelle tout de même l'ego...

C'est ici, dans ce lit dont je ne ressens ni la fermeté ni la douceur, ni le confort ni son contraire, que je réalise que si nous avions la conscience que toute notre vie n'est qu'un compte à rebours, je suis convaincu que nous ferions en sorte d'éviter cela et que nous nous concentrerions sur l'essentiel.

Et en cet instant, moi, je suis là, justement confronté à l'essentiel, immobile, perdu dans mes pensées, impuissant, à la merci de la décision des autres.

Effectivement, si j'avais la conscience en cet instant d'un philodendron, d'un pommier, d'un bulot ou même celle de Nestor ou d'un hamster, je conçois que cela ne me poserait aucun problème, mais je suis conscient ! Je suis vivant ! Je suis un être humain, certes diminué, mais un être humain qui garde en lui toute son humanité et son désir de vivre.

Pourquoi ai-je fait cette bourde de signer cette sorte de convention ?

Les médecins et mes proches me pensent apparemment perdu dans les limbes d'un coma irrécupérable et proche du néant. À tort. Et je ne peux le leur démontrer...

Je sens en moi toute la révolte que suscite cette situation de quiproquo tragique. Je voudrais crier, pleurer, frapper de toutes mes forces mon lit, les murs, le mobilier ; me débrancher de toutes les sondes inutiles qui doivent me barder comme une paupiette, et éteindre ces bips lancinants et angoissants.

AU SECOURS !

SORTEZ-MOI DE LÀ !

Je sens en moi toute l'énergie du boxeur frappant son punching-ball, celle du responsable syndical haranguant ses troupes au moment d'aller manifester, galvanisé par son puissant sentiment d'injustice sociale.

Mais je vais frapper où ? Frapper quoi ? Crier sur qui ?

J'en reviens toujours au même constat de mon impuissance. L'implacable réalité de ma passivité imposée...

Mais alors, dans ces conditions, quelle est donc l'utilité de ma vie ? À quoi peut bien servir un légume comme moi ? Que pourrais-je apporter aux autres, à part la vision d'un corps qui ne pourra que susciter désarroi, nostalgie et douleur chez autrui ? Nos vies valent d'être vécues, aussi et surtout parce qu'elles ont un caractère social, non ? Dire que nous sommes des animaux sociaux relève certes de la lapalissade, mais je ne l'avais jamais autant éprouvé jusqu'ici.

J'ai besoin d'interaction avec mes semblables, de me confronter à eux, de parler, rire, débattre, acquiescer, approuver, désapprouver, blaguer, claquer des verres d'apéritif, me sentir humain, tout simplement. À terme, je ne peux être qu'une charge pour mes proches. Un boulet. Un poids supplémentaire dans la liste déjà longue de toutes leurs contraintes. Zoé et Adrien doivent penser à l'éducation de leurs enfants en priorité. Prendre conscience de cette réalité, au milieu de mes bips, me plonge à nouveau dans une profonde tristesse teintée de culpabilisation. Je ne suis pas responsable de mon état, ni de mon malaise, ni de mon hospitalisation, mais le fait est que ma situation pèse forcément lourdement sur ma famille.

Je devrais m'endormir, me laisser aller. Je ne ressens aucune douleur, après tout. Juste m'endormir. Je sais que je ne souffrirai pas. M'endormir...

Bien que je me sente habité d'une énergie mentale d'une vivacité incroyable, je sens aussi que d'un autre côté, mon existence n'a plus de sens. Je ne peux rien apporter à personne, témoigner de rien, donner aucun avis sur quoi que ce soit.

Je sens que je pleure. Du moins, je ressens l'état qui déclenche les larmes. Mais elles ne couleront pas, sans que je sache où elles iront, faisant grossir un fleuve de mélancolie dont je n'ose penser à ce qu'il produira quand il débordera...

En fait, je suis comme un condamné. Oui, je ressens ce qu'ont dû ressentir des millions de pauvres gens qui, au fil de l'Histoire, aux quatre coins du globe, ont arpenté les couloirs de la mort. Que ce fût pour des raisons politiques ou pour des condamnations de droit commun, je réalise toute l'horreur de leur parcours mental au fil de leur compte à rebours. Une horreur forcément exponentielle ou inversement exponentielle à la durée de l'attente. C'est selon. Il se dit d'ailleurs que Marie-Antoinette vit ses cheveux blanchir de façon incroyable la nuit précédant son exécution, en raison du stress intense qu'elle subit. D'où l'expression « se faire des cheveux blancs »... Et je ne peux même pas envoyer ce signal de stress – donc de vie – à mon entourage, puisque je suis désespérément chauve...

Et surtout, je n'ai été condamné par personne ! Ni en raison d'opinions incompatibles avec un quelconque pouvoir politique ni en raison d'un système judiciaire archaïque me condamnant à l'échafaud suite à un crime.

Condamné par personne, certes, mais cela revient au même, au bout du compte.

Je revois les clichés, cinématographiques ou littéraires, de la dernière cigarette, le dernier verre de vin, l'expression de la dernière volonté du condamné, souvent face à un représentant de l'Église...

L'Église ! ... Je l'avais oubliée, celle-là ! Peut-être une quelconque croyance spirituelle me serait d'un réel secours en ce moment ? Mais il y a fort longtemps que le spirituel n'occupe plus le quart de mes pensées. J'ai toujours préféré les spiritueux...

Il a pourtant été démontré – je l'ai lu – que les croyants, quels qu'ils soient, jouissent d'une espérance de vie supérieure à celle des non-croyants. Cette réalité s'explique tout simplement par le fait que les adeptes d'une religion envisagent la mort avec une plus grande sérénité, puisqu'elle leur offre les perspectives d'un au-delà. Et voilà la fonction première de la religion. Donner une réponse au grand questionnement de l'Humanité : qu'y a-t-il donc après la mort ? Le concept de « néant » est en fait inconcevable pour la plupart d'entre nous, qui avons été confrontés toute notre vie à la réalité de notre existence, de nos douleurs – du bobo au genou jusqu'à la greffe de foie – de nos joies, de nos émotions ou de nos orgasmes.

L'Humanité a d'ailleurs dû trouver son fondement dans ses premières croyances spirituelles lorsqu'elle a pris conscience que chacun d'entre nous était voué à expirer un jour un dernier souffle. Qu'ont donc ressenti les premiers hommes préhistoriques qui ont vu s'éteindre un parent succombant aux coups de griffes d'un tigre aux dents de sabre ? Comme celle qui revient à se demander ce qu'a ressenti le premier humain qui a ri et a partagé son rire, ou celui qui a pris conscience de son caca, alors qu'il fumait dans les fougères humides... Et à quoi a bien pu penser le premier humain qui a ouvert une huître ? A-t-il eu la curiosité d'aller voir ce qu'il y avait dans ce coquillage d'apparence hostile en réitérant plusieurs essais infructueux à base de couteaux sommaires et blessants, ou a-t-il été tenté par un spécimen ouvert de lui-même, le rendant alors vulnérable le lendemain à un état que seule une invention prématurée du Vogalen aurait pu soulager ?

... Et je fais aussitôt le lien avec toutes les inventions marquantes qui dirigent encore aujourd'hui notre quotidien et tous les exemples célèbres de sérendipité, tous ces « accidents » de l'expérimentation humaine alors que l'on est concentré à faire autre chose. Qu'ont donc ressenti les premiers êtres humains qui goûtèrent du chocolat chaud au fond d'une casserole, ou une fondue de poireaux, ceux qui réalisèrent de leurs mains la première petite cuillère, ou ceux, forcément debout, qui inventèrent la chaise ou le fauteuil ?...

À mon sens, ces lointains anonymes méritent bien plus d'avoir des rues ou des avenues à leur effigie que des criminels généraux ou maréchaux qui envoyèrent sans sourciller des millions de gamins se faire trucider dans les tranchées de la Première Guerre mondiale... Comme ils sont anonymes, justement, on écrirait en nom de rue « xxxx – Inventeur de la saucisse de Morteau ». L'inconvénient majeur qui me vient immédiatement est que les noms des rues seraient alors d'une longueur interminable...

Je pense que si mon corps n'était pas totalement insensible, en cet instant, j'aurais mal au crâne...

Je réfléchis encore.

Ainsi, les hommes inventèrent des rites, des cérémonies pour accompagner leurs défunts vers un autre monde. Une façon de se rassurer et de se dire que les disparus seraient toujours présents quelque part et une façon aussi de se projeter le plus sereinement possible à leur tour vers cette étape.

Il m'est souvent arrivé d'évoquer ces sujets avec Antoine, en sirotant une dernière « petite poire » vers 2 h du matin. Athée convaincu depuis l'adolescence, il me qualifiait sans cesse d'agnostique, car je ne cessais d'exprimer doutes et contre-doutes…

Il me démontrait toujours la même chose. La chrétienté, âgée de deux petits millénaires, n'est finalement qu'une courte histoire récente à l'échelle de l'Humanité. Pourquoi cette religion aurait-elle finalement plus de fondement et de véracité dans ses discours que d'autres, oubliées, enfouies et détruites en même temps que les civilisations qui en furent contemporaines ?

Pourquoi les croyances entourant nos Pâques et nos Noëls devraient-elles être prises davantage au sérieux que les croyances polythéistes des Romains, des Égyptiens ou des Incas ? … Un jour ou l'autre, notre chrétienté ne sera plus, elle aussi, qu'un objet d'étude archéologique, et nos croix affublées de Jésus agonisants ne trouveront plus leur place que dans des musées visités par des gamins en voyage scolaire mangeant des chips de scarabées ou de grillons directement produits par un ordinateur miniature placé sous leur peau à hauteur de clavicule…

Antoine avait une vision parfaitement marxiste de la religion. Le dénominateur commun de toutes est qu'elles promettent aux humains une vie éternelle, un paradis joyeux et pornographique, ou un chouette retour sur Terre grâce aux vertus de la réincarnation. Et en faisant de telles promesses, elles tiennent en fait toutes le même discours : « Oui, vous êtes pauvres, oui, vous souffrez, oui, vous êtes malheureux, mais ne vous inquiétez pas ! En étant de bons croyants, vous accéderez à la vie éternelle et vous serez heureux après la mort !!! »

Il me démontrait de façon récurrente qu'aucun responsable du marketing de n'importe quelle assurance-vie ne pourrait trouver le moindre argument pouvant rivaliser avec de telles affirmations. Cela présente surtout une vertu : le maintien de l'ordre établi. Que ce soit dans nos pays occidentaux, au Proche-Orient ou en Inde, la religion est toujours entre les mains et au service du pouvoir dominant, elle s'adresse aux plus faibles et les manipule. Depuis que l'Humanité s'est découvert le sens de la propriété et du pouvoir, sa plus grande trouvaille pour pérenniser cela s'appelle la religion. En promettant un paradis pour l'éternité, on empêche les gens de se révolter, ou tout du moins de remettre trop de choses en cause.

Je n'ai jamais trouvé d'argument contradictoire au discours d'Antoine, lui laissant toujours le dernier mot alors que je commandais une der des der de « petite poire ».

Je réalise à présent que ses convictions n'ont certainement pas dû apaiser sa souffrance au moment d'accompagner sa mère.

Intellectuellement, je me sens plutôt en accord avec lui, même si je ne peux m'empêcher de me dire qu'il doit bien y avoir une « énergie supérieure » quelque part, que tout notre univers n'est pas fait que de matière et d'atomes et que notre conscience, notre précieuse conscience, notre indéfectible et satanée conscience ne peut, elle, être uniquement produite par de la matière ou des atomes. D'où vient, où se loge, et où repart cette conscience, cette énergie ? Les adeptes de l'idée de réincarnation reprennent d'ailleurs souvent la théorie de Lavoisier qui affirme que « rien ne se perd et tout se transforme » (à l'inverse du service public dans lequel tout se perd et rien ne se transforme…).

Ce mystère prend une dimension nouvelle dans ce lit dont la matière n'est finalement qu'un « concept » pour moi.

Si je dois m'endormir définitivement demain suite à une décision concertée entre les différents protagonistes concernés, aurai-je une chance de revenir après-demain à l'étage en dessous, là où il y a peut-être une maternité ?

Mes futurs parents sont-ils peut-être dans la salle d'attente pour leur troisième échographie ? ...

Mais l'idée de tout recommencer à zéro ne me ravit guère et je me sens gagné par une émotion que je connais bien : la flemme !

Ceci dit, je ne le vivrais pas mal, puisque je ne me souviendrais pas de cette vie-ci. Je le sais, puisque dans cette vie-ci... je ne me souviens pas de la précédente... Donc, au bout du compte, à quoi cela peut-il bien servir ?

Vivre plusieurs vies sans se souvenir de la ou des précédentes, je trouve cela en fait complètement absurde.

Ridicule.

Il paraît que certaines personnes se remémorent leurs vies précédentes sous hypnose... Oui, mais justement, elles sont sous hypnose ! Alors, comment faire la part de ce qui est réel et de ce qui est projeté ou fantasmé ?

De mon point de vue, l'intérêt d'une éventuelle réincarnation serait que je garde en mémoire ce que j'ai vécu dans ce corps de façon à ne pas refaire les mêmes boulettes... Si c'est pour tout recommencer à zéro, sans aucune conscience, franchement, je ne vois pas ce qu'il y aurait de positif dans ce schéma. Tout réapprendre de A à Z, dans une autre vie, du laçage des chaussures aux inutiles théorèmes de physique, en passant par les claques et les râteaux infligés par le sexe opposé, en toute sincérité : non merci !

J'en reviens donc, encore une fois, au fait que tout n'est question que de conscience. Elle est bien la clé de voûte de notre condition humaine.

Et puis, la réincarnation n'aurait de sens pour moi que si je pouvais avoir un certain choix au moment de revenir. Une sorte de fiche de vœux à remplir, un peu comme dans certaines administrations adeptes des mutations. Si c'est pour me retrouver à tenter vainement de pêcher des poissons de plus en plus rares depuis un igloo menaçant de fondre, ou dans la peau (et les os) d'un enfant déshydraté au Niger, je ne vois pas bien l'intérêt non plus. Certes, si c'est l'enfant déshydraté au Niger qui m'échoit, au moins, ce passage-là sur Terre devrait être en principe relativement bref et je pourrais toujours espérer quelque chose de mieux la fois suivante... Tout le monde ne peut pas se retrouver star de football ou gagnant à la Bourse.

De toute façon, que ce soit ici ou dans un avenir espéré, ces questions resteront sans réponse. Forcément. Comme pour tous nos congénères, passés et présents. Et seul m'intéresse en fait l'état de MA personne, ici et maintenant.

Mais tout de même, il se pose une question cruciale dans cette histoire de réincarnation : c'est bien celle du nombre !

Alors que nous sommes de plus en plus nombreux sur Terre, d'où viennent les nouveaux arrivants ? Dans la somme de tous les morts précédents, au fil des générations ? Cela voudrait dire que certains attendent alors des siècles avant de se réincarner ? Peut-être cela expliquerait-il l'existence des fantômes...

Et cela supposerait de surcroît de sacrées antichambres de la vie !

D'où sont donc arrivés les premiers hominidés, alors ?

Tout cela ne me convainc vraiment pas et me laisse plus que circonspect. D'autres répondent à ces interrogations en prétendant que la réincarnation ne concernerait pas que les humains, mais aussi les animaux, voire les végétaux !! Allons bon !!

Si c'est le cas, cela voudrait peut-être dire que je serai bien présent au prochain Noël en famille, dans le rôle d'un bulot ou d'une crevette... Mais qui fera alors la mayonnaise, tâche qui m'est réservée depuis plus de trente ans ?

Je souris. Intérieurement, bien sûr.

Ou alors, pire, serai-je peut-être perdu au milieu d'un bouquet de fleurs, comme un de ceux, criards et hideux, qui ornaient le salon de ma belle-mère. Tout cela n'a pas de sens à mes yeux. Et en plus, j'en arrive à penser à ma belle-mère !

Elle qui, sans aucun risque d'erreur, n'aurait certainement pas daigné me rendre la moindre visite à ce jour... !

Et si nous pouvons nous réincarner dans le monde animal, cela veut dire que les animaux eux-mêmes se réincarnent... Soit. Mais d'où viennent alors les centaines de millions de naissances hebdomadaires de par le monde de poulets, canards, pintades, cochons, agneaux ou autres bovins issues de nos agricultures industrielles ?

Tout cela n'a vraiment à mes yeux aucun sens et ne résout en rien le problème qui m'est posé.

Comment remonter à la surface ?

— J'en peux plus de cette chaleur !... Ça fait maintenant plus de dix jours... Même les fenêtres grandes ouvertes, il ne fait jamais moins de trente dans ma piaule... J'arrive pas à dormir.

Je reconnais la voix de Sandra, une des deux aides-soignantes à l'humour potache. La voix de sa comparse m'est tout autant familière.

— Ça doit grave transpirer avec Kevin, alors...
— M'en parle pas... On va finir par mettre un brumisateur !
...
— C'est toujours le super pied avec lui ?
— Grave.
— T'as du bol, toi.
— Bah non, c'est toi qui sais pas choisir tes mecs. Ou qui sais pas les tej' au bon moment.
— Pfff. Suis fleur bleue, moi.

Sandra éclate de rire.

— Ça n'a rien à voir ! Tu peux avoir tous les sentiments de la Terre, si le keum sait rien foutre avec sa langue ou sa queue, t'es pas plus avancée. Et souvent, si tu grimpes aux rideaux à chaque fois, tu finis par t'attacher quand même. Tout est lié.
— T'es attachée à Kevin, toi ?
— Ouais, j'crois bien, quand même.

Leur conversation est scandée par leurs souffles, expression de leurs efforts pour s'occuper de moi. J'entends aussi le bruit des draps et du sommier secoué et retourné. Et surtout, comme les dernières fois, je ne ressens toujours aucune sensation physique des positions latérales qu'elles doivent me faire prendre...

— Il a quoi de particulier, ton Kevin ?
— Je t'ai déjà dit… Sa langue…
— Tu kiffes ça avec lui ?
— Un truc de dingue ! Après, quand il me pénètre, ça monte de suite. Mortel !
— C'est rare les mecs vraiment doués pour ça, quand même.
— Ouais. Ça doit être un don naturel. Kevin, il a 25 ans, tu vois. Il fait ça mille fois mieux que l'autre, là… comment il s'appelait déjà ? Qui avait 37 ans et un tableau de chasse de malade avec les meufs…

Bon, Mesdemoiselles, vous ne voudriez pas parler d'autre chose ? Je comprends parfaitement que ces questions aient une réelle importance dans votre vie, mais cela ne m'aide pas beaucoup à me projeter dans le monde extérieur. Parlez-moi de la vie en ce moment, de l'actualité, de ce qu'il se passe dans le monde, je ne sais pas, mais vos galipettes ne me concernent pas et je n'ai guère envie de m'y attarder. Je ne peux une nouvelle fois m'empêcher de faire le lien avec ma propre fille et me demande si Zoé a déjà eu ce genre de conversation avec des copines. Avant même que j'esquisse le moindre embryon de réponse, je balaie la question d'un revers de conscience…

— Je me rends compte que je ne jouis pas souvent.
— Même toute seule ?
— Je le fais pas souvent…
— Ah ben voilà, ma louloute… Si tu ne connais pas toi-même ton corps, ça va être compliqué de t'envoyer en l'air avec un keum. Tu peux pas lui confier entièrement les clés de la bagnole si tu ne connais pas le fonctionnement de ton moteur… et le laisser se démerder tout seul. Moi, quand je suis célib', je me touche tous les jours ! Le matin au réveil ou avant de m'endormir… ou les deux.

— Mouais... Moi, ça me fait trop penser à ma solitude. Je trouve ça un peu naze de me débrouiller toute seule.
— Arrête ! Pourquoi le bon Dieu il nous a filé un clito ? Uniquement pour donner un jouet aux mecs ? Tu rigoles ! C'est fait pour qu'on apprenne à jouer de la mandoline...
— T'as peut-être raison, je sais pas...
(*Un silence.*)
— Tu imagines comment il baisait, celui-là ?
— Euh... Non !! Et ça me vient même pas à l'idée d'y penser. En tout cas, c'est pas ça qui va me faire mouiller le string.
— Clair.
— Il a pas l'air sorti d'affaire, en tout cas.
— Tu m'étonnes ! Et puis, avec cette chaleur, y a intérêt à bien surveiller la clim'...
— Je trouve ça dingue qu'on s'acharne à le maintenir en vie, quand même. À quoi ça rime ?
— Ouais, t'as raison. J'ai vu un môme mourir la semaine dernière quand j'ai fait un remplacement en pédiatrie. Là, je peux te dire que ça fait bizarre. Tu aurais vu la douleur de ses parents... Rien que d'y penser, ça me fait chialer...
— Y a pas de justice, c'est clair.
— Alors que lui, c'est sûr, il a déjà vécu. Même s'il se réveille, ça sera quoi, sa vie ? Faudra que des meufs comme nous aillent lui faire sa toilette tous les jours chez lui... Pfff...
— Bah, te plains pas. Ça fait des emplois !
Elles rient.
Sandra reprend :
— En même temps, faut qu'on fasse gaffe, ma louloute... Avec le réchauffement climatique, il va y avoir de plus en plus de ces chaleurs de malade et ça va faire calancher les vieux. Et si y a plus de vieux, y a plus de boulot pour nous...

— Ouais, c'est sûr, mais en même temps, ça permettra de boucher le trou de la Sécu…

— T'es vraiment tarte, hein ?

Elles gloussent encore quelques instants avant de se calmer définitivement. Les bruits s'estompent et je les entends quitter la pièce.

Leur visite m'interpelle. Outre leur conversation intime sur laquelle je ne me sens aucune légitimité de m'attarder, puis les quelques réflexions concernant le bien-fondé de mon suivi médical, je viens d'apprendre une information capitale :

J'ai perdu la notion du temps.

Elles ont parlé de chaleurs excessives sur plusieurs jours, même la nuit, de brumisateur, de clim… Tout ce vocabulaire est associé clairement à un épisode de canicule. J'en déduis donc aisément que nous sommes l'été. Je veux bien que la calotte glacière se voit amputée de quantités exponentielles de glace d'année en année, la canicule ne survient quand même encore qu'en juillet ou août. Or mon dernier grand souvenir de veille remonte à une période où il était question d'une défaite du PSG en Ligue des champions, peu de temps après mon malaise. Nous étions donc en tout début de printemps. Il s'est donc écoulé plusieurs semaines, voire quelques mois pendant lesquels j'ai soit dormi, soit perdu conscience… sans que je puisse identifier la réelle différence entre ces deux états.

Elles ont aussi évoqué le fait que l'on «s'acharnait à me maintenir en vie». Vocable qui corrobore l'idée que nous sommes sur du temps long.

Je ne me réjouis pas de cette nouvelle, car la notion de temps est constitutive de notre équilibre mental, mais l'aspect positif est que, justement, il a été décidé de me maintenir en vie.

Et que, par conséquent, la question de ma «disparition provoquée» n'a pas été évoquée. Ou, au pire, n'a pas été tranchée…

Quant au fait qu'il y aurait une forme d'injustice à me maintenir en vie, je préfère ne pas entrer trop en profondeur dans un débat avec moi-même. Je comprends ce qu'elles ont voulu exprimer. Mais elles se trompent de « combat ». Il n'est pas question de justice. Il n'y a pas de justice dans la douleur ou les malheurs. Chaque douleur a la valeur que lui donne celui qui l'éprouve. Point.

Et pour le coup, que l'on soit croyant ou athée, la douleur a suffisamment démontré le caractère aléatoire de ses frappes pour que l'on en déduise qu'elle est totalement hermétique à la moindre notion de justice.

Une plage avec des sons d'oiseaux affamés et des cris d'enfants joueurs. Une incandescence dans le ciel. Des odeurs de crème solaire mêlées à celles de beignets industriels trop sucrés. Je ressens parfaitement les sensations léthargiques inhérentes à ce décor, de même que j'entends concrètement les sons, mais je dois fournir un important effort de concentration pour ressentir réellement la chaleur.

Depuis que je suis ici, la question de la température ne m'a pas touché une seconde. C'est simple, elle est inexistante. Ne sachant même pas si je suis nu ou habillé – bien que pour des raisons de bienséance, j'en ai une petite idée tout de même – je ne me préoccupe absolument pas de savoir si j'ai chaud ou froid. Je fais confiance aux machines pour réguler cela. Alors qu'il m'est aisé de retrouver les sensations du toucher, comme il m'arrive par amusement et antidote à l'ennui de le faire avec un baby-foot, un robinet ou mon sax, ressentir de façon mémorielle une température est quasiment impossible.

Dans la vie de tous les jours, je me souviens que je réagissais de façon réflexe. Un frisson et j'enfilais une « petite laine », avant d'être gagné par le stade supérieur du grelottement. À l'inverse, une sensation de chaleur et j'enlevais une couche, sans réfléchir.

Je vois très bien quels sont nos cinq sens. Vue, odorat, toucher, goût et celui qui me reste, l'ouïe. Mais le ressenti de la température, on doit le mettre où ? Une sous-division du toucher ? Non, car il n'y a pas d'acte volontaire et aucun organe ou membre ne semble être prévu à cet effet. Cette question m'amuse. Instillée dans mon esprit par l'évocation de la canicule dans la bouche de mes deux « copines », je ne cesse de tenter des voyages mentaux à travers les saisons et les situations « extrêmes ».

La chaleur suffocante d'un métro parisien aux heures de pointe de juin, celle plus agréable d'une plage corse à la fin de l'été. Le grand froid de février dans les profondeurs de l'Auvergne ou sur le plateau de Langres. J'ai mis des années à l'apprivoiser, quelques autres supplémentaires à l'apprécier, et aujourd'hui, je peux dire que j'aime le froid. Car il impose de... se réchauffer. Et qu'y a-t-il de plus convivial, de plus chaleureux que de chercher à se réchauffer ?

Une cheminée devant laquelle on peut rêvasser pendant des heures, en sirotant tisanes ou café, avec du jazz langoureux en fond musical. Ou des tavernes festives dans lesquelles résonnent violons et flûtes celtiques. Ou du vin chaud dans un décor de montagnes enneigées et verglacées. Quand il fait froid, les hommes vivent à l'intérieur de leurs abris, et se réchauffent ensemble. La chaleur, au contraire, fait se garnir les terrasses et les soirées qui s'étirent au plus profond de la nuit. Le climat agit puissamment sur les comportements humains, c'est une évidence. Sur la cuisine, la musique, les croyances, les traditions. En fait, la culture n'est rien d'autre à la base que la somme des adaptations de l'homme à son environnement et à son climat. Je pense que nous avons perdu conscience de cela dans notre quotidien. Seuls nos vêtements nous ramènent à ce fondement de notre passage sur Terre.

J'essaie de me concentrer pour ressentir un minimum ce que vivent en ce moment mes proches en cette période de canicule. Je sais que Mathilde et Zoé n'en sont pas friandes et que les garçons s'en accommodent très bien. Mais une chose est sûre, un hôpital est en principe un lieu convenablement rafraîchi. Cela devrait donc les inciter à venir me voir. Mais ayant perdu toute notion du temps, je ne sais pas s'ils sont passés juste avant mon réveil ou si la case « visite au papa » est cochée de façon plus espacée sur l'agenda et rend par conséquent nos « rencontres » plus aléatoires.

Je n'ai pas envie de les louper. Pas envie de jouer au chat et à la souris avec eux et de ne vivre que des moments de veille silencieuse, juste accompagné de mes bips-bips qui, de toute évidence, sont toujours les mêmes. Même timbre, même tempo, même compositeur... La seule solution est donc de rester éveillé. Je ne vois pas bien comment y parvenir avec mon absence d'autonomie, mais il le faut.

J'ai besoin d'entendre ce qui se dit à mon sujet, quels projets d'« avenir » sont dans les tuyaux, au propre comme au figuré. J'ai besoin d'entendre le son et le ton de leurs voix, leurs silences, leurs hésitations.

Même si cela me fait terriblement peur...

Rester éveillé...

Je ne vois qu'une solution : me concentrer sur les souvenirs de mon travail, tant il m'était impossible de m'y endormir...

« Chaud devant ! Chaud devant ! ... Ils arrivent les pâtés en croûte pour la douze ? »

Des brouhahas de salles combles et enfumées dans lesquelles se jouent des rencontres, des amitiés, des histoires d'amour, des séparations, des retrouvailles, des contrats d'affaires, et aussi des silences entre personnes n'ayant rien à se dire... Des bribes de mots que je cueille à la sauvette quand je m'affaire en salle. Qui parfois me font m'évader, fantasmer ou m'offusquer le quart d'une demi-seconde. Avant de replonger derechef dans la trivialité des assiettes sales, des nappes à faire changer, des apéritifs à faire servir...

Quand je repense à mon activité professionnelle, ce sont les rushes de midi qui me reviennent en priorité. Ce stress incomparable et quotidien pendant lequel toute l'énergie est mobilisée de 11 h 45 à 13 h 50 environ. D'emblée, je retrouve l'ambiance et le parfum de la cigarette alors que l'interdiction de fumer dans les bars et restaurants remonte à plus de dix ans tout de même ! Preuve que j'y étais habitué et que mon inconscient a durablement associé mon travail à l'ambiance tabagique. Ayant pris ma retraite il y a trois ans, au bout du compte, je n'ai pas connu beaucoup d'années sans tabac, certes, mais néanmoins suffisamment pour en ressentir les bienfaits et le confort au travail. Il n'empêche. Ce sont bien toutes les époques précédentes qui sont ancrées, pendant lesquelles Mathilde se plaignait sans cesse de l'imprégnation du tabac froid sur mes vestes et chemises. Le fait que je sois non-fumeur n'y changeait rien. Je transportais à mon retour un condensé d'effluves nicotiniques dans lesquels se mélangeaient les plus grandes marques du moment. Avec ou sans filtre, parfois se consumant dans quelques pipes, le tabac qui accompagnait ma vie était rarement roulé, car ce n'était pas dans les pratiques de la clientèle, statut social et volume du portefeuille obligent... Les volutes dans lesquelles s'immisçaient les rayons du soleil étaient bien le fruit des plus grandes multinationales planétaires et il ne serait jamais venu à l'idée de personne de remettre en cause cet état de fait. Cela faisait partie du décor quotidien. À l'instar de ces débats télévisés qui, à l'époque, se tenaient dans des ambiances de fumées sans que cela ne pose le moindre problème à qui que ce fût. Il ne serait bien évidemment venu à l'idée de quiconque de demander à Gainsbourg d'éteindre sa cigarette sur un plateau de télévision !... En tout état de cause, même si ma modeste personne ne saurait à elle seule constituer un échantillon statistique crédible, je me dis que la cause de ma mort ne sera pas à chercher dans mon tabagisme passif d'autrefois. Mes poumons ne sont absolument pas concernés par mon malaise. Du moins, c'est ce que je ressens, même si, après tout, je n'ai fait aucun examen pour accréditer cette affirmation. Ceci dit, peut-être que cela a joué sur mon système sanguin et ma santé en général, après tout... Je ne sais pas. Peu m'importe. Ça ne me servira à rien, là où j'en suis, d'essayer de comprendre les causes de ma situation, de toute façon. Cette quête ne me serait d'aucun secours pour tenter de trouver une échappatoire. Je note juste le sujet dans un coin de mon cerveau de façon à évoquer le dossier avec les médecins à mon réveil...

J'en reviens au tabac. Les temps changent, les modes passent. Je me rappelle les débats enfiévrés qui précédèrent la mise en application de cette fameuse loi. Les levées de boucliers autant que les adhésions spontanées, chacune des parties trouvant des partisans autant chez les tenanciers de débits de boisson que chez les clients. Et en fin de compte, les comportements ont évolué plus rapidement que supposé. Il en va sans doute ainsi à chaque fois qu'un pouvoir politique veut changer les habitudes de la population. Les libertés individuelles et collectives se meuvent en fonction de la bienséance et de la norme du moment, et sans aucun doute aussi – il est vrai – des prises de conscience du moment, fondées sur les avancées scientifiques du moment. Cet ensemble de choses qui forgent ce que l'on appelle les mentalités. Et il en va de même dans tous les domaines, nos modes de transport, les relations homme-femme ou nos comportements alimentaires… Je m'aperçois que je suis en train de comprendre quelque chose… D'ailleurs, en parlant d'alimentation – quand j'y repense – je peux témoigner qu'en une quarantaine d'années de carrière, j'ai bien pu observer des changements à quatre-vingt-dix ou cent quatre-vingts degrés dans les goûts de la clientèle. Certes, j'ai officié dans des établissements socialement distincts qui proposaient de ce fait des cartes différentes à des prix oscillant entre une relative modestie et une offre destinée à une certaine opulence, mais tout de même… J'ai vu au fil du temps les blanquettes de veau, les bourguignons, les lapins à la moutarde, les coqs au vin, les ragoûts aux saveurs diverses, les colins au beurre blanc, les authentiques ratatouilles niçoises, les cassoulets, les poulets basquaise, les carbonnades, les canards à l'orange se faire peu à peu remplacer par des plats venus d'ailleurs sans que l'on identifie bien d'où exactement… On sent bien que le lait de coco, les pousses de bambou, les patates douces, le guacamole, le tarama, l'houmous, le curcuma ou le gingembre ne sont pas tout à fait issus d'une agriculture hexagonale, mais j'ai vu apparaître dans les assiettes des mélanges de saveurs qui traduisaient de façon concrète ce que nous appelons communément la mondialisation… C'est exotique, ça vient globalement de l'Asie, de l'océan Indien, du Moyen-Orient, des

Andes ou des Caraïbes, mais cela reste flou… Je n'ai rien contre, dans l'absolu, d'autant que cela permet à certaines économies de se développer, au commerce de prospérer, mais je reste au fond de moi persuadé que la notion de terroir doit être sauvegardée. Pas pour des raisons identitaires, mais tout simplement gustatives…

Tiens, je me sens en verve gastronomique… Si je repense à un plateau de fromages, par exemple, j'ai tout de suite appris dès ma formation à La Roche-sur-Yon, puis transmis à mes subordonnés, qu'il doit mettre en harmonie des produits issus d'un même terroir… Varier les pâtes, oui, mélanger lait de vache, de chèvre ou de brebis, oui, mais la provenance d'un même terroir garantira au palais une cohérence venue du fait que les animaux se sont nourris dans les mêmes pâturages, eux-mêmes sortis d'un sol possédant les mêmes caractéristiques minérales. Et il en va bien sûr de même pour le vin accompagnant ce plateau. Un plateau de fromages uniquement constitué de produits des Pyrénées, par exemple, et accompagné d'un Côtes-de-St-Mont ou d'un vin du Béarn, constituera un vrai délice… À l'inverse, si on fait se côtoyer un Saint-Nectaire avec un Munster, à côté d'un Camembert, lui-même flanqué d'une tomme de Savoie sur le flanc, ce sera sans doute coloré, amusant pour les papilles, mais de mon point de vue, ça ne fonctionne pas du tout ! Je me souviens avoir bataillé avec une jeune serveuse sur ces questions peu de temps avant ma retraite… Comment s'appelait-elle, d'ailleurs ? Je revois une jeune femme sympathique, dynamique, mais assez hermétique aux considérations issues d'une tradition qu'elle qualifiait péremptoirement de bourgeoise. Et je n'aimais pas du tout la petite boule de métal qu'elle arborait sur l'aile droite de son nez et qu'elle nommait « piercing » ou un truc dans le genre… Heureusement que Zoé ne s'est jamais pointée à la maison avec un truc pareil !… Bon. J'aurais fait quoi, d'ailleurs ?

Je suis bien conscient qu'il y a de fortes chances pour que la sanction imaginée a posteriori aujourd'hui soit bien éloignée de la réalité si elle avait pris corps... Et je préfère en sourire, en fait. Intérieurement, bien sûr.

Quoi qu'il en soit, ces métissages culinaires dont je me suis méfié au fil du temps n'ont pas eu que du négatif. À l'Hôtel Restaurant des Quatre Marées – je n'ai jamais compris le sens de ce nom, soit dit en passant ! – le chef avait pour habitude d'inventer des amuse-bouches simples et basés sur des associations de saveurs assez improbables. Brochettes d'émincés de magret de canard et de fines lamelles de mangue, frites de radis noir au houmous, noix de Saint-Jacques parfumées à la citronnelle et au manioc (aller chercher ces trois ingrédients chez leur producteur imposerait des voyages de plusieurs dizaines de milliers de kilomètres...) faisaient mouche à chaque fois que nous avions la charge d'organiser des repas d'affaires. Je garde un excellent souvenir de ces deux petites années là-bas, sur la côte normande, mais le fait de ne rentrer à Paris que le week-end avait fortement lassé Mathilde et j'avais, un peu à regret, pris congé de ce poste.

Au fil des années, lors de mes quelques voyages à l'étranger, je fus aussi de plus en plus frappé par le fait que nous mangions de plus en plus la même chose un peu partout sur la planète, preuve d'une uniformisation galopante. Et partout, le triomphe absolu du Burger ! Associé aux fromages et aux épices locaux, décliné avec du poisson pané ou des substituts de je ne sais trop quoi afin de séduire la clientèle de plus en plus nombreuse des végétariens ou autres végans, il trône désormais en première place de toutes les cartes. Même les établissements gastronomiques s'y sont mis... En y apportant leur touche de distinction culturelle qui entraîne les clients à apprécier le résultat avec une pointe de snobisme non feint. Car un Burger restera un Burger.

La base reste toujours du pain de mie ! De plus ou moins bonne qualité, certes, mais c'est du pain de mie. D'ailleurs, la sonorité de ce mot exprime très bien ce qu'il définit : du pain de mie, c'est mou. Et c'est à de-mi du pain ! Bref, une cochonnerie. Empruntée aux Anglais, en plus ! Un comble ! Au pays de la boulangerie, je trouve cela franchement pitoyable. Et les plats traditionnels auxquels je pensais tout à l'heure sont relégués aux oubliettes ou dans des versions industrielles toutes prêtes que les cuisiniers d'aujourd'hui ont le plaisir de réchauffer au bain-marie…

J'ai bien fait de partir, je pense. Je ne sais pas comment j'aurais pu continuer à observer certains bouleversements tout en laissant mon indignation au fond de ma poche avec un mouchoir par-dessus.

Mon métier. Ma vie. L'essentiel de mes soucis, mon stress, mais aussi mes victoires et mes satisfactions. Que m'en reste-t-il donc, aujourd'hui ? Après trois années paisibles de grand-père tranquille, quel regard je porte sur quarante années de vie professionnelle ?

Et avant de porter un regard, que me revient-il en priorité lorsque j'y repense ?

Je me retrouve surpris par l'effort extrême de concentration que je dois fournir pour me replonger dans tout ce passé. Et dans un deuxième temps, je réalise qu'il ne me vient au bout du compte que des éclairs, des bribes de souvenirs, des instants précis et fugaces, mais il m'est quasiment impossible, sans effort démesuré, de me souvenir de tout un évènement dans sa globalité… Sans mon coma et les conséquences mentales qu'il m'impose, je n'aurais jamais été confronté à cette situation, pour la bonne et simple raison que je n'aurais sans doute jamais été amené à me souvenir de mon métier, et que cela ne m'aurait pas posé plus de problèmes que cela, finalement.

Antoine, c'est Antoine qui me revient le plus. Nos jeunes années au lycée hôtelier, suivies de nos premiers emplois dans le même établissement. Antoine en cuisine, moi en salle. Nous ne nous voyions pas beaucoup, en fin de compte, et il arrivait que le premier mot échangé de la journée fût prononcé à l'occasion d'un verre que nous allions prendre tard dans la soirée après notre service. Jusque-là, il était fréquent que je ne lui adresse la parole que pour lui livrer la commande d'une sole meunière pour la dix ou de ravioles et d'une truite en papillote pour la sept.

Oui, je me souviens d'Antoine, de nos conversations, de notre indéfectible amitié, mais mon métier, mon métier, que diable ! Concrètement, que m'en reste-t-il à cette heure ?

Je commence alors un petit jeu de calculs mentaux qui, en d'autres temps, m'auraient donné le vertige. En quarante années, j'ai, à raison d'une dizaine de pas en moyenne pour aller de la cuisine au bar de la salle, et ce à peu près partout où j'ai travaillé, parcouru... quatre mille kilomètres ! En effet, si je considère que ma dizaine de pas représente environ six à huit mètres, que j'ai parcouru environ cinquante fois par jour cette dizaine de pas, à raison de six jours par semaine, et ce pendant une quarantaine de semaines par an – je me trouve au passage bien optimiste quant à ma façon d'arrondir la moyenne de mes temps de vacances – et tout ceci sur quarante ans, grâce à un calcul digne d'un problème d'arithmétique posé dans les classes primaires des Trente Glorieuses, j'arrive effectivement à un total d'environ quatre mille kilomètres. Une telle distance parcourue, l'équivalent à peu près de Paris jusqu'à la frontière du Kazakhstan, sans le moindre problème musculaire ou articulaire, cela mériterait quand même une jolie médaille, je trouve !

De la même façon, je calcule aisément que j'ai mis en place environ quatre cent mille fourchettes rien que pour les services du midi, que j'ai servi ou fait servir pas loin de cinquante mille litres d'apéritif, midi et soir confondus, ou que j'ai prononcé un million cinq cent mille fois « merci » et « s'il vous plaît ». Par contre, le calcul du nombre de manteaux de la gent féminine que j'ai pris soin de placer délicatement sur un portemanteau prévu à cet effet est bien plus difficile à calculer, car la présence de manteaux dépend bien évidemment des conditions météorologiques et, comme chacun le sait, il existe des hivers doux, tout comme des automnes précoces ou des printemps récalcitrants, et cela donnerait bien évidemment une marge d'erreur conséquente au résultat final.

D'autant que je réalise que ce genre de calculs est en fait tout simplement... ridicule. Il a le mérite de me tenir éveillé, mais il ne sert fondamentalement à rien. Il me reste aussi vaguement la sensation des assiettes portées sur l'avant-bras lorsque j'étais encore serveur. Cette technique apprise en cours et admirée par le monde entier. Qui forçait l'admiration de Zoé lorsque je m'amusais à faire de même à la maison pour la faire rire, jonglant avec les assiettes remplies de sauce et faisant craindre à chaque fois à Mathilde que mon talent se soit émoussé et que le tapis de la salle à manger en fasse les frais. Mais il n'en fut jamais rien.

Il me revient aussi les dizaines d'astuces mesquines pratiquées par la plupart des établissements pour alourdir l'addition des clients. Astuces connues de tous dans le milieu, parfois décriées avec hypocrisie, rarement assumées, mais bel et bien pratiquées couramment. Lorsqu'un patron me faisait comprendre qu'il serait de bon ton d'augmenter le chiffre d'affaires grâce à quelques procédés non onéreux, je comprenais très bien de quoi il s'agissait et je « formais » nos serveurs ou chefs de rang en conséquence. J'avais à ma disposition toute une palette de procédés tous aussi légaux que discutables. De la manière de placer des clients devant la vitre ou en terrasse dans le but d'attirer le monde, jusqu'à la générosité en biscuits salés accompagnant l'apéritif afin de donner soif. De la technique de la question fermée « Que prendrez-vous comme apéritif ? » qui oblige à formuler un refus sur le fait même de prendre un apéritif, jusqu'à la manière de proposer le vin en prenant bien soin de citer le vin le plus cher en dernier de manière à ce que ce soit celui-là qui s'imprime dans l'esprit du client... Même chose pour l'eau : en demandant « eau plate ou gazeuse ? », on oblige celui qui est regardant à la dépense à dire clairement qu'il souhaite l'eau du robinet en carafe. Bien sûr que cela ne fonctionne pas à tous les coups, mais cela peut s'avérer efficace. De la même façon, je demandais à mes serveurs de prendre soin de remplir les verres de vin ou même d'eau régulièrement. Avec sourire et bienveillance, bien sûr. Mais il est inutile de démontrer qu'une bouteille vide appelle la commande d'une deuxième...

Un autre stratagème consiste à poser le pain sur la table après les plats, et non pas juste après avoir pris la commande, quitte à l'oublier pour que les clients aient faim pour un dessert. Et au moment du dessert, nous mettions en pratique une technique qui a fait ses preuves : plutôt que de demander « prendrez-vous un petit dessert ? », il suffit de poser la carte sur la table et d'attendre un moment qu'une première digestion opère chez le client, puis que fonctionne l'appel du désir de sucré dans sa tête. Et ça marche ! Bien sûr, dans les restaurants gastronomiques, ces questions ne se posent pas vraiment, car les clients y viennent de toute façon pour y dépenser leur argent et se faire plaisir, mais dans les restaurants plus modestes, il vaut mieux maîtriser ces techniques afin d'optimiser le rendement. Peu avant mon départ à la retraite est arrivée l'une des inventions les plus magiques que j'aie connues : le café gourmand. Véritable condensé de toutes les saveurs possibles de la carte, en petites quantités, la marge est absolument énorme... Comme pour les crêpes !

Je me souviens aussi de ces digestifs offerts par le patron en fin de soirée afin de fidéliser sa clientèle. Il offrait à une table et pas aux autres, histoire que ces clients-là se sentent privilégiés...

Toutes ces pratiques, de bonne guerre quand on fait du commerce, me reviennent, me replongent dans l'univers qui fut mon quotidien pendant tant d'années. Comme les questions qu'il fallait poser de façon positive... « Un deuxième café ou un deuxième verre vous ferait-il plaisir ? » plutôt que « Vous ne prendrez rien d'autre ? »...

Je revois tout cela, retrouve les émotions liées à ce métier, le stress, mais je réalise tout d'un coup quelque chose d'assez terrifiant. La futilité de mes calculs grotesques, tout comme mes souvenirs de pratiques destinées à gonfler les caisses, mais auxquelles je suis totalement indifférent aujourd'hui, me font prendre conscience qu'au final, il ne me reste quasiment rien de ma vie professionnelle ! Je me suis levé tous les matins pour elle, ai sacrifié une part importante de ma vie familiale pour elle, je me suis fait des nœuds au cerveau pour résoudre des problèmes qui en fait n'en étaient pas, et dont personne aujourd'hui n'a la moindre conscience et ne témoignera à mon égard la moindre reconnaissance. Des années à choisir mon costume, à faire en sorte qu'il soit impeccablement repassé, à y assortir cravate ou nœud papillon avec le meilleur goût possible, des années à prendre soin du personnel tout en essayant de satisfaire ma hiérarchie, des années à assumer et à aimer ce rôle de cadre, éternel tampon entre classes sociales diamétralement opposées.

De plus, je viens de m'amuser à faire des calculs d'une absurdité consternante et je suis incapable de me souvenir du nombre exact d'établissements dans lesquels j'ai officié !... Six ? Sept ? Huit ? Je ne sais même plus. Les images se brouillent, se confondent, des visages restent imprécis dans ma mémoire. Antoine mis à part, combien d'amitiés ai-je bâties dans mon métier ? Quelques vagues connaissances avec lesquelles j'ai entretenu les vœux de la nouvelle année, quelques mails ou photos échangées avec quelques rares personnes lorsqu'elles connurent le bonheur d'être grands-parents, mais je n'ai rien gardé, rien construit, au final.

Je constate également que j'ai quasiment occulté toute la partie hôtellerie de mon métier, alors qu'elle a quand même été bien présente dans ma carrière, notamment lorsque je suis devenu formateur pour une grande chaîne mondialement implantée. Je revois bien quelques bribes de brefs voyages professionnels, toujours les mêmes d'ailleurs, les chutes du Niagara, le Capitole, Tokyo, mais il s'agit toujours des rares heures de loisir. Le labeur a été rangé dans un tiroir de mon cerveau dont je ne sais même plus où j'ai mis la clé… Il est intéressant toutefois de constater que c'est bien la restauration qui m'a quand même le plus marqué, sans que je sache si c'est essentiellement dû au stress qu'elle génère ou au plaisir de la chair qu'elle convoque.

Ainsi, mon travail a constitué la pierre angulaire de toute ma vie, j'y gagnais un bon salaire qui faisait vivre ma famille, je le répète, je l'ai aimé, mais en quoi m'a-t-il nourri ? L'expérience, comme j'aime tant à le rappeler quand je m'adresse à Adrien ou Zoé, cette sacro-sainte expérience n'est même pas issue d'une réelle passion comme doivent en vivre les artistes ou les sportifs, chez lesquels vie professionnelle et vie personnelle ne font qu'une seule et même entité. Et puis, il y a tous les gens qui consacrent leur travail aux autres, enseignants, médecins, thérapeutes, travailleurs sociaux, éducateurs… Je suppose qu'ils trouvent dans leurs activités des satisfactions d'une autre dimension que les miennes. À commencer par le fait de rencontrer des gens toute leur vie. Moi, je n'ai eu affaire qu'à des clients, c'est-à-dire des gens avec lesquels, même après une certaine fidélisation, la relation est avant tout mercantile. Et des patrons et des subalternes, c'est-à-dire des gens avec lesquels il existait une réelle relation de subordination et de pouvoir. Les seules personnes avec lesquelles je pouvais me sentir à égalité, si je puis dire, se trouvaient en cuisine, en fait. Problème : on se voyait très peu…

Et puis, il y a eu aussi tous ces employés que j'ai vus défiler, ces stagiaires éphémères, ces serveuses, serveurs, femmes de ménage chez lesquels j'ai détecté tout de suite qu'ils n'étaient pas faits pour le job, mais que je ne pouvais renvoyer sur-le-champ. Alors il m'est souvent arrivé de les surcharger de travail, de les malmener pour que la décision de s'en aller leur incombe. Presser les citrons pour faire mon beurre…

Il faudra que je parle de toute cette part de ma vie avec Zoé. Ai-je vraiment déjà eu une seule conversation réelle à ce sujet avec ma fille ? J'ai apprécié qu'elle devienne prof, mais me suis-je déjà entretenu réellement avec elle sur les difficultés et les joies profondes de son métier, les rencontres qu'elle y fait, mis à part quelques clichés sur le niveau supposé déclinant des élèves de génération en génération ? Il faudra que j'en parle avec elle, oui.

Au bout du compte, suis-je un cas isolé ou sommes-nous nombreux à traverser ainsi l'existence, à aller travailler tous les jours sans nous interroger réellement sur le bien-fondé de cette action répétitive ? Combien sommes-nous à ne pas réaliser que nous passons la plus grande part de notre vie à accomplir des actions qui, si on y réfléchit bien, ne servent pas à grand-chose, au détriment de moments qui nous seraient tellement plus épanouissants et bienfaisants ? Pour gagner notre vie. Il me vient alors vaguement un passage d'un des sketches de Raymond Devos dont j'ai oublié le nom. Cela donne quelque chose comme ça :

« Je suis né, on m'a donné la vie, et après on me dit, ta vie, il faut la gagner ! Faudrait savoir… »

La blague est belle et le raccourci tellement juste. Alors que je suis empêtré dans une situation que je pressens de plus en plus insoluble, je suis gagné par un profond sentiment de gâchis, avec l'impossibilité totale de pouvoir revenir en arrière. Ce qui reste évidemment le propre de nos existences à tous, puisque par définition, nous ne revenons jamais en arrière... Mais comme, moi, j'ai le loisir d'en prendre réellement conscience, la sensation est profondément inconfortable.

Je pourrais résumer ce que j'éprouve par « tout ça pour ça... ».

Je voulais rester éveillé en repensant à ma vie professionnelle. C'est gagné. Objectif atteint. Mais dans quel état ? Ne pas réfléchir est encore le meilleur moyen de ne jamais être malheureux, finalement. Voilà pourquoi je reste convaincu qu'être atteint de la maladie d'Alzheimer ne doit pas être si désagréable que ça...

Ainsi, il me reste si peu de mon passé professionnel. Humainement, j'entends. Mais que sera donc la cérémonie de mon enterrement ? À part ma proche famille, qui prendra la peine de se déplacer ? Déjà, comment la nouvelle sera-t-elle diffusée ? Mathilde rédigera sans aucun doute les faire-part. Aidée par Zoé. Quels sont mes anciens collègues, patrons ou subalternes qui viendront verser une larme, avec ou sans simulation ? Antoine les préviendra-t-il ? Y aura-t-il un bouche-à-oreille à travers des réseaux sociaux que je maîtrise très mal ? De quelle teneur sera l'oraison funèbre ? De la musique sera-t-elle diffusée ? Mais surtout, à quoi bon me poser toutes ces questions, puisque, quelle que soit l'issue de mon séjour ici, par définition, je n'aurai jamais la réponse !... Je dois aimer la frustration, sans doute...

Et puis, sur le plan familial, je me demande bien qui fera l'honneur de sa présence ? La famille au sens large, j'entends. Mon unique sœur n'est plus de ce monde. Mes parents, qui seraient bientôt centenaires aujourd'hui, ont pris congé de l'existence à un âge... qui n'est pas très éloigné du mien aujourd'hui ! Il faut absolument que je balaie cette pensée. Car si je commence à trouver des liens là où il n'y en a sans doute pas, si je vois des rapports de causalité entre des faits le plus sûrement indépendants, si je cherche à trouver du sens à quelque chose qui ne relève que du hasard, je vais me monter la tête dangereusement, alors que je n'ai aucune épaule, aucune béquille contre lesquelles m'appuyer.

Plus on avance en âge, plus on est amené à vivre ce que nos parents ont vécu avant nous. Tout simplement. Point.

Respire, Pierre.

Et ça ne me dit toujours pas quel lointain cousin ou arrière-petite-cousine viendra à ma cérémonie. Ça fait bien vingt ans que je n'en ai pas croisé et on ne peut pas dire que cela m'émeuve particulièrement... Ma sœur n'ayant pas eu d'enfant, je n'ai donc ni neveu ni nièce. Et il y a aussi la famille du côté de Mathilde. Qui donc aimerais-je « voir » venir ? J'ai toujours entretenu des rapports cordiaux avec mon beau-frère et mes deux belles-sœurs. Cordiaux, certes, mais pas au point d'aller partager un mobile home pendant la période estivale. Ils viendront évidemment suivre mon corbillard, mais davantage par souci de la bienséance.

Et je repense aussi à ces relations familiales maintenues uniquement à travers les mariages et les décès. Ces vieux qui ne s'appellent que pour s'annoncer la disparition d'un membre de la famille, plus ou moins lointain. Avec l'avertissement sous-jacent : « C'est peut-être toi le prochain, mon vieux... »

L'info, lâchée en quelques secondes, de façon lapidaire, sans préambule ni envie de prendre des nouvelles de l'interlocuteur.

Alors, qui appellera qui, pour l'informer du décès de Pierre Letuyer ? Quels seront les degrés de peine, de compassion, d'indifférence, de fatalisme ou de cynisme qui accompagneront ces appels furtifs ?

Perdu dans une sorte de mélancolie, bercé par des lignes mélodiques de jazz que je me fredonne, il me vient tout d'un coup un flash. Un de ces flashes qui arrivent de nulle part alors que notre attention est totalement mobilisée vers autre chose. Comme une de ces images furtives d'un virage emprunté un jour à vélo, à un âge prépubère, qui surgit en pleine concentration sur la prochaine déclaration fiscale... Y a-t-il donc un rapport, une logique à trouver ? Peu importe. Les faits sont là. Régulièrement, subrepticement, on se retrouve sollicité par des flashes sans que l'on en comprenne la signification ou l'origine.

Et à ce moment précis, il me vient l'image d'une table que j'ai servie alors que je devais avoir à peine trente-cinq ans. Notre établissement, classé plutôt chic, avait le privilège de recevoir ce jour-là deux ministres des Affaires étrangères. L'un français, l'autre je ne sais plus d'où, mais la négritude du personnage me laisse à penser qu'il ne s'agissait pas de la Norvège. J'avais été choisi par le patron du restaurant pour servir ces messieurs dans une salle tranquille. Choisi pour mes qualités de serveur, bien entendu, mais aussi pour... ma discrétion.

Je n'avais pas bien compris sur le coup en quoi cette « qualité » était mise en avant à ce moment-là, mais je fus éclairé entre fromage et dessert.

Dans ce métier, nous entendons toutes sortes de phrases, d'extraits de conversation qui, isolés de leur contexte, ne veulent pas dire grand-chose. Nous apprenons à faire avec et à ne pas écouter. Même si quelques mots nous interpellent parfois, ou nous amusent, surtout lorsqu'il s'agit de désaccords conjugaux, qui sont bien évidemment les plus truculents.

Et ce jour-là, alors que je coupais une fine portion de Cantal agrémentée d'une grappe de raisin noir, j'entendis de la bouche de notre ministre des Affaires étrangères de l'époque ces quelques mots :

« Vous savez, il s'agit vraiment d'un excellent missile. »

Ainsi, le sort de milliers de gens était peut-être décidé à ce moment précis, entre mon Cantal et mon sabayon aux fruits des bois. Je me souviens d'avoir traîné cette phrase dans mon esprit plusieurs jours durant. Je rentrais le soir chez moi, je retrouvais mes enfants et leur insouciance, tout en sachant au fond de moi que les malheurs du monde se décident sur des coins de table. Ma famille vivait relativement heureuse, confrontée à des problèmes d'emplois du temps, de présence ou non de mousses au chocolat dans le frigo, de conflits pour le choix du programme télé, et pendant ce temps, quelque part sur un continent dont tout le monde se moque royalement, des gens vivaient dans l'ignorance que leurs jours étaient comptés parce qu'une décision politique avait été prise au moment du dessert entre deux responsables qui, eux, n'auraient jamais à craindre l'explosion de la moindre bombe dans leur vie. Je savais tout ça auparavant, bien entendu, quelque part dans un coin de ma tête, dans une case bien étanche, sans y penser vraiment, sans m'y attarder. Je le savais comme on sait que la misère du monde pourrait être résorbée si les choix politiques étaient différents. Je le savais, comme nous le savons tous, mais en éprouver la réalité concrète fut un choc pour moi. Le mot « missile » dans la bouche d'un ministre des Affaires étrangères, à destination d'un de ses homologues africains, ne peut être prononcé, de façon aussi sérieuse, que dans le cadre d'une démarche de VRP. Et qu'entendait-il par « excellent » missile ? Vanter les qualités d'un missile impose sans doute que l'on verrouille toute autocensure vis-à-vis du cynisme... Avec à la clé, des transactions et des échanges dont je ne souhaite même pas imaginer les tenants et aboutissants.

La seule personne à qui je pus me confier fut bien évidemment Antoine, préférant ne pas aborder ce genre de sujet avec Mathilde, sans que je m'interroge davantage à l'époque sur les raisons de ce silence.

Antoine montra une pointe de sarcasme à mon égard, me trouvant bien naïf pour un homme convaincu depuis toujours par les bienfaits du libéralisme.

« Que crois-tu donc, mon ami ? Que nous sommes dirigés par Nicolas et Pimprenelle ?... Tu sais très bien au contraire que tout cela est très cohérent. Le système économique capitaliste ne peut prospérer que s'il y a des guerres... Donc quand tu votes pour tes rigolos, tu cautionnes ce système et tu donnes un blanc-seing aux vendeurs d'armes... »

Je lui rétorquai que les guerres et les ventes d'armes n'étaient pas l'apanage des pays capitalistes, loin de là, et notre échange tourna très vite dans un affrontement de politique politicienne dont nous avions coutume. Je ne parvins pas à orienter notre conversation sur un terrain plus philosophique ou humaniste.

Très vite, nous en arrivions à nous chamailler sur les pronostics des prochaines législatives, le tout accompagné d'un digestif, et nous évitions ainsi, consciemment ou non, de pousser plus loin notre réflexion sur des sujets que nous abordions en échangeant quantité de lieux communs, nous permettant ainsi d'éviter de nous retrouver face à nos incohérences et contradictions. Nous savons très bien qu'il existe autant de révolutions manquées ou de bouleversements avortés que de verres de Ricard servis chaque jour sur les comptoirs de nos estaminets...

Cette scène du « missile » me poursuivit un moment, et puis je l'occultai, jusqu'à tout à l'heure.

Il me vient à penser à ce que doivent entendre mes collègues qui servent dans les palais présidentiels ou les ministères... Des secrets à ne jamais trahir, je suppose. Ils doivent avoir un temps d'avance sur une certaine actualité. Et avoir essaimé au fil de leur carrière une cargaison d'illusions perdues. À moins que les politiques sachent tenir leur langue au moment des repas…

Comment retrouve-t-on sa vie familiale le soir lorsque l'on entend ce genre de choses ? Sa compagne, ses enfants, son frigo, ses petits soucis du quotidien ? Comment relativise-t-on – ou pas – les choses ?

Et le ministre, comment vit-il cela, lui ? Le ministre, ainsi que toutes les professions officiant de près ou de loin dans ce milieu ? Les chercheurs, ingénieurs, techniciens, ouvriers, promoteurs en tous genres, comment se regardent-ils lorsqu'ils embrassent leur épouse ou se servent une pannacotta aux fruits rouges avant de s'affaler confortablement devant leur programme télé favori tout en caressant leur labrador ? Comment peut-on mener une vie « normale » lorsque l'on sait qu'elle est gagnée sur le dos de la mort de victimes innocentes quelque part sur la planète ? Le mieux est sans doute de ne pas y penser et de se dire que l'utilisation de ce que l'on fait ne nous regarde pas, et que si nous ne le faisions pas, d'autres le feraient de toute façon à notre place, et que, flûte, on ne va pas changer l'ordre du monde non plus ! Je n'ai jamais été un révolutionnaire invétéré, loin de là, mais ce sujet de l'armement m'a toujours taraudé, traumatisé que je fus par les récits de mes propres père et grand-père à propos des deux conflits mondiaux auxquels ils avaient participé et miraculeusement survécu.

Et imaginons que moi, j'aie entendu des secrets politiques ou militaires qui, si je les avais divulgués, auraient changé la face du monde, ou du moins le sort de milliers ou de millions de gens ? Imaginons que je sois resté muré à regret dans le silence et me sois dit toute ma vie « un jour, j'en parlerai, un jour, je révélerai ce que je sais, un jour, je désobéirai à ma hiérarchie en révélant au monde ce que je sais », mais que, lové dans les conforts de la procrastination, je n'en aie jamais rien fait. Car il paraît, c'est mon grand-père qui me l'avait transmis, que les hommes ne sont beaux que des décisions qu'ils prennent... Et inversement aussi, sans doute... N'aurais-je été qu'un lâche toute ma vie, en n'étant que le seul à pouvoir en juger ? Ou aurais-je reçu une quelconque reconnaissance de la part de médias qui m'auraient alors catalogué dans ce que l'on appelle un lanceur d'alerte ? Et si j'avais finalement passé toute ma vie dans la rétention d'information, comment vivrais-je dans ce cas ma situation actuelle, coupé de la moindre communication avec autrui, séquestré dans mon néant, mais avec toute ma conscience pour ne ruminer que remords et regrets et cultiver ma culpabilisation ? Je serais en ce moment même torturé par une introspection dont le but serait de savoir si j'ai ou non manqué à une certaine désobéissance civique. Le seul avantage de cette situation se trouverait alors dans le fait que je ne pourrais aucunement redouter de me regarder dans la glace...

Ce souvenir et ces pensées ne font en tout cas qu'accentuer mon sentiment de malaise.

Une chose positive toutefois : je suis bel et bien « réveillé »...

— Pierre... Pierre. Tu m'entends ?

La voix me sort d'une léthargie cotonneuse. Je dois finalement faire un effort pour sortir de cet état – le comble étant de dire qu'il était comateux ! – qui ne m'était pas si désagréable que ça, je dois le dire. Mathilde renouvelle ses appels.

— Pierre... Je vais te parler. Je ne pense pas que tu m'entendes... Mais comme le médecin ne cesse de nous répéter qu'il faut le faire, alors je vais le faire... Et puis, surtout, j'ai besoin de te parler...

Ces paroles me donnent un coup de fouet et je me sens retrouver sur-le-champ toute l'acuité de mes capacités mentales.

J'entends ma compagne faire les cent pas, tourner en rond, nerveuse, à la manière d'un chef d'entreprise ou d'un conférencier qui viendrait annoncer une nouvelle qui sera forcément mal accueillie par son auditoire, entraînant une situation de conflit dont il est incapable d'anticiper les conséquences.

Me voilà tout ouïe.

— Pierre... Je me doute que tu ne vas pas te réveiller comme ça, à mon écoute... et je me sens un peu ridicule à parler toute seule, là, dans cette chambre impersonnelle... Mais bon, je n'ai pas le choix... Et puis, peut-être que ma démarche fera une pierre deux coups... Puisqu'il paraît que te parler ne peut être que bénéfique d'après les médecins, alors autant te dire des choses intéressantes... pour tout le monde... Pierre... Je ne sais comment t'appeler autrement... Par ton prénom... Je ne t'ai jamais affublé du moindre sobriquet ou surnom de tendresse comme ça se fait parfois ailleurs... J'ai toujours aimé ton prénom, c'est vrai, mais je me dis aussi qu'il y a peut-être une autre raison... Comment te dire ?...

La voix de Mathilde est posée. Elle s'adresse à moi comme si elle me préparait à une demande, alors qu'elle sait bien que je suis dans l'incapacité de décider quoi que ce soit.

— Pierre, j'ai besoin de te parler... Et même si tu ne m'entends pas, je suppose que j'aurais fait de même sur ton cercueil ou ta tombe si ton malaise avait été fatal.

Elle a baissé de plusieurs décibels le volume de sa voix, ralenti sa prosodie.

Son phrasé exprime désormais une solennité que je lui connais rarement. J'essaie de retrouver dans ma mémoire des situations dans lesquelles elle a parlé de la sorte, mais je ne vois pas... Peut-être quand elle a demandé – en ma présence – un petit emprunt à sa mère alors que nous avions trente ans. Et encore... Il y avait ce jour-là plus de peur d'un refus qu'aujourd'hui. Non, je sens qu'elle a plutôt une nouvelle à m'annoncer ou une information à me communiquer.

Curieusement, la traditionnelle goutte de sueur virtuelle qui vient taquiner mon épine dorsale quand survient le stress reste tapie je ne sais où. Je me sens relativement serein. Même si j'ai quelque idée de ce qu'elle a à me dire.

Sans doute un dernier au revoir, car la décision a été sûrement prise collégialement de me laisser partir. Je n'ai pour l'heure pas l'énergie de m'insurger contre cela, alors j'attends avec angoisse et une sorte de résignation tout aussi inconfortable qu'inattendue que tombe la sentence de la bouche de mon épouse. Un peu comme un accusé, qui sait au fond de lui ce qui va lui être infligé, mais qui garde une force en réserve tant que les mots n'ont pas été officiellement prononcés, car il subsiste justement un centième de milligramme d'espoir qu'ils seront à l'opposé de ce qu'il redoute. Et puis, la grande différence réside dans le fait, je le répète, que je ne suis accusé de rien. Je n'ai rien commis et je n'ai rien à me reprocher. C'est sans doute cette certitude qui nourrit cette forme d'aplomb que je ressens en moi.

Mathilde reprend.

— Pierre... La première chose que je voudrais te dire, pour être tout à fait honnête avec toi et avec moi-même, est que je ne pense pas que je te dirais tout ce que je vais te dire si tu étais conscient. Si j'avais eu tes yeux en face de moi... je pense que je n'aurais pas pu. Alors je vais... comment dire... profiter de ton état pour te parler... Déjà, si tu avais été conscient, si tu avais pu m'entendre et me regarder, je t'aurais menti... j'aurais été positive autant que faire se peut, je t'aurais laissé entendre que tu allais t'en sortir bientôt, j'aurais conjugué certains verbes au futur... Alors que, bien évidemment, cela aurait été d'une totale hypocrisie... Tu te souviens comme nous étions gênés dans les derniers temps de maman à l'hôpital ou lorsque nous allions voir la mère d'Antoine ?... Tout ce jeu de dupes ! Elles savaient très bien qu'elles allaient mourir. Et elles n'en parlaient pas. Et nous aussi, nous le savions. Et nous n'en parlions pas. Et elles savaient que nous savions. Et faisaient comme si nous ne savions pas... Et personne n'en parlait. Tout le monde esquivait. Une farce...

Elle soupire.

— Certainement de quoi inspirer une pléiade d'auteurs dramatiques.

Elle marque une pause.

Je l'entends prendre sa respiration, faire quelques pas à droite, à gauche, sans intention particulière. De toute évidence, elle se cherche une action à faire, une contenance.

Elle reprend.

— Mais ce n'est pas le plus important, Pierre... Pierre, te souviens-tu la dernière fois que tu m'as dit que tu m'aimais ? Je pense que Léo jouait encore aux Lego... Je ne sais plus, c'est vague. On a fait quoi durant toutes ces dernières années, Pierre ?

Allons bon ! Je ne m'attendais pas du tout à ce registre ! Je m'étais mentalement préparé à ce qu'elle me parle de chrysanthèmes et voilà qu'elle aborde la question des roses... Ou plutôt du manque de roses, apparemment... Je dois réadapter mon logiciel cérébral pour bien comprendre ce qu'elle va me dire.

— En fait... En fait, Pierre, je ne sais pas si nous avons tenu aussi longtemps ensemble par amour ou par... par habitude. Par peur d'affronter les bouleversements et les inconnues... Par confort. Par conformité... Je t'ai aimé, Pierre, tu le sais. Follement... Dès le début. Mais on change, Pierre. Qu'est-ce qu'il reste du jeune maître d'hôtel toujours élégant et avenant, Pierre ? À la fois humble et déterminé. Au fil de notre vie, tu t'es effacé, privilégiant sans cesse les priorités matérielles de ton travail à notre vie à nous... Et je te concède que je n'ai rien fait pour infléchir le cours des choses. Les enfants m'ont accaparée et je dois croire que j'étais heureuse ainsi... En fait, ton accident cérébral est une bonne chose, si je puis dire... Je pense que si tu étais mort subitement, je n'aurais pas réfléchi ainsi et je t'aurais pleuré sans... sans prendre le temps de me retourner sur le passé, en ne gardant que le meilleur... En t'idéalisant, peut-être... Tes cravates seraient restées intactes dans l'armoire, impeccablement repassées et prêtes à l'emploi... J'aurais mis d'autres photos de toi sur le buffet, à côté de celle de notre mariage, et je me serais sans doute apitoyée sur mon sort... celui d'une victime d'un malheur de l'existence...

Elle marque une pause.

— Mais non, Pierre, je ne suis la victime de rien. Ton coma, avec l'espoir qu'il laisse entrevoir que tu puisses t'en sortir, m'a fait réfléchir. C'est comme si tu étais parti en voyage, et que je sais que tu vas revenir. Mais je ne serai pas Pénélope... J'utilise tout ce temps d'attente pour te dire que... ça ne sera plus comme avant. Je veux vivre pour moi, reprendre la natation... au niveau que je pourrai, bien sûr que je ne ferai pas de la compet' à mon âge, mais je veux nager à nouveau. Je veux sortir. Avec ou sans toi. Aller au cinéma. Au théâtre. Et ne plus centrer notre existence sur la venue des petits-enfants... Tu as passé ta vie dans un monde qui constitue l'un des plus grands divertissements offerts aux gens : les restaurants et les hôtels. Et toi, en termes de divertissement, tu t'offres quoi ? Tu te permets quoi ? Et surtout, tu nous proposes quoi ? On dirait que tu attends... Tu attends que la vie passe. Tu n'as que ton foutu saxo qui... qui nous casse les oreilles... Est-ce que tu te souviens du temps incroyablement long pendant lequel tu ne m'as même pas touchée ? Est-ce que tu réalises que nous sommes restés quasiment quatre ans sans faire l'amour ? Quatre ans ! À peine deux ou trois galipettes vite expédiées histoire de... faire croire quoi à qui ? ... Quatre ans ! Le temps entre deux années bissextiles ! ... Une olympiade ! ... Je sais que si tu m'entendais, tu reverrais parfaitement cette période... et je ne te demanderais même pas de te justifier... Nous étions pourtant dans la force de l'âge, comme on dit... J'aurais mille fois pu te tromper. Mais je ne l'ai jamais fait. Sans que j'en sois particulièrement fière, il n'y a aucune gloire à ne pas commettre un acte que je considérerais aujourd'hui ne pas être une faute... J'en ai eu, pourtant, des occasions... Non, je serais prétentieuse de parler d'occasions... Disons plutôt que j'aurais pu créer des occasions. Il y avait de la matière autour de moi... À commencer par Antoine. À qui j'ai su tout de suite que je plaisais. Mais avec lequel il ne s'est jamais rien passé, je te rassure. Lui comme moi avions trop de loyauté envers toi pour nous lancer dans une aventure aussi risquée... On ne s'appartient pas, Pierre, tu le sais très bien. Être avec quelqu'un, partager une vie de couple n'enlève rien à l'indépendance que l'on a vis-à-vis de son corps. Si c'était à refaire, il est certain que je ferais d'autres

choix... Après, c'est toujours facile de dire ça, car nos expériences ne nous servent jamais a posteriori...
Une nouvelle pause.
Pendant laquelle je réfléchis, je bouillonne, incrédule...
— Si tu m'entendais, tu serais surpris que je tienne ce genre de propos, j'en suis certaine... Cela ne ressemble certainement pas à l'image que tu as de moi... Mathilde, la petite épouse modèle, avec la bonne dose de serviabilité et d'effacement nécessaire à une vie paisible et sans encombre... Mais c'est un volcan qu'il y a en moi, Pierre. Un volcan endormi. Que TU as endormi. Avec ma lâche complicité, j'en conviens. Il y a des jours, je n'ai même plus l'impression d'être un volcan endormi, mais d'être la chaîne des puys d'Auvergne à moi toute seule !... Et tu sais qui m'a aidée à ouvrir les yeux ? Tu ne me croiras pas !... Je te le donne en mille... Tu ne réponds pas ? Tu ne dis rien... OK... Zoé ! Ta fille ! Complètement lucide quant à la vie que nous avons menée... Nous avons beaucoup parlé entre femmes. Je pense que tu n'as pas un zeste de soupçon de ce que Zoé a perçu de nos vies et de ce qu'elle-même vit... C'est une belle personne, tu sais... Et elle a la chance de s'épanouir dans une autre génération... Tu me diras, c'est mathématiquement normal, puisque c'est notre fille... Mais je peux t'assurer qu'elle ne tombera pas dans le même panneau que moi. D'abord aussi parce qu'elle communique beaucoup avec Bertrand. Tu sais, Bertrand, celui que tu regardes à peine, celui avec lequel tu as toujours gardé une distance ridicule, voire pathétique... Il en souffre, crois-moi. Et Zoé aussi... Je me doute bien un peu des raisons de ce rejet, que je n'approuve pas, crois-moi. C'est absurde, et cela blesse tout le monde. À commencer par toi, j'en suis sûre !
(Petite pause.)
— Bon, eh bien, pour en revenir à ce que je te disais, je crois savoir, même si on ne doit pas tout se dire entre mère et fille,

c'est évident, que Zoé et Bertrand forment… un couple… plutôt libéré… si tu vois ce que je veux dire… Bon, je ne vais pas entrer dans les détails. Après tout, je ne suis pas censée le savoir et Zoé ne m'a pas demandé de t'en parler… Et en plus, tu n'entends rien…

Je bouillonne de plus en plus.

— Je peux simplement t'assurer que ta fifille adorée est bien loin de l'image que tu as d'elle. Ça fait belle lurette qu'elle ne joue plus à la Barbie ni au Puissance 4…

Elle marque une pause sensiblement plus étirée que les précédentes.

Je l'entends marcher, tourner sur elle-même. Changer de direction. J'en déduis que ma chambre ne doit pas être exiguë. On ne m'a pas mis dans un cagibi. Merci, braves gens ! Vous aurez toute ma reconnaissance…

— Combien de fois a-t-il fallu que je te… te harcèle presque pour partir en vacances ! Toi, tu serais bien resté à faire tes gammes et quelques mots croisés sans que cela ne te pose problème. Sans te soucier de moi, en fait. Mathilde toujours là. Fidèle au poste. Comme un philodendron. J'ai vraiment le sentiment d'avoir perdu du temps. Pas jusqu'à avoir gâché ma vie, je n'irais pas jusque-là, mais vraiment perdu beaucoup de temps. Et d'énergie… J'ai tout simplement passé quinze ans de ma vie à t'attendre, tout mis bout à bout… J'en reviens à ma question initiale, Pierre. Est-ce que nous nous sommes réellement aimés, en fait ? Nous avons formé une jolie équipe, c'est certain. Efficace pour confectionner et élever trois enfants qui ne s'en sortent pas si mal que ça, après tout. Efficace pour aménager un joli petit pavillon de banlieue… La vie nous allait bien. Sans jamais se poser une seconde pour y réfléchir, jeter un coup d'œil dans le rétroviseur, essayer d'analyser quoi que ce soit… La vie nous allait bien. Oui, c'est cela le terme. La vie nous allait bien, on s'en accommodait… Mais l'avons-nous choisie réellement ? Nous avons surtout choisi le fait de ne pas vouloir en changer. Choisir de ne pas vouloir... Est-ce réellement un choix ?... Je réfléchis beaucoup en ce moment, comme tu peux t'en rendre compte...

Une pause. Mathilde, comme moi, ne fume pas. Mais si elle avait été fumeuse, c'est exactement le moment qu'elle aurait choisi pour allumer une cigarette, et donc d'aller à la fenêtre... D'ailleurs, y a-t-il une fenêtre dans ma chambre ? Et si oui, elle donne sur quoi ? Sur quelle parcelle du monde ? Je n'ai jamais entendu le moindre commentaire à ce sujet de la part de mes visiteurs...

— Tu vois, Pierre, je ne suis pas en train de te dire que nous aurions dû nous séparer, je ne suis pas en train de te dire que j'ai raté ma vie, non, ce n'est pas ça... L'idée de mettre un terme à notre relation ne m'est jamais venue, et je ne suis pas en train de me dire que j'aurais dû avoir cette idée. Comment peut-on regretter de ne pas avoir eu une idée ? C'est absurde. Puisque le principe d'une idée est de nous surprendre en arrivant de nulle part... ou d'être le fruit de réflexions. Et ces réflexions, je ne les ai jamais faites... Tu vois, un couple, c'est bien une équation à deux inconnues. Et ceux qui durent ne sont pas ceux qui sont sur le même rail, sans doute. Ce sont bien ceux qui sont sur des rails parallèles et qui attendent toute leur vie qu'ils se rejoignent...

(J'entends son sourire.)

— Pierre... Pierre, j'espère que tu vas t'en sortir. Du fond du cœur. Je le veux. Je ne sais pas si j'aurai le courage de te dire tout ce que je viens de te dire si tu te réveilles... Tu n'en sauras jamais rien, et c'est sans doute mieux ainsi... Certes, les toubibs préconisent que l'on te parle, afin que l'on te stimule pour provoquer ton réveil, mais dans le fond, je préfère savoir que tu n'as rien entendu de tout ce que je t'ai dit... Tout ce que je viens de faire est complètement absurde, en fait... Je me suis sans doute donné bonne conscience. J'avais juste besoin de vider mon sac, c'est clair... Ainsi, quand tu seras revenu, nous continuerons de nous disputer gentiment sur la nécessité de mettre du rhum dans la pâte à crêpe...

(*Une pause.*)

— Depuis cette fichue matinée, je te vois partout dans la maison. J'entends tes pas dans la salle de bains... Je sens même l'odeur de ton café... Alors que personne n'en boit. Forcément... J'entends ta voix, tes commentaires sur l'actualité que tu découvres dans ton journal... tes questions quand tu butes sur une définition de tes mots croisés... La seule chose qui ne me manque pas, c'est ton saxo... Quand tu le retrouveras, tu devras enlever toute la poussière qu'il accumule depuis tout ce temps...

Ne me dis pas que personne n'a eu idée de ranger mon saxophone, quand même !? Mais c'est quoi cette famille ??? Les tampons vont être complètement encrassés après tout ce temps... Ils ne connaissent rien à la musique, soit. Mais un peu de bon sens ne fait pas de mal !

— Si tu savais à quel point tu es présent, Pierre. Sans doute cela serait-il identique si tu étais mort. Peut-être encore plus exacerbé. Car on ne rend pas visite tous les jours à un mort...

Mathilde vient donc me voir tous les jours. J'en suis touché. Ayant perdu toute notion du jour et de la nuit, et même du temps de façon générale, je réalise que je dois quand même avoir de larges périodes de sommeil ou d'inconscience, car les laps de temps entre certaines visites me semblent incroyablement brefs... Comme si elle revenait un quart d'heure après... Ce qui serait effectivement absurde.

— On a tous envie que tu t'en sortes, Pierre. Alors tu vas t'en sortir. Je n'ai toujours pas la réponse à ma question et, sans doute, je ne l'aurai jamais. C'est ainsi. Je ne dois sûrement pas être la seule... Ce que j'éprouve pour toi aujourd'hui doit davantage se rapprocher d'une dépendance affective, sans doute. Plus que d'un réel sentiment amoureux... Mais comment cela pourrait-il être autrement ? Après tant d'années. Tu fais partie de ma vie sans que je sois capable en fait d'en identifier le pourquoi. À moins d'y réfléchir très, très intensément... Mais... mais j'ai besoin de toi, Pierre. Tu m'insupportes à bien des égards, mais j'ai besoin de toi... Reviens... Reviens... Même si rien ne se passera désormais comme avant, je peux te l'assurer... Au fait, j'ai fini par euthanasier Nestor, il était vraiment trop malade... Je sais que tu n'avais pas grand-chose à faire de ce chat, mais je t'informe quand même de l'actualité de la maison. Et puis, l'été a été bien terne, cette année... Je réalise à quel point tu es un formidable grand-père... Ça, je le reconnais.

Je la ressens soulagée. Elle reste silencieuse un instant, sûrement immobile. Puis j'entends quelques bruits de papiers froissés, de vêtements enfilés, de pas, et la porte se refermer...

Impossible à mesurer en termes de temps réel, il me faut quand même un moment pour reprendre mes esprits après tout ce que je viens d'entendre. Après certaines interrogations quant à mes relations avec mes enfants, ainsi que leurs relations entre eux, ce qu'il me reste de mon travail, le regard de ma famille sur mon talent de saxophoniste, voici que j'entends le point de vue sincère de mon épouse, celle qui a partagé quarante-quatre années de ma vie... non, quarante-trois de vie commune, en fait, et effectivement, je n'aurais jamais imaginé qu'elle pût ressentir tout ce qu'elle m'a révélé. Tout en pensant que je ne l'entendais pas, comble de l'ironie... Je n'ai pas du tout, mais alors pas du tout envie de me torturer les méninges pour essayer de commencer une introspection que je juge bien peu utile dans la situation qui est la mienne... Mais en même temps, sois honnête avec toi-même, Pierre... Si Mathilde t'avait pris entre quatre yeux pour aborder ce sujet en pleine santé, comment aurais-tu réagi ? Aurais-tu esquissé l'ombre d'un début de travail sur toi-même ? Ou aurais-tu esquivé, à mi-chemin entre l'attitude de l'autruche et celle de l'anguille ? Ce n'est pas la peine d'essayer de te projeter dans la situation, tu as la réponse, Pierre. Toute ma vie, il est évident que j'ai évité de me poser les questions qui fâchent. Mais en grande partie de façon inconsciente, j'en suis convaincu. Et c'est à cet instant de ma vie où il ne me reste que la conscience, sans aucune autre distraction pour mon pauvre petit cerveau – ni frigo à inspecter, ni téléfilm à regarder d'un œil distrait, ni séquence de sport intensif, ni vagabondage urbain, ni mots croisés, ni partition de musique à déchiffrer, ni nouveau roman dans lequel me plonger, ni chat à nourrir ni crêpes à préparer pour les petits-enfants – que j'ai tout le loisir de rentrer à l'intérieur de moi-même. Le problème est que ce genre de travail cérébral présente de l'intérêt lorsqu'il existe une perspective d'avenir, que l'on pense que l'on va progresser, devenir quelqu'un de meilleur, parce que les pages blanches d'un agenda présentent une réelle perspective... C'est ce que j'ai vaguement lu dans des magazines féminins, qui encouragent toute pratique permettant un retour sur soi en même temps que la consommation de concombres à l'aneth pour avoir bon teint aux premiers rayons printaniers. Je m'en souviens, cela m'avait fait sourire en attendant l'éradication de ma dernière carie... Mais, à cette heure, ici, à quoi bon entamer ce genre de démarche ? Cela ne servirait strictement à rien. Parce que je ne peux plus marcher ? Ni parler, ni me regarder dans la glace, ni manger, ni communiquer de quelque façon que ce soit, ni rire, ni rien faire de mes mains ? Il y a un peu de tout ça, évidemment, mais la raison principale est ailleurs. Je l'ai sur le bout de la langue, si je puis dire, ou plutôt sur le bout de je ne sais quelle partie du cortex... Je réfléchis encore un peu, jusqu'à ce que la lumière se fasse : je n'ai plus la possibilité de me voir dans le regard des autres !... Elle est là, la raison. C'est à travers les autres que l'on existe, que l'on se construit, que l'on devient quelqu'un, tout simplement. Il me vient immédiatement le souvenir qu'Adrien et Zoé, à quelques années d'intervalle, m'avaient parlé d'une pièce de Sartre qu'ils étudiaient au lycée et dans laquelle il est question de trois personnes qui se retrouvent en enfer et le rôle du bourreau y est joué par chacun à tour de rôle vis-à-vis des deux autres... J'avais adoré cette idée. J'ai entamé la lecture de l'ouvrage, dont je n'avais pas entendu parler dans mes années de formation au lycée hôtelier, mais il m'apparut très vite que je préférais de loin le récit que mes enfants m'en faisaient. Surtout, il va sans dire, celui de Zoé, que je trouvais plus riche et subtil que les résumés un peu caricaturaux d'Adrien quatre ans auparavant. Sans doute mes oreilles étaient-elles plus disponibles pour ma fille… Soit. Je suis resté longtemps sans mémoriser le nom de cette pièce, mais au fil des lectures que j'ai faites, en pur autodidacte de la littérature, je m'y suis intéressé à nouveau, et je l'ai enfin lue. Mon point de vue n'a pas changé : même si j'acquiesce pour dire que « l'enfer, c'est les autres », je pense aussi que ces autres constituent… notre paradis ! Notre miroir pour nous construire…

À bien y réfléchir, un bébé se construit d'abord par mimétisme vis-à-vis des adultes. C'est ainsi qu'il apprend à sourire.

Je me redis que je n'ai pas fait d'études, au sens intellectuel du terme, mais je crois avoir compris pas mal de choses au fil de la vie tout de même… Les études hôtelières que j'ai suivies, alors qu'elles nous affublaient prématurément de costumes chics en décalage avec nos duvets post-pubères, ne m'ont pas beaucoup ouvert sur le monde de la culture, je dois le reconnaître. Costumes chics qui nous valaient d'ailleurs parfois d'être confondus avec des témoins de Jéhovah, lorsque nous nous promenions ainsi en ville… Fort heureusement, les jeunes années ne programment pas l'intégralité de notre vie non plus, et grâce à Mathilde et ses encouragements, j'ai laissé aller ma curiosité, et me suis cultivé par moi-même. Je me considère ainsi comme un exemple vivant que l'on peut apprendre tout au long de son existence. À raison de quelques heures de lecture grappillées ici et là sur un agenda professionnel chronophage. Et j'ai compris beaucoup de choses, je pense… Et en même temps, je tombe des nues à chaque fois que j'entends mes proches exprimer leurs sentiments… Alors, qu'ai-je appris, en fin de compte ? Voilà une bonne question.

Une question que je suis amené à me poser de par ma situation de comateux en introspection imposée. Si j'avais continué à vivre ma vie sans embûche, rythmée par mes actions, les habituelles et les improvisées, je ne me serais jamais ainsi questionné, il va sans dire. Alors, quelle importance y accorder ? Dois-je considérer mon accident cérébral comme une « chance » ou comme une sale fatalité de laquelle je dois sortir au plus vite ? La réponse est entre les deux. Elle ne peut être tranchée. Mais je commence à réaliser que si je regarde le « positif » dans ce qui m'arrive, la moitié pleine de la bouteille, en d'autres termes – encore que je ne sois pas certain qu'il s'agisse réellement d'une moitié – alors j'y trouverai peut-être une source d'énergie que j'ignore encore, mais sans doute nécessaire à un réveil définitif, ou en tout cas à un début de remontée vers la surface. De toute façon, je n'ai guère le choix. Ça ne sert à rien de me morfondre sur mon sort, d'autant que je n'ai aucune épaule sur laquelle me reposer, ni aucune oreille à laquelle me confier.

Déjà, je ne souffre pas. Physiquement, j'entends. Et c'est énorme. Je me souviens de témoignages de personnes gravement malades qui souffraient le martyre. Il n'en est rien pour moi. Complètement anesthésié, je ne sens même pas mon corps. C'est étrange, j'en conviens, relativement indescriptible, mais ce n'est ni insupportable ni insurmontable. Tiens, pour la première fois, je prends conscience qu'il y a des choses réellement positives dans ma situation. Elles ne sont pas pléthore, certes, mais elles existent et c'est bien sur elles que je dois m'appuyer pour aller vers une guérison. Je n'ai aucun argument médical pour valider ce que je dis, mais je le ressens profondément ainsi. Alors je me fais confiance…

Et puis, il y a un autre élément auquel je n'avais jamais pensé jusqu'ici. Mathilde a parlé tout à l'heure de fin d'été. J'ai toujours eu coutume de dire que je voyais de moins en moins passer les saisons. Eh bien, cette fois-ci, c'est un fait. Je n'ai pas vu l'été, rien ressenti, rien, je n'ai plus aucune notion du temps, c'est acté… Mais ! Mais, en dépit de cela, cet autre aspect positif consiste à dire que je pense être dans une bonne santé mentale ! Je ne suis pas fou. Et ce n'était pas gagné. Combien d'autres personnes auraient sombré dans un chaos total si elles avaient été plongées dans ma situation ? Gagnées par la schizophrénie ou la perte la plus élémentaire de repères. Il n'en est rien pour moi. J'ai gardé toutes mes facultés, j'en suis absolument sûr, alors que j'ai perdu tout repère temporel. Je me remémore des pans entiers de certaines de mes lectures. Je suis capable de retrouver mentalement les sensations du toucher grâce à une formidable mémoire sensorielle, je joue du sax mentalement, je suis capable d'élaborer des raisonnements, faire des calculs insensés, j'ai une totale notion du bien et du mal, mon sens moral est intact. Alors, pour la première fois depuis que je suis en ce lieu, je me réjouis !

Oui, il y a du positif.

Oui, il y a un socle fort sur lequel je peux m'appuyer pour partir vers la guérison.

C'est la première fois que je ressens cela. Et ça s'appelle l'espoir, je crois. Tant que le dernier souffle n'est pas produit, rien n'est fini. Je suis convaincu que je traverse une épreuve, mais que je m'en sortirai, qu'un jour, je la raconterai à l'imparfait à mes petits-enfants ou mes arrière-petits-enfants, car je suis convaincu que l'heure de la fin est loin de sonner. Et j'insiste, je me le redis, c'est vraiment essentiel, je ne souffre pas ! Par définition, je ne ressens aucune douleur, corollaire de l'absence de toute sensation corporelle.

Quand je pense à nouveau à tous les malades alités qui souffrent au-delà du supportable, calmés par quelques molécules de morphine aux effets momentanés, à tous ceux qui finissent par souhaiter en finir avec cette vie terrestre dans le seul but de ne plus ressentir la ou les douleurs, je ne peux que trouver ma situation « positive ». Je ne sais plus comment s'appelle ce processus intellectuel qui consiste à regarder ce qu'il y a pire que soi afin de se satisfaire de son sort. « Pense à tous ceux qui ne mangent pas à leur faim et tu arrêteras de te plaindre de ne gagner que le SMIC. » Antoine fustige ce genre de remarques. À raison, je pense. Mais tout est relatif. Autant je pense le procédé malsain dans l'appréciation des situations sociales ou professionnelles, car il participe au maintien de certaines injustices, autant dans le cas de situations médicales, je peux comprendre. Car je ressens mon espoir se décupler en raisonnant ainsi. Je ne suis pas fou. Je ne suis pas malade à m'en tordre de douleur. Je ne vois pas le désarroi et la vaine compassion dans le regard de mes proches. Je pourrais aussi tourner mes phrases à l'affirmatif, mais à part dire que je suis en bonne santé mentale, je ne vois pas comment traduire « je n'ai pas mal » à l'affirmatif, car il ne faut pas exagérer non plus !! Je souris… intérieurement, bien sûr…

De plus, je réalise que je me suis inquiété tout seul à propos de la signature de mes directives anticipées. Personne n'a encore fait mention d'une quelconque mise à exécution de cette signature, après tout. Antoine n'a fait qu'évoquer son existence, mais je n'ai rien entendu de dramatique à ce sujet. C'est moi et moi seul qui m'inquiète. Et c'est finalement logique. Ces directives sont sans doute nécessaires dans le cas de grandes souffrances qui justifient que l'on remette en cause le devoir impérieux de rester en vie à tout prix, mais les médecins, tout comme ma famille, doivent savoir que je ne souffre pas. La question ne se pose donc même pas. Tu n'as rien à craindre, Pierre. Concentre-toi sur le positif et vas-y pas à pas. Étape par étape.

Par exemple, tiens, ne pense qu'à ta main droite. Sans trop te demander où cela va te mener, concentre-toi sur le fait de sentir ta main droite et uniquement ta main droite. Doigt après doigt.

Je dirais même phalange après phalange. Métacarpe après métacarpe. D'ailleurs, on parle de métacarpe ou de métatarse pour les mains ? L'un des deux, je sais, mais lequel ? L'autre est pour les pieds, je sais. Zut, c'est sorti dans des mots croisés, mais je ne me souviens plus... Bon, après tout, je ne vois pas l'utilité d'utiliser le mot exact en pareille circonstance. De toute façon, personne n'est là pour me juger si je me trompe de terme. J'ai même le droit d'inventer un mot si le cœur m'en dit, puisque cela ne regarde que moi. Alors, les os de la main, je vais les appeler les... les « gloukenchtrophes »...

Je ris. Intérieurement, bien sûr...

Mais pourquoi leur donner une consonance alsacienne ou flamande ? C'est absurde !

Les « ratabons » ? Non, ça sonne légume moyenâgeux tombé dans les oubliettes. Les « manosses » ? Tiens, c'est pas mal, ça. Les os de la main s'appelleraient les manosses. Logique, en plus.

Va pour les « manosses ».

Alors, je me concentre. Les manosses de l'index. Comment sont-ils ? À quoi servent-ils ? Combien en ai-je ? Quels sont les mouvements qui leur sont possibles ? Tout est dans ma tête. Je n'ai aucunement la sensation de posséder une main droite ou même un index, alors je me concentre sur mes souvenirs. Toutes les situations de préhension. Celles auxquelles on ne pense pas tant l'usage de la main est guidé par des réflexes. Prendre un crayon, une feuille de papier, une enveloppe, un coton-tige, un verre, une bouteille, une boîte, du sel, une clé, une poignée de porte, un volant, un sac de courses, une valise, un manteau, une écharpe, un livre, un nœud de cravate, une chemise, un caleçon, un saxophone, un disque, une tige de coquelicot, un téléphone, un mouchoir...

La machine humaine, dont on n'a aucune conscience de la somme des réactions chimiques qui entrent en jeu dans les méandres de notre cerveau et de nos synapses. Je me souviens avoir appris ce mot dans un magazine de vulgarisation scientifique quelques mois avant mon accident. Je serais bien incapable d'expliquer tout son sens, mais je sais bien que cette chose-là entre en jeu dans notre système nerveux.

La machine humaine. Dans toute sa complexe simplicité...

Mais devant l'absence obstinée de sensations, je comprends que le chemin va être long. Je ne suis pas neurologue non plus. Encore faudrait-il que l'on me guide depuis le monde extérieur. Et pour cela, un bon diagnostic de mon état est indispensable. Chose pour laquelle je suis totalement impuissant...

Courage, Pierre.

Je m'aperçois à cet instant que j'ai déjà quasiment oublié ce que Mathilde était venue me dire. Ou tout du moins, cela me paraît secondaire. Me concentrer sur mes manosses est devenu ma priorité absolue, sans que je sois capable de dire si cela est totalement positif ou non... En fait, cela m'arrange bien pour légitimer un déni fort agréable, après tout...

Les manosses. Les piedosses. Tous les nonosses de toutes les articulations, ça devient assez vite monotone. D'autant que je ne ressens aucun progrès. Certes, dans toute rééducation ou tout réapprentissage, il faut de la patience, mais ma difficulté réside avant tout dans le fait que je suis mon propre coach, qui plus est sans jamais avoir suivi la moindre formation en la matière. Il ne faudrait pas que mon abnégation vire à l'obsession improductive, voire néfaste. Que me dirait Mathilde si elle pouvait me conseiller ? Elle qui m'a toujours incité à lire, m'instruire, me cultiver. Comment envisagerait-elle une rééducation physique ? Je pense qu'elle serait d'accord pour dire que cela doit être comparable à l'apprentissage d'un instrument de musique, par exemple. Bien que totalement non musicienne, Mathilde a toujours compris qu'il vaut mieux travailler peu de temps quotidiennement plutôt que de faire de longues séances espacées. Effectivement, c'est surtout sur l'aspect « séances courtes, voire très courtes » qu'elle mettait l'accent en matière de saxophone. Je crois en comprendre la raison, dorénavant… Soit. Il n'empêche. Il y a quelque chose du même ordre à mettre en place. Je dois m'oxygéner le cerveau. Me programmer des séances courtes mais intenses de « rééducation » et des plages de rêverie, de voyages mentaux à la fois dans mon passé et dans l'imaginaire. Toutefois, l'absence de notion du temps risque d'être un problème, car je n'ai aucune idée de la durée de mes temps de sommeil, si je somnole quelques minutes ou si je dors des heures ou des jours durant. N'ayant aucunement la sensation de faim, mon sommeil fait un peu ce qu'il veut, je pense… Je ne peux pas non plus me caler sur les heures de toilette qui me sont faites, car je ne suis pas réveillé à chaque fois… ou alors, je dois être bien sale !! Je ris… intérieurement, bien sûr…

En fait, je dois tout simplement m'organiser ! Cela peut sembler décalé d'employer ce terme, mais effectivement, cela revient à ça : m'organiser ! Sans aucun déplacement à effectuer, ni aucune action concrète à mettre en place, sans rendez-vous à honorer, sans effort physique, sans agenda à remplir, sans aucune ligne du moindre planning à rayer une fois la tâche accomplie, sans sac à préparer, sans dossier à checker sur disque dur. Avoir tout dans la tête. Les souvenirs comme les programmations, les objectifs comme les bilans, tout doit être facile à stocker et à ressortir dans les cases de mon cerveau.

Je dois me constituer un vrai programme de travail. Comme dirait Antoine, quand on a rien à faire, on a tendance à le bâcler. Eh bien, cette fois, je n'ai plus « rien » à faire.

Comment aurais-je réagi si on m'avait présenté un tel projet avant mon accident ? Je me serais de toute évidence senti totalement incapable de me lancer là-dedans et j'aurais juré sur la tête de toute ma progéniture, toutes générations confondues, que jamais je ne pourrais faire ça. Un peu comme lorsque l'on admire des sportifs handicapés réussir des performances incroyables qui nous emmènent aux limites envisageables de la résilience. Oui, mais je réalise que tant que nous n'y sommes pas confrontés frontalement, tant que nous n'avons pas d'autre choix, il nous est impossible de nous projeter dans la situation. L'épreuve, quelle qu'elle soit, nous impose de nous dépasser, d'aller au-delà de ce que nous nous sentions capables de faire. Elle ne nous laisse pas le choix. Tous les handicapés ne deviennent pas médaillés aux Jeux handisport, évidemment, mais tous dépassent leurs limites, car les seules alternatives qui se présentent à eux restent celles du dépassement, ou de la résignation qui ne peut conduire qu'à une fin prématurée et douloureuse.

Tant que nous ne sommes pas confrontés à une situation, nous ne pouvons l'anticiper... C'est étrange comme cette phrase résonne en moi et me renvoie à cette fichue signature de directives anticipées... Tiens, tiens...

Une chose est sûre : je suis dans une situation de handicap, ou tout du moins, je dois la regarder comme telle. Je me suis fait leurrer par mon absence de douleur physique jusqu'à maintenant. Je n'ai pas réalisé à quel point je dois me considérer comme un handicapé qui doit, qui peut, par le travail et l'effort, retrouver une partie de ses facultés, ou, à défaut, les compenser.

Cela prendra du temps. Avec l'obstacle supplémentaire que je n'ai aucune prise sur ce temps. D'autres peuvent décider à ma place, sans que je n'aie voix au chapitre. Ma petite goutte de sueur virtuelle revient le long de ma colonne. Je suis effectivement totalement dépendant des décisions que vont prendre les autres. Combien de temps vont-ils accepter que je reste dans cet état ? Que vont dire les médecins ? Alors qu'encore une fois, de toute évidence, c'est un euphémisme de dire que leurs diagnostics sont imparfaits.

Arrête de gamberger, Pierre.

Et concentre-toi sur une partie de ton corps, comme tu as fait pour ton index droit. Dois-je reprendre sur un autre doigt de façon à explorer toute ma main droite, et je ne passerai pas à autre chose tant que le travail sur cette main ne sera pas fini, ou dois-je me balader d'un point à un autre de mon corps au gré de mes envies, comme j'ai commencé à le faire ? Quelle est la meilleure option, coach ?

Je reprends cette casquette d'entraîneur pour me répondre, mais je m'aperçois très vite que je n'ai pas d'argument, en fait.

La meilleure volonté du monde reste sans doute impuissante si elle n'est pas encouragée par de la connaissance...

Je soupire. Intérieurement, bien sûr. Mais bel et bien empli d'un profond sentiment de désarroi...

On dit toujours que ce sont les « meilleurs » qui partent en premier… En premier par rapport à qui ou quoi ? Voilà bien le genre d'adage populaire que je trouve idiot et sans intérêt. Claude Lévi-Strauss, pour ne citer que lui, dont les ouvrages m'intéressent beaucoup depuis que je suis à la retraite, est décédé à cent-un ans après avoir enterré la plupart de ses collègues ou anciens disciples ! … Bref. Non, je ne veux pas être mis arbitrairement dans la case des « meilleurs » sous prétexte que je serais parti à un âge non canonique. Et le père de Mathilde, que je n'ai jamais connu, est mort alors qu'elle avait quatorze ans. Et d'après ce que j'en sais, il n'avait pas franchement côtoyé Jean Moulin pendant la Guerre… Maintenant, pour savoir qui de lui ou son épouse était le « meilleur », je ne vois pas comment il serait possible de répondre à la question tant ma belle-mère est de loin la personne la plus antipathique et la plus désagréable qu'il m'ait été donné de connaître. Je n'accompagnais Mathilde dans ses visites à l'hôpital lors de sa lente et douloureuse maladie que par bienséance et avec une empathie toute relative. Bon. On ne choisit pas ses beaux-parents, après tout. Pas plus que l'on ne choisit ses propres parents, il va sans dire. À part nos amis et nos amours, qui choisissons-nous, d'ailleurs ? Et n'est-ce pas ce qui donne toute la beauté et la puissance à ces sentiments que sont l'amour et l'amitié ? Nous y choisissons les personnes. Même nos enfants, nous ne les choisissons pas ! Nous choisissons d'en faire, mais ensuite, il y a une part de loterie. Adrien ne me contredira pas…

Je sais que j'ai toujours admiré Mathilde d'être devenue la personne qu'elle est après avoir été éduquée par de tels parents.

Certes, je n'ai pas connu son père, mais les rares photos que j'ai vues ou lettres que j'ai pu lire de son fait me font remercier le hasard de la vie de m'avoir épargné d'avoir croisé son chemin. De toute évidence, cet individu confondait autorité et autoritarisme. Peut-être cela explique-t-il aussi pourquoi Mathilde s'est « jetée » dans mes bras si jeune… Je représentais de toute évidence une autre forme de figure masculine, maniant la souplesse et la tolérance non sans être pourvu des attributs rassurants de la masculinité.

Tiens, je me demande si mon prochain exercice de travail mental sur les parties de mon corps ne devrait pas concerner les chevilles…

Je ris. Intérieurement, bien sûr…

La première rencontre avec celle qui allait devenir ma belle-mère eut la particularité de faire germer un malaise qui ne prit fin qu'à son dernier souffle. Petite, voûtée, les épaules rentrées, exprimant ainsi de manière presque caricaturale un criant manque d'ouverture aux autres, la voix perchée dans les aigus avec des consonnes sifflées qui auraient dû lui ouvrir les portes du doublage du personnage de Kaa dans *Le livre de la jungle*, rien ne me donnait envie d'aller vers elle, de m'intéresser à elle. Heureusement, comme souvent lorsque les gens n'ont pas grand-chose à se dire, la météo apportait une alternative salvatrice. La météo ou des commentaires convenus sur l'actualité, qui, au fil des années, n'évoluèrent pas. Quels que soient les gouvernements ou les régimes, c'était « toujours mieux avant » et « on ne sait pas où on va, mais on y va ». Parfait.

Rassurée quant au fait que vous pensiez comme elle, Jacqueline – car la pauvre portait effectivement ce prénom dont l'attribution devrait être considérée comme une atteinte à la dignité humaine – pouvait alors vaquer à ses occupations qui consistaient le plus souvent à vous préparer un rôti de bœuf trop cuit et sans sel tout en démontrant, par sa désinvolture, qu'elle éprouvait la plus profonde indifférence pour votre actualité et votre vie en général.

Il me fut très difficile d'exprimer de la tristesse lors de son enterrement. Heureusement, je pris exemple sur les professionnels des pompes funèbres, qui, de toute évidence, ont du métier dans le travail de la mine de circonstance.

Mathilde ne s'aperçut de rien, je pense, pas plus que de la relative indifférence qu'exprimèrent Adrien, Zoé et Léo, tous trois unis dans l'harmonie d'un ennui qui n'était rien d'autre que le témoignage de ce que cette grand-mère avait représenté pour eux. Au moins, j'étais rassuré de constater que je n'étais pas le seul à éprouver ces sentiments pour cette personne, même si, de son vivant, jamais je ne la dénigrais devant mes enfants, par respect pour Mathilde. Mais nous étions de toute évidence sur la même longueur d'onde.

Oui, nous ne choisissons ni nos ascendants ni nos descendants. Et encore moins nos petits-enfants, bien évidemment. Antoine me taquinait souvent lorsque la relation entre Zoé et Bertrand devint sérieuse. On m'en avait parlé auparavant, mais j'en eus la cruelle confirmation : ce passage au statut de grands-parents nous renvoie sans échappatoire possible à celui de senior. On a beau « faire » jeune, on a beau se sentir jeune, on a beau avoir l'agenda bardé de projets, on a beau avoir des examens médicaux plus que positifs, on a beau obtenir des résultats sportifs amateurs au-delà des espérances, lorsque vos enfants décident d'enfanter à leur tour, vous êtes transféré, que vous le vouliez ou non, dans une nouvelle catégorie qui ne rime pas avec jouvence. Et ça ne risquait pas d'arriver à mon brave Antoine, lui qui ne savait même pas si, dans quelque coin perdu de banlieue, il était père ou non…

J'assumais pour ma part sans sourciller ce passage vers mon nouveau statut lorsque nous comprîmes qu'une grossesse était en projet chez Zoé et Bertrand. Ce ne sont pas des choses qui ont forcément besoin d'être explicitées. Cela se perçoit. Et ce n'est qu'aujourd'hui, avec le recul, avec le temps qui m'est octroyé pour réfléchir à cette question, que je comprends cela. À l'époque, je n'ai fait que me réjouir, m'enthousiasmer de ce qu'il se passait. Loin de moi les réflexions existentielles sur le prolongement de la lignée ou je ne sais quelle autre considération que l'on entend dans les conversations de comptoir, qui ne sont que trop rarement l'expression de réels points de vue personnels, en fait.

Je jubilais devant ces deux boules de chair. Point. Oui, je crois que je peux affirmer que j'étais « gâteau ». Et je le suis encore. Tout comme Mathilde. Oui, je confirme que l'on fait avec ses petits-enfants bien plus qu'avec ses propres enfants. Et de façon plus détendue, distanciée et relâchée. Ce ne sont pas les mêmes responsabilités, les mêmes enjeux, ni le même âge de la vie.

Jeanne et Louis. Louis et Jeanne. Jamais la hiérarchie verbale n'a été décidée, l'ordre alphabétique n'ayant jamais eu la prédominance. C'est sans doute la situation du moment qui décide de l'appellation. Avoir de faux jumeaux de sexe opposé est sans doute l'un des plus beaux cadeaux que dame Nature puisse faire à des parents. Avoir, d'un seul coup, les deux possibilités sexuées que la vie nous propose est un gage de joies infinies et de franches rigolades, comme en témoigne souvent Zoé. Et éviter ainsi les tracas, à la fois matériels et existentiels, que cause la vraie gémellité est un authentique soulagement. D'autant que Jeanne et Louis sont réellement différents. Une ressemblance physique à peine plus prononcée que celle d'un frère et d'une sœur, deux énergies très distinctes et complémentaires, la quasi-certitude que ces deux-là resteront complices toute leur vie, que demander de plus ?

Il me vient plusieurs anecdotes à leur sujet. Des histoires de Lego, de soupes mal terminées, une multitude de petits moments croquignolets jubilatoires à vivre, tellement indénombrables qu'il est évident que l'évocation de ces souvenirs ne peut se faire de façon exhaustive. Alors j'en choisis trois. Trois pour me faire plaisir à me les remémorer. Trois qui me semblent à eux seuls résumer toute la poésie de mes petits-enfants et sans doute de toute petite enfance épanouie.

Honneur à la demoiselle : Jeanne.

Avec le nouveau temps libre qui était le mien, nous pouvions rendre service aux enfants. Tout le monde est alors « gagnant ». Économies sur les frais de garde pour les parents, lieux de vacances vite trouvés, plaisir pour les générations situées aux extrémités, Zoé nous convie régulièrement à venir passer quelques jours chez elle, dans cette Auvergne qui aurait dû être la région d'inspiration pour créer Astérix le Gaulois, puisque c'est la dernière région vierge de tout TGV... Autant dire que s'y rendre dans ce premier tiers de vingt-et-unième siècle représente une expédition non négligeable sur l'échelle de la pénibilité pour des seniors comme nous...

Jeanne était en maternelle et ne cessait de me parler de sa copine Inès. Inès par-ci Inès par-là comme expression des grandes amitiés exclusives de l'enfance, qu'un seul incident bénin du point de vue d'un regard adulte peut disloquer et conduire les protagonistes au plus profond sentiment de tristesse que puisse ressentir l'humanité tout entière. Je demandais alors le plus naturellement du monde à Jeanne de me décrire cette fameuse Inès. Et elle donnait toujours des détails vestimentaires. Un manteau comme ci, des chaussures comme ça, et surtout un nœud bleu dans les cheveux. Ce nœud bleu marquait profondément ma petite-fille, admirative. Et un jour que j'allais chercher Jeanne à la sortie de l'école, je lui demandai de me montrer sa copine Inès. Elle me montra alors une fillette qui portait effectivement un nœud bleu dans les cheveux, mais, pour mon regard d'adulte, ce fameux petit nœud bleu ne représentait pas la caractéristique essentielle qu'il eut fallu mettre en avant pour la décrire, car elle était... d'origine africaine ! Autant elle serait passée inaperçue dans une école de Seine–Saint-Denis, autant sa présence dans cet établissement d'une commune presque rurale des environs de Clermont-Ferrand ne pouvait pas ne pas être remarquée. Eh bien si. Pour Jeanne, quatre ans, le fait qu'elle soit « black », comme on dit aujourd'hui, ne l'interpellait pas du tout. Preuve empirique que le racisme est bien une affaire d'adultes, mais certainement pas présent dans la tête des enfants lorsqu'ils sont éduqués dans des conditions épanouissantes et dans un esprit tolérant. Je ris beaucoup ce jour-là devant l'obstination de Jeanne à me parler du nœud bleu d'Inès.

Pour Louis, l'anecdote reste dans un cadre très parisien, puisqu'il a trait à la tour Eiffel. Comme souvent, lorsque nos petits-enfants sont en vacances chez nous, nous allions visiter un des lieux mythiques de notre capitale, à la mesure de ce que pouvaient faire des enfants si jeunes, bien évidemment. Mathilde a toujours considéré qu'il fallait éduquer le plus tôt possible les enfants au beau. À l'art, aux musées, à l'Histoire. Je n'ai pas de point de vue particulier sur la question, mais comme je trouve effectivement plus agréable de se promener dans la cour du Musée du Louvre ou dans le jardin des Tuileries que dans les allées d'un centre commercial, je ne remis jamais en cause cette prérogative. Et un jour, sur l'esplanade du Trocadéro, j'expliquai à mes petits-enfants que la tour Eiffel était un monument célèbre sur toute la planète et que des millions de gens sur Terre rêvaient de la voir. Une petite phrase, lâchée comme ça. Sans plus...

C'est plusieurs mois plus tard, lors d'autres vacances, que Louis me scotcha littéralement sur place. Alors que je venais de terminer la lecture de l'histoire du soir, il me regarda tout d'un coup gravement.

— Papi... Pourquoi moi je rêve jamais de la tour Eiffel ?? ...

— Hein ??

— Ben oui, une fois, tu as dit que plein de gens rêvent de la tour Eiffel. Et moi, je rêve jamais de la tour Eiffel...

Une seconde de sidération suivie d'une explosion de rires. J'expliquai comme je pus la nuance de ma phrase à Louis et m'empressai d'aller raconter la perle à Mathilde, puis d'appeler Zoé pour lui relater la poésie délicieusement naïve de son fils.

Deux ans après, j'en ris encore...

Il me vient alors la troisième anecdote, qui concerne ces deux petites personnes réunies.

Nous nous promenions en bordure d'une tourbière. Je me souviens que l'on appelle ce genre de plan d'eau ainsi, mais j'ai totalement oublié sa définition et ses particularités géologiques. Je sais juste qu'il y en a pas mal dans le secteur géographique de Zoé, et pendant des vacances de printemps que nous passions là-bas pour jouer les baby-sitters, Mathilde et moi avions emmené nos petits-enfants voir une de ces curiosités.

Les tourbières abritent bon nombre d'oiseaux, de multiples espèces. Aussi éprouvais-je une certaine fierté à montrer les canards et les hérons – les deux seules variétés que j'étais capable de reconnaître – à Louis et Jeanne. Au bout d'un moment, l'un des deux, je ne me souviens plus lequel exactement, s'exclama :

— Mais Papi, pourquoi tu dis que cet oiseau s'appelle un héron ? ... Il n'en sait rien, le héron, qu'il s'appelle un héron ! C'est les gens qui l'appellent un héron, mais le héron, il s'en fiche, lui...

L'autre renchérit aussitôt :

— C'est vrai ça ! Si tu dis « bonjour, Monsieur le crapaud » à un crapaud, il va pas te répondre...

Je devinai bien la dimension philosophique qui émanait de ces propos, mais ne trouvai aucun argument satisfaisant sur-le-champ pour donner une explication constructive. D'un regard complice, j'appelai Mathilde à la rescousse qui balaya la question en prétendant qu'effectivement, les mots des humains ne sont destinés qu'aux humains…

Soit. Cela nous octroya un répit avant que Louis ne redouble de pertinence en demandant pourquoi une table s'appelait une table.

J'ai oublié la réponse exacte qui lui fut donnée, mais je me souviens clairement avoir ressenti un besoin urgent de Doliprane…

Finalement, ce n'est pas le temps qui passe vite, c'est l'enfance qui est courte…

Alors, pour mes petits-enfants, rien que pour eux, je dois m'en sortir, je dois me battre. Ils ont le droit d'avoir leur grand-père le plus longtemps possible. Je veux leur épargner l'injustice de ce deuil. Les imaginer face à mon cercueil me bouleverse tout d'un coup. Tout comme la projection dans un avenir plutôt lointain, dans lequel je vois deux jeunes adultes raconter qu'ils ont très peu connu leur grand-père, me révolte.

Je dois trouver une solution.

J'ai besoin d'exploser, de crier, mais rien, rien ne sort. Comme d'habitude.

Alors, pas à pas, je reprends ma démarche décidée il y a peu. Me concentrer sur un point de mon corps… Un travail de fourmi, certes, dont je ne maîtrise pas vraiment la finalité, mais je n'en vois pas d'autre…

Bon, allez, au « boulot »... Je dois donc me concentrer sur une nouvelle partie du corps. Difficile de faire le ménage parmi toutes mes pensées et rêveries du moment, mais je dois m'y astreindre. Ne penser qu'à un point, un point précis. Et en l'occurrence, deux...

Que nous utilisons des milliers de fois par jour sans jamais y penser. Qui nous servent dans la quasi-totalité de nos actions quotidiennes. En mouvement ou juste placés dans un certain axe, ils sont fondamentaux dans le laçage des chaussures, le rinçage de la vaisselle, le port des sacs, l'utilisation des couverts... Je réalise qu'une perte de capacité à cet endroit et c'est une part phénoménale de notre autonomie de laquelle nous devons temporairement faire le deuil. On dit que l'on en joue pour se faire une place – parfois illégitime – au soleil. On dit aussi que l'on sait bien les lever lorsque notre consommation d'alcool semble supérieure à celle que l'on devrait s'autoriser.

Mais il est très difficile de se concentrer dessus et de retrouver mentalement des sensations s'y référant. C'est bien évidemment plus aisé avec les mains ou les pieds, bardés de capteurs sensoriels.

Cette concentration sur des parties précises de mon corps, en cet instant, me fait à nouveau m'attarder, comme peu d'humains je pense, sur la part énormissime de l'inconscient dans notre quotidien. Nous sommes dotés d'une machine incroyable, qui fonctionne de façon essentiellement mécanique, nous octroyant ainsi toute l'énergie nécessaire pour pouvoir nous concentrer uniquement sur notre volonté et nos désirs. Heureusement que nous n'avons pas besoin de réfléchir pour mettre un pied devant l'autre... Du coup, nous pouvons réfléchir pour cuisiner ou apprendre le sax... Comme diraient mes fils, c'est « ballot » de ne prendre conscience de cette incroyable force que maintenant, au moment où je suis dépourvu de toute autonomie physique !

Je ne demande pas grand-chose... Marcher un peu, feuilleter un magazine, éplucher une pomme, boire un verre, sans nécessairement avoir besoin d'utiliser beaucoup d'huile... de coude.

— Tu fais grève, toi, mardi ?

Je reconnais la voix de Sandra, ma chère aide-soignante que je qualifierais de « libérée » et franche du collier. Une voix inconnue lui répond.

— Je sais pas trop, je suis pas syndiquée, tu sais… Et comme je suis contractuelle, je sais même pas si je peux.

— Bah, si tu es assignée, tu peux juste scotcher un bandeau « en grève » sur ta blouse.

— Et ça sert à quoi ?

— Ben, à montrer que t'es en grève.

— Oui, mais tu bosses quand même, non ?

— Oui.

— Ben alors, t'es pas en grève ! C'est pourri, ton truc !

— Ça permet de comptabiliser les grévistes et de montrer à la direction qu'on est solidaire.

— Oui, mais tu n'emmerdes personne quand tu fais ton taf. Le principe d'une grève, c'est bien de foutre le boxon, non ? Et de faire chier les gens pour mettre la pression sur le gouvernement ?

— Ouais, c'est ça le principe.

— Donc si tu fais ton boulot alors que tu es soi-disant en grève, ça marche pas. Je suis pas folle. Je peux te dire qu'à l'époque de ma mère, ça se passait pas comme ça !

— Elle était aide-soignante, ta mère ?

— Non. Caissière.

— Ah bah oui, elle bossait dans le privé ! Nous, on est un service public. On ne peut pas laisser les malades sans soins.

— Ben oui, ça s'appelle le service minimum. Normal quand on soigne des gens. Mais de là à ce qu'on vienne toutes bosser pour de bon, je suis pas d'accord...
— C'est le principe de la réquisition.
— Et ça ne te choque pas ?
— Bah écoute, j'en sais rien. Je sais juste que je pourrai pas ne pas être payée. Donc moi, ça me va. On montre notre mécontentement et puis voilà...
— Et puis voilà... Eh ben, on est pas prêt de la faire, la révolution !
— Morte de rire !!! La révolution ? Tu y crois, toi ?
— C'est une image. C'est sûr qu'on s'est bien fait mettre avec ces histoires de réquisition...
— Tu bossais où avant, toi ?
— En clinique.
— Et tu pouvais faire grève en clinique ?
— Ben oui. Il y a dix ans, on faisait grève.
— Pourquoi t'es pas restée, alors ?
— Séparation. Déménagement. La loose. Galère.
— OK, je vois.
— Je peux juste te dire qu'on s'est bien fait entuber dans la santé...
— Un peu comme celui-là ?
— Pfff, ouais, pourquoi on le maintient, ce mec ? Faut vraiment légaliser l'euthanasie !
— Ça se fait, tu sais. Personne ne prononce le mot, mais ça se fait, bien sûr. Par en dessous. Ils arrêtent certains traitements ou remplacent par d'autres pour accélérer le processus, et voilà...
— Oui, je sais bien. Ça se fait partout... Putain, il est lourd, en plus...
— Un cheval mort.

— Ne sait pas ne sait plus s'il existe encore ?
— Hein ?
— Laisse tomber. C'est du Johnny.
— Très drôle.

Je suis prêt à parier une fortune que ces deux-là ne partiront pas en vacances ensemble, tant le ton qu'elles emploient ferait tomber n'importe quel thermomètre de plusieurs points.

Mon « amie » Sandra reprend :

— Tu vois, je suis sûre que ce mec a eu plutôt la belle vie, comme on dit. C'était pas un prolo, j'suis sûre. Regarde sa peau. Y a pas d'usure qu'on chope sur des chantiers en plein air. Bon, ça commence à faire un moment qu'il est là, mais regarde ses muscles... y a pas grand-chose. Ça, c'est pas un mec qui a trimé à transbahuter des parpaings ou des caisses de merde toute sa vie.

— Ouais, t'as raison. Ça sent plutôt le bon bourge.

— Même à poil ou en pyjama pourri de l'hôpital, un bourge, ça se repère.

— Eh oui, ils gardent un truc qui les trahit.

— C'est comme sur les plages, l'été. Regarde les gens en maillot. Ils sont tous quasi à poil, eh bien tu devines quand même leur milieu social. Tu remarques tout de suite le soin qu'ils apportent à leur corps ou les trucs qui clochent parce qu'ils sont cassés par leur boulot.

— J'avais jamais pensé à ça... T'as raison, en plus.

— Ça se remarque direct. Sans avoir besoin de mater les gens...

— Bravo.

Force est de constater que ces deux jeunes femmes, qui ne s'entendaient pas comme les meilleures amies du monde, ont trouvé un dénominateur commun dans leur conscience de classe. Unies face au bourgeois que ma personne étendue et figée est censée représenter. Je constate avec amertume que les clichés ont la vie dure. Elles sont de toute évidence à mille lieues d'imaginer que mon origine sociale est sûrement semblable à la leur, mais qu'effectivement, je suis d'une génération pour laquelle ce que l'on a longtemps appelé l'ascenseur social a fonctionné pendant les quarante années qui ont suivi l'après-guerre. Grâce au travail, au mérite et à la reconnaissance sociale de ces deux « valeurs ». Je me sens replongé dans les diatribes d'Antoine qui ne voit cette notion d'ascension sociale qu'avec une certaine défiance, prétendant que cette ascension, ultra sélective, ne servait qu'à entretenir un espoir chez la majorité des classes populaires dont l'effet était de garantir une certaine paix sociale, en définitive. Je n'ai pour l'heure pas l'énergie à trouver les arguments nécessaires pour contredire la posture de mon meilleur ami, mais je réalise avec tristesse que les jeunes générations naviguent désormais à vue sans grands espoirs de conquête...

Et je trouve quand même que ma « chère » Sandra sort de l'œuf en la matière. Évidemment que le port d'un maillot de bain trahit une appartenance sociale ! Nul besoin d'une maîtrise d'ethnologie pour savoir cela. J'éprouve une réelle tendresse pour cette personne dont je ne connais que la voix, ressens l'énergie et qui, qu'elle le veuille ou non, prend soin de moi pour des choses essentielles et vitales. Si j'étais chez moi, il faudrait bien que ce soit Mathilde qui s'y colle, et je ne suis pas persuadé que cela la fasse rire très longtemps...

Sandra passe à autre chose :

— Avec ma meilleure pote, ici, on s'amuse, des fois...

— Hein ? ... À quoi ?

Un long silence pendant lequel je suppose que Sandra s'adonne à l'art du mime...

— Non ??? Sérieux, vous faites ça ? ... Vous êtes graves !

— Faut bien qu'on rigole un peu. De toute façon, il sent rien, il voit rien, le vioc... Où est le problème ?

— Ça, t'en sais rien ! On ne connaît pas tout de notre cerveau, et il paraît qu'il y a des gens qui entendent tout et sentent tout. Ils sont dans une sorte de coquille, quoi...
— Comment on le sait ? Ils en sont revenus ?
— Certains, oui. Et ils ont témoigné.
— Et les médecins ne cherchent pas plus ?
— J'en sais rien, je suis pas une spécialiste... Mais je sais que ça existe, oui...

Bon Dieu de bon Dieu, enfin quelqu'un qui tient des paroles sensées dans cette chambre ! Je prie pour qu'elle travaille ici encore longtemps et que par je ne sais quel miracle, elle aille en toucher deux mots au médecin en chef, celui que je n'aime pas...

Sandra reprend, dubitative :
— Ça voudrait dire qu'il se peut qu'il sente quand on le taquine là ? ...
— J'en sais rien, mais si ça se trouve, il entend tout... et il prend des notes ! ...
— Tu te fous de moi... J'y connais rien, mais tu as vu ses tuyaux et ses encéphalomachins ? Les médecins le sauraient, quand même !
— Peut-être. Peut-être pas...
— C'est horrible ce que tu racontes... T'imagines le cauchemar que ça doit être, de tout entendre sans rien pouvoir faire, sans pouvoir bouger... Non mais au secours !! Comment on peut vivre des trucs pareils ?! ... Autant le débrancher, dans ce cas-là !
— Comment ça ?
— Ben oui, c'est quoi l'intérêt de vivre dans ces conditions ? Il doit faire que souffrir.
— T'en sais rien. Peut-être qu'il voyage de façon mentale... Il est peut-être en Inde, en ce moment...

— Oh là, là, t'es chelou, toi... Tu crois à ça ?

— Bah, il y a quand même plein de trucs super étranges qui restent inexpliqués dans les trucs de méditation faits par les grands pratiquants de yoga ou de bouddhisme de je sais pas quoi... Des mecs qui semblent endormis pendant des jours et des jours et qui, à leur réveil, sont capables de te dire ce qu'il s'est passé à des milliers de kilomètres pendant ce temps-là, et qui t'expliquent qu'ils ne l'ont pas rêvé, mais qu'ils y étaient...

— Hein ?...

— Oui oui, je te jure.

— Mais nan !!! C'est répandu ?

— En Inde, il paraît oui, ou dans des pays dans le genre. Ça s'appelle la lévitation.

— Ben ça, c'est quand ça se lève, non ?

— Oui, mais ça peut être que mental aussi...

— Je sais pas quoi penser de ce que tu racontes là...

(*Un temps.*)

— Moi, je lui ferais bien léviter un autre truc, papi...

— Idiote !... Il te fait envie, sérieux ?

— Mais non, évidemment, mais je trouve ça drôle, oui.

— Complètement con, oui. Tu aimerais qu'on fasse ça à ton père quand il sera grabataire ?

— M'en fous de mon père. Qu'il crève, celui-là !

— OK... Pas la peine de m'en dire davantage...

— Ça tombe bien, je parle jamais de ça...

— OK.

Une bonne minute de silence s'écoule, sans que je sois absolument certain de la fiabilité de mon chronomètre mental.

La voix de la deuxième personne reprend, presque atone :

— Bon, ça me paraît pas mal pour aujourd'hui... Dormez bien, Monsieur. À bientôt...

Je les entends partir.

Depuis quand ne m'a-t-on pas appelé « monsieur » ? Depuis quand n'ai-je pas ressenti ce sentiment de la déférence ou simplement du respect dans le « regard » d'autrui ? Sentiment banal et quotidien lorsque l'on achète son pain ou demande n'importe quel renseignement à n'importe quel bureau, voilà une sensation qui m'était devenue totalement étrangère. « Monsieur ». Ni un mari, ni un père, ni un grand-père, ni un ami, ni un patient, ni un « cas » pour qui que ce soit. Juste un « monsieur ».

La base minimale de toute dignité humaine...

Alors que mon esprit ne trouve aucun point d'accroche stable, j'entends la porte s'ouvrir, puis quelqu'un s'asseoir en face de moi. Pas un mot. Mais je sais que ce n'est pas Antoine. Ce n'est pas son énergie. La personne, seule, reste désespérément silencieuse. Une lointaine connaissance de ma carrière professionnelle ? Peut-être. Une cousine germaine, ou une plus éloignée ? J'en doute, et mon point de vue à leur sujet n'a pas changé depuis la dernière fois que j'y ai pensé. C'est à l'annonce de mon décès qu'ils réagiront peut-être, mon état actuel ne me semble pas « suffisant » pour les émouvoir...

Il est évident que ma position ne doit pas franchement inciter à entamer une conversation... Donc je ne saurai pas. C'est la deuxième ou troisième fois – je ne sais plus – que je vis cela et je ne peux pas dire que ce soit très agréable. Bien sûr, dans l'absolu, une visite fait toujours plaisir, mais si on ne peut identifier la personne, c'est quelque peu frustrant... Tout comme il est frustrant de constater que les doigts d'une seule main suffisent amplement à comptabiliser le nombre de ces visites... Mais alors, Pierre, sois cohérent ! Tu te plains du silence de ces visiteurs, et en même temps, tu te plains de leur petit nombre... Il faudrait savoir ce que tu veux, mon vieux. Je me rassure en me disant qu'il existe peut-être un téléphone arabe entre mes connaissances, copains ou voisins, qui véhicule l'idée que me rendre visite est en fait totalement inutile... Peut-être aurais-je recueilli plus d'attention si j'avais été cloué au fond d'un lit par une chimio, suscitant une bien plus grande empathie autour de moi.

Une chose est certaine : la vie, quoi qu'on en dise, est avant tout une affaire de grande solitude. On la traverse accompagné, mais nous sommes au bout du compte seuls avec nous-mêmes. Et j'en fais la rude expérience.

— ...lement le premier homme de la vie d'une femme...

Je perçois, de loin, une voix féminine, et ne tarde pas à reconnaître ma chère Zoé. Comment ai-je pu ne pas l'entendre arriver ni sentir qu'elle était là ? Preuve qu'à l'intérieur de mon coma, je dors bien profondément.

Pas le temps de théoriser sur mon état, je dois me « réveiller » au plus vite pour bien entendre ce qu'elle me dit. Je suis certain qu'elle est seule. Sans mari ni enfants. Elle est venue me parler. Pour me dire quoi ?

Je perçois un souffle court, de petits bruits que je ne tarde pas à identifier comme des larmes. De courtes larmes comme les vaguelettes à faible amplitude qui viennent frapper les rochers, témoins d'un vent faible, mais créées par l'inexorable marée montante.

Depuis combien de temps Zoé est-elle là ? Je n'ai pas entendu le début de sa phrase. Et cette phrase est-elle la conclusion d'un long discours ou au contraire l'introduction ? Si c'est la première option, je serais terriblement frustré et malheureux, renvoyé à mon impuissance et mon incapacité à pouvoir entrer en communication avec elle. Mais à partir des mots que j'ai perçus, il ne m'est guère difficile de reconstituer la phrase entière...

Je fais bien sûr le parallèle avec la visite de sa mère. Chacune vient donc me parler. Seule à seul. Qu'a-t-elle à me dire ?

Je n'ai pas longtemps à attendre.

Zoé, d'une voix d'un niveau très faible, reprend :

— J'aurais tellement aimé pouvoir te parler avec ton regard en face de moi. Être sûre que tu me comprends bien... Lire dans tes yeux... Tu aurais forcément pleuré... avec moi. Et on se serait embrassés. Je t'aurais serré fort contre moi. Et même si tu n'avais pas pu parler, on se serait compris... Parce que nous nous sommes toujours compris... Alors je fais comme si... comme si tu m'entendais. Ça me rassure de penser cela.

Zoé pleure maintenant à chaudes larmes. Et je ne peux envoyer aucun signal, aucun geste de la main, aucun battement de cil pour l'avertir que je la comprends parfaitement.

Zoé lâche entre deux sanglots :

— Papa... papa... C'est le premier mot que la plupart des enfants savent dire... Parce qu'il est plus facile à prononcer que maman, quand même... Ma-man demande plus de maîtrise des lèvres pour la consonne et le son -an n'est pas non plus celui qui sort le plus spontanément de la bouche.

Avec un sourire perceptible dans son intonation, elle continue :

— D'ailleurs, je suis sûre que c'est une marque supplémentaire de domination masculine dans notre monde patriarcal... Et je suppose que ce fut la même chose pour moi... Papa, j'aurais vraiment aimé partager des moments tout simples d'intimité dans cette fin de vie...

Fin de vie ??? Comment ça ??? De quoi parle-t-elle ???

— Te donner à manger, à boire, t'accompagner dans des gestes banals... Comme un juste retour des choses... T'aider à manger une purée avec une paille, ou prendre un jus de fruits... Te lire le journal... Ou faire des mots croisés avec toi, en te lisant les définitions...

Elle éclate de plus belle en sanglots.

— Et puis parler, échanger, nous parler de nos vies. Entendre tes impressions, ton ressenti... peut-être avoir le privilège d'accueillir le bilan de ta vie...

Un silence.

Un bruit de mouchoir.

Zoé souffle un peu, puis reprend :

— Et aussi pouvoir te parler, te dire des choses que je ne t'ai jamais dites. Que j'aurais dû te dire plus tôt. Mais on ne pense jamais à ce moment-là... On sait que nos parents ne sont pas éternels. On le sait. C'est écrit. Pour tout le monde. Et on emmagasine des valises entières de non-dits, de sentiments enfouis pour lesquels on ne prend ni deux, ni même une seule main de courage pour les exprimer. Ce n'est pas de la procrastination, non... Je ne sais pas ce que c'est, en fait, psychologiquement. Une complaisance dans le déni, peut-être. J'en sais rien... Mais quand arrive l'heure de la fin, cela laisse tellement de regrets...

J'acquiesce intérieurement. N'ai-je pas ressenti la même chose vis-à-vis de mes propres parents, même si je reste convaincu que les relations intergénérationnelles ont terriblement évolué depuis, et que les « jeunes » d'aujourd'hui se posent bien des questions que nous ne nous posions pas autrefois...

Mais avant toute chose, je reste circonspect devant la solennité de son expression.

— Tu vois, papa, je n'ai pas non plus des choses révolutionnaires à t'apprendre. Je n'ai pas à me plaindre de mon enfance. Vous avez été avec maman des parents formidables... Je n'ai jamais manqué de rien et j'ai toujours eu le sentiment, je crois, que je pouvais m'exprimer... Bêtement, je tiens à vous remercier... Mais de tous les non-dits que l'on garde pour soi, des larmes que l'on retient ou des colères qu'on étouffe, naissent ce que l'on appelle les casseroles, je suppose... Les casseroles... Tiens, c'est marrant, pour la fille d'un maître d'hôtel, parler de casseroles...

Je la sens se détendre et sourire à son propre trait d'humour.

— On en a tous, de ces satanées casseroles. La plupart étant logées dans notre inconscient, paraît-il...

Sa voix est de plus en plus assurée. Je sens sa respiration plus fluide.

— C'est à cause de ces casseroles qu'on peut ne pas se sentir dans son assiette... ou qu'on... qu'on se retrouve à être ramassé à la petite cuillère...
(*Elle rit.*)
— ... ou qu'on se prend des fours, et que... qu'on boit des tasses...
(*Elle se parle à elle-même et rit de façon plus intense.*)
— ... et qu'il ne vaut mieux pas mettre d'huile sur le feu... et... et... aussi à cause de ces casseroles qu'on a parfois du mal à faire bouillir la marmite, et... qu'on veut toujours un peu plus d'épices, voire du piment...
(*Elle rit franchement.*)
— ... et qu'il est difficile de passer l'éponge...
(*Elle pouffe, de toute évidence fière de ses trouvailles.*)
— ... et ceux qui sont au bout du rouleau, eh bien, un jour, ils se retrouvent au bout du goulot...
(*Elle éclate d'un rire nerveux.*)
— ... et à cause de ces casseroles, on fait ce qu'on peut, on astique, on récure, et on jette à... à la poubelle tout ce qui fait qu'on en bave et qu'on se retrouve à... à la cave !!!
(*Elle est hilare.*)
— ... Whaou ! Ça rime, en plus ! Et pour la partie hôtellerie, je pourrais dire que... que tout ça, ça nous met dans de beaux draps et qu'on préfère rester la tête sous l'oreiller...
Zoé a du mal à calmer son rire.
Je l'entends s'asseoir et sa respiration s'apaise peu à peu, finit par atteindre le rythme de croisière du quotidien et se tapit ensuite dans le paysage sonore de la pièce, laissant place à un silence de plus en plus lourd. Je me sens aussitôt gagné par un stress. Mais enfin, qu'a donc réellement Zoé à me dire, elle qui n'aime pas perdre son temps en bavardages inutiles et qui vient ici soliloquer devant ma momie ? Elle n'est quand même pas

venue me répéter un sketch de one-woman-show que je trouverais d'un goût plutôt moyen ?

— Papa... Quand nous sommes petits, nos parents sont... représentent le monde tout entier. Notre maison, c'est l'univers. C'est pour ça qu'il est si facile de manipuler ou de s'attaquer à de jeunes enfants. Ils manquent par essence de discernement... Et ils croient toutes les conneries qu'on leur raconte. Tout est pris pour argent comptant. L'amour que l'on éprouve pour ses parents est complètement faussé par cette donnée, je pense. Il s'agit plutôt de l'expression absolue de la dépendance. Et du fait qu'on ne connaît pas autre chose... Sans doute tant mieux, après tout, ça permet aux enfants de pouvoir s'adapter à tout et n'importe quoi, et c'est ainsi que beaucoup de jeunes enfants arrivent à surmonter des situations qui seraient sans doute trop difficiles pour des adultes... C'est sans doute effectivement beaucoup plus souhaitable que les enfants n'aient pas d'éléments de comparaison dans la quasi-totalité des domaines... Tu vois, je pense aussi à ce qui peut se passer dans des pays en guerre, ou marqués par une dictature... Et aussi à ce qu'il se passe dans les couples qui se déchirent, laissant les mômes dans l'obligation de subir et de faire avec le choix des adultes... Je pense aussi aux enfants battus ou, sans aller jusque-là, à ceux qui subissent toutes formes de violences... Tu vois, papa, j'ai commencé à prendre conscience de tout ça lors de mon premier séjour linguistique quand j'étais encore au collège... J'ai débarqué dans une famille de barjots, tellement différente de la nôtre... Un trou paumé dans le New Hampshire, un genre de bled – j'ai oublié le nom – dans lequel le seul projet d'avenir devait consister à agrandir le cimetière... Je n'étais pas bien vieille, mais je me souviens d'avoir pensé à ça. Et si mes parents avaient été ces gens-là ? Au-delà du fait que l'anglais aurait été ma langue maternelle, quelle aurait été ma vie ? Ces gamins auraient été mes frères et j'aurais eu une sœur. Le père était très colérique et ses enfants le craignaient. Mais toute petite, je l'aurais sans doute aimé, comme je t'ai aimé toi... Et puis, lui, il était bon musicien.

(*Elle ricane un peu.*)

— Ça, je ne m'en suis aperçue que quelques années plus tard, quand j'ai commencé à sortir et entendre des gens jouer dans des bars... Mais... mais il est complètement à côté, mon père, quand il joue !! ... Ça me faisait rire, en fait. De réaliser aussi que je t'admirais tant étant petite quand tu jouais du saxo alors que, objectivement – Dieu soit loué, tu ne m'entends sûrement pas – tu joues carrément faux de façon insupportable...

(*Un silence.*)

Elle reprend, un ton ostensiblement plus bas :

— Et puis on grandit. Et à mesure qu'on prend de la hauteur, physique comme mentale, le monde s'élargit, les limites de l'horizon reculent... On se fait des amis à l'école et on découvre d'autres familles, d'autres types de parents... Et ensuite, on part à la rencontre du monde et on découvre que notre pays est tout petit à l'échelle de la planète... Et on prend conscience des défauts de nos parents, eux qui étaient des êtres si parfaits quand on jouait à la poupée. Et forcément, quand on découvre les défauts de quelqu'un... ça remet aussi en cause ce qu'il a bien pu nous raconter ou... ou nous inculquer. On requestionne certaines valeurs que l'on pensait sans doute en béton... C'est peut-être sain, après tout... Tu vois, je sais que j'ai vite opté pour l'Éducation nationale pour une certaine idée de la sécurité qui me vient de toi, en fait. Tu n'as jamais voulu prendre de risques. Jamais. Antoine te l'a proposé, mais tu n'as pas répondu positivement. Je sais que mon besoin de sécurité, que j'ai toujours eu, vient sans doute de là... On se construit toujours en fonction d'autrui, à commencer par nos parents. Soit par imitation, soit en opposition. Parfois avec un sens de la continuité.

Comme tous ces fils de garagistes qui reprennent le garage de leur père, ces fils de médecins qui deviennent médecin... Tu vois, peut-être que si tu t'étais décidé à ouvrir un restaurant, j'aurais repris ton affaire par la suite... Qui sait ? ...
(*Elle soupire.*)
— Mais bon, on ne refait jamais l'histoire... Avec des si... Ce que je voulais surtout te dire, c'est à quel point tu t'es montré vraiment désagréable vis-à-vis de Bertrand. Et d'ailleurs, ça n'a pas commencé avec lui. Dès le premier petit copain que je t'ai présenté, tu t'es montré quasiment odieux. Pourtant, si je te le présentais, à l'époque, c'est que j'étais en confiance, que je voulais te faire partager cela, du haut de mes dix-sept ans romantiques. En lui mettant la honte comme tu l'as fait, c'est moi que tu as attaquée. C'est moi que tu n'as pas respectée. Tu as ri tout seul à tes blagues d'un autre âge, sans réaliser une seconde à quel point tu étais décalé, dans le mauvais sens du terme. Que croyais-tu ? Que j'étais toujours une petite fille jouant à la poupée ? Alors que tu cherchais une réelle complicité avec Adrien à propos de ses copines, tu fermais systématiquement les écoutilles quand ce genre de sujets était abordé à mon égard. Ridicule... Tu étais tout simplement ridicule. C'était quoi ton problème ? De la possessivité mal placée ? Le refus de vieillir ? Ou de vieux principes bourgeois que tu n'as même pas érigés en totems dans l'éducation que tu nous as donnée ? Je n'ai jamais compris, et je ne comprends toujours pas. J'ai laissé filer, me jurant de ne plus jamais te présenter qui que ce soit jusqu'à ce que je vive avec quelqu'un. C'est ce que j'ai fait... Et comment peux-tu être aussi froid et distant avec Bertrand ? Jamais tu ne t'intéresses à sa vie. Jamais tu ne lui poses de questions. Tout ne tourne qu'autour de Jeanne et Louis. OK, c'est important, les petits-enfants, mais avant eux, il y a une relation d'adultes, non ?? On dirait que tu reproduis ce que tu as toi-même connu

avec mamie Jacqueline… J'en ai beaucoup parlé avec maman. Et elle m'a comprise. Ça nous a rapprochées, d'ailleurs…
(*Elle marque une petite pause.*)
— Ce que je regrette, c'est de ne pas t'en avoir parlé plus tôt. Mais bon, à dix-sept ans, on n'est pas forcément armée pour argumenter correctement sans partir en vrille, sans doute. Du moins, je ne l'étais pas. Et, et, comment as-tu pu t'endormir ainsi au fil du temps, entre ton saxo, ou plutôt l'idée que tu t'en faisais, et tes mots croisés ? Comment as-tu pu laisser maman si longtemps en carafe ? Comment a-t-elle pu accepter cela ? Cela restera sans doute un énorme mystère pour moi toute ma vie… Tu te rends compte depuis combien de temps elle n'a pas mis les pieds dans un pédiluve avant d'aller faire quelques longueurs ? Je ne parle pas de compet', non, mais du simple plaisir de nager ! … Ça remonte à l'Antéchrist !!

Bon, ma chérie, tu es bien gentille, je t'aime beaucoup, mais si tu es venue, comme ta mère, me faire mon procès alors que je ne peux rien dire pour ma défense, je ne vois pas bien l'intérêt que je pourrais avoir à continuer de t'écouter… Je n'ai pas l'intention de faire mon mea culpa de je-ne-sais-quoi et j'ai d'autres urgences ! J'ai un programme de rééducation à suivre, autodicté, certes, mais bien réel… Après les doigts de la main et les coudes, j'ai la ferme intention de me concentrer sur les membres inférieurs. Pieds, jambes, genoux… Alors, va au bout de ce que tu as à dire, et ensuite laisse-moi faire mon travail, s'il te plaît…

Je me surprends moi-même à avoir des pensées si dures vis-à-vis de ma fille, assumant sans équivoque un réel égoïsme. Mais bon, je suis quand même face à une urgence que peu de gens pourraient comprendre. Une urgence tout simplement vitale. Et je ne pourrai pas revenir en arrière, de toute façon. Ce qui est fait est fait. Ce qui a été vécu a été vécu. On ne peut pas réécrire l'histoire. Point. Je dois penser au présent. Rien qu'au présent.

Zoé reprend, d'un ton relativement badin :

— Tu vois, papa, au moins, quelque part, tu as réussi mon éducation, parce qu'au moins, Bertrand est très différent de toi. Il n'est pas possible de dire dans mon cas que je recherche la figure paternelle à travers mon compagnon.

Je perçois un sourire dans sa voix, un sourire marqué par une dose non feinte de tendresse.

— Je ne vais pas refaire le monde, papa, même si j'aurais aimé détricoter certains fils avec toi... Sans forcément attendre de réponse de ta part. Mais être entendue.

(*Un silence.*)

— ... Et puis, j'aurais aimé comprendre pourquoi il y a toujours eu deux poids deux mesures entre Adrien et moi... Qu'est-ce qu'il t'a fait, Adrien ? Bien sûr que j'en ai bien profité étant petite et que j'ai toujours été consciente de cette différence de traitement entre nous deux, en devenant de plus en plus critique vis-à-vis de cela à mesure que je devenais adulte. J'aurais vraiment aimé que ces nœuds aient pu être dénoués entre toi et Adrien... Ne serait-ce que pour avoir une relation saine et sans arrière-pensée avec mon grand frère... Avec Léo, c'est différent... Léo est trop lunaire pour que certaines erreurs aient une réelle prise sur lui...

(*Un silence, un peu plus long.*)

— Une chose est sûre, il n'est jamais anodin de... de perdre son père... Au-delà de son propre père, c'est la figure archétypale du père qui s'en va... ou qui est transformée... Perdre son père, c'est perdre la racine la plus profonde de notre existence. C'est... c'est le père de tout le monde que nous perdons... Ce sont bien les spermatozoïdes qui se battent comme des dingues dans un parcours du combattant insensé pour accéder à l'ovule... qui, lui, attend sagement. En chacun de nous, ce qui vient de notre père s'est battu pour nous concevoir... C'est peut-être con ce que je dis, mais je le ressens comme ça...

Perdre son père, c'est être confronté à l'essence même de notre humanité inconsciente… à ce qu'il y a d'indicible au plus profond de nous… J'aurais aimé, ne serait-ce que quelques jours, pouvoir vivre dans la peau et l'esprit d'un homme pour appréhender cela. Il y a une évidence dans la maternité. C'est concret. On la sent passer, si je puis dire… Mais la paternité, c'est forcément abstrait. Ce n'est finalement qu'un concept. Un père sait qu'il est père… parce qu'on le lui a dit ! Et uniquement grâce à ça. Il n'existe aucun lien concret et physique entre le père et ses enfants, alors que ce sont ses spermatozoïdes qui se sont battus de façon acharnée ! Tout ça, en dehors de lui. Oui, tout se passe toujours en dehors chez un homme, c'est toujours extérieur… Nous avons beaucoup abordé ces questions avec Bertrand. La paternité l'a complètement chamboulé. Alors, en plus, des jumeaux ! T'imagines même pas ! …

(*Elle soupire, semble chercher le fil conducteur de ses idées.*)

— Tu vois, on ne sait pas grand-chose de nos parents, finalement… On ne sait que ce qu'ils ont bien voulu nous montrer, et notre regard change au fur et à mesure de notre éducation, de ce que l'on est capable de percevoir ou de comprendre à un instant donné… Et perdre son père, quel que soit l'âge, amène à se sentir orphelin…

(*Elle éclate en sanglots déchirants.*)

— … Papa, papa, je sais que… enfin, je pense… mais bon, je ne peux rien vérifier… Papa, avec tes directives anticipées… et le… le pessimisme des médecins…

(*Ses sanglots redoublent d'intensité.*)

— … Nous, on… enfin, nous… avons décidé de… te laisser partir… Le traitement va être arrêté… Et… et, voilà… Voilà… je ne trouve que cela à dire… Voilà…

(*Un long et lourd silence.*)

J'aurais tellement aimé te tenir la main... te regarder dans les yeux... t'accompagner... t'accompagner... mais là, là, c'est pire... tu es face à moi... inerte, comme si... comme si tu étais déjà mort... Et tu ne te réveilleras pas, tu ne reviendras jamais... On a pris la décision hier soir... Personne ne sait que je suis ici... peu importe, après tout... Je vais t'embrasser une dernière fois...

(*Elle pleure de plus en plus.*)

— ... et puis te dire adieu... Je saurai quoi dire à Jeanne et Louis...

Je l'entends se rapprocher. J'entends le bruit tellement reconnaissable d'un long bisou, mais je ne ressens toujours rien. Je suppose qu'elle me prend la main, me caresse le front, place peut-être sa tête sur ma poitrine comme le bébé qu'elle fut autrefois... La boucle qui se boucle, sans doute... Peut-être a-t-elle la même expression que le nourrisson qu'elle était il y a une trentaine d'années ? Sent-elle mon cœur battre ? Est-ce que l'on sent le cœur d'une personne plongée dans le coma ? Si la réponse est affirmative, est-ce que cela serait susceptible de la faire changer d'avis quant à la décision qu'elle vient de m'annoncer ? J'aimerais moi aussi pleurer dans ses bras, me blottir, très fort, me sentir protégé et gagner en sérénité avant le saut dans l'inconnu... Je suis pris d'un profond sentiment d'injustice qui me fait éprouver une colère inexprimable. Et puis je pleure. Virtuellement. Mais je pleure comme jamais je n'avais pleuré de ma vie. Les larmes, qui n'existent pas, sont plus chaudes que toutes celles que j'ai versées pendant toute mon enfance. Je transpire sans transpirer, je crie sans le moindre décibel, je me frappe la tête contre des murs que je ne connais même pas.

Je vais exploser. Comme une cocotte-minute sans aucune capacité d'évaporation. Je vais forcément exploser. Comment cela se concrétisera-t-il ? ...

J'entends Zoé s'essuyer les yeux, renifler, se moucher, et se laisser à nouveau aller dans des pleurs inconsolables…

Puis, je perçois ses pas se diriger vers la sortie. Elle s'arrête un instant.

Quatre secondes d'éternité.

— Papa, je t'aime…

La porte s'ouvre.

Et se referme…

Comment cela va-t-il se passer ? Que vais-je ressentir ? Suffoquer quelques instants comme un noyé sans aucune possibilité de me débattre ? Vais-je souffrir ? Vais-je me sentir mourir ? Que vais-je vivre au dernier moment ? Comment se passe le dernier souffle, alors que justement, je ne ressens pas mon souffle ? Vais-je un jour m'endormir tranquillement sans me rendre compte que je ne me réveillerai jamais ? Et puis, quel sera donc le fameux dernier instant ? Vais-je l'identifier ? Je serais presque tenté de me dire que je ressens une forme de curiosité vis-à-vis de ce fameux dernier souffle. Mais le problème, avec le dernier souffle, c'est que l'on n'a aucune chance de s'en souvenir un jour !... C'est un peu comme la fin du monde : personne ne pourra jamais la raconter !... Mon esprit erre à travers toutes les questions que se posent forcément toutes les personnes en soins palliatifs, certaines attendant cet instant avec effroi et panique, d'autres dans l'attente d'un réel soulagement. Je ne suis dans aucun de ces deux cas de figure. Curieusement, je ne me sens pas angoissé. Même si cela n'aurait bien sûr aucun effet sur moi, j'aimerais que l'on me pince pour que je sois bien sûr que je ne rêve pas. Je me sens même plutôt serein ! Je n'ai plus d'incertitude quant au sort qui m'est réservé. Je n'ai plus à me poser de questions. Peut-être que cela va d'ailleurs me donner une énergie supplémentaire, un sentiment accru de révolte qui va peut-être me permettre d'exploser de ma coquille... Je garde un infime espoir au fond de moi. Comment ma famille a-t-elle pu se mettre d'accord là-dessus ? Qui a lancé l'idée ? Qui a approuvé ? Qui s'y est opposé avant de se rallier à la majorité ? Ou y a-t-il eu consensus ? Des débats ? Certains conflits sont-ils nés de ces discussions, ou d'autres ont-ils été aplanis ? Quel rôle a joué Antoine ? L'absence de réponse à toutes ces questions risque de nourrir un terrible sentiment de frustration jusqu'à l'heure fatidique. Et le compte à rebours a forcément commencé. Zoé ne m'a donné aucune indication de date. Même si je n'ai plus aucune notion du temps, je ne dispose d'aucune information quant à la mise en pratique de la « sentence »... Concrètement, c'est pour quand ? Pour ce soir ? Pour demain ? La semaine prochaine ? OK, comme tout le monde, elle me croyait englué dans le silence total de ma bulle, mais quand même, elle aurait pu, avec un peu d'empathie, me donner les infos de base. Je trouve sa feuille de route franchement légère !! Ça manque d'organisation tout ça ! ...

Il me vient à penser aux condamnés à mort en temps de guerre, qui se réfugient sans doute en eux-mêmes dans le bien-fondé de leur combat pour affronter leur exécution avec dignité. Tout en espérant peut-être qu'ils seront sauvés in extremis par un imprévu improbable et indépendant de leur volonté, un « deus ex machina », pour emprunter un terme dramaturgique.

Il y a de ça en moi, je n'arrive pas à croire ce que m'a dit Zoé. C'est rassurant en même temps. Je ne suis pas envahi par la peur. J'ai besoin d'entendre Mathilde et mes fils sur le sujet. J'espère qu'ils viendront eux aussi me parler. D'ailleurs, Zoé m'a dit, sans que j'en perçoive bien le sens, que les « autres » ignoraient sa présence avec moi... Pourquoi a-t-elle jugé important de me dire ça ? Elle a quand même le droit de venir me rendre visite comme bon lui semble... En quoi cela pourrait-il déranger Mathilde, Adrien, Léo ou Antoine ??

Je suis curieux de voir si chacun va éprouver le besoin de venir en solo, histoire de partager un moment d'intimité avec moi, en me confiant des « choses qu'il ou elle aurait dû me dire avant, mais ne vaut-il pas mieux tard que jamais ? »... Je me sens capable d'être assez facilement sarcastique avec ces attitudes. Mathilde était déjà venue, mais c'était avant la décision ! ... Peut-être va-t-elle revenir ? Cela démontre-t-il qu'ils ne sont peut-être pas vraiment d'accord entre eux, en fait ?

Je verrai bien. Quoi qu'il en soit, je suis convaincu qu'il y a une faille dans cette famille, dans laquelle... je pourrais me glisser ? Mais je ne vois pas bien comment...

J'en viens à me poser aussi la question de ce que je redoute le plus. Mourir ou ne plus vivre ? Ce sont deux choses bien différentes. Je sais ce que je vais perdre, ce que je ne vivrai plus, en étant bien convaincu de ne rien avoir à gagner au change...

Et jusqu'à preuve du contraire, à cette heure, je peux aussi me tenir satisfait de n'avoir toujours pas vérifié je ne sais où l'existence de Dieu...

Alors, comme seul l'instant doit désormais compter, cela doit me donner une force supplémentaire pour reprendre mon « travail ». Je ne dois pas me laisser distraire par l'information lâchée par Zoé et ces projections inutiles. Me concentrer mentalement sur les parties de mon corps. Donc, allons-y pour les jambes, et en particulier pour les genoux... C'est le seul espoir qu'il me reste et bien la seule chose que je puisse « faire ».

Je n'ai pas éprouvé un plaisir incommensurable à faire ce travail mental sur mes genoux. À cela, je vois deux raisons. La première est qu'à part la marche du quotidien et les milliers de kilomètres effectués dans mon travail, mes genoux n'ont pas eu à me soutenir de façon particulière… Point de tennis dans ma vie, point de randonnées, de danse, ni de sports collectifs ou de gymnastique. Du coup, je m'aperçois qu'il m'a manqué des références concrètes dans mon exercice de mémoire sensorielle.

Et la deuxième est que je dois avouer que je suis très perturbé par la visite de Zoé, visite annoncée comme étant la dernière. J'avais clairement la tête ailleurs. En mon for intérieur, je sais de quel ordre a été ma première réaction lorsque j'ai entendu Zoé me dire adieu : j'ai essayé de prendre la chose du mieux possible. Je peux même dire que je suis allé jusqu'à fanfaronner. Alors que je n'ai aucun public, aucune reconnaissance à aller chercher, aucun auditoire à séduire, que je suis pour moi-même à la fois l'acteur et le spectateur, j'ai fanfaronné. Comme un gamin qui ose clamer « même pas peur » avant de se lancer pour la première fois depuis le grand plongeoir. Comme on fanfaronne le plus souvent quand on nous demande « comment ça va ? ». Et notre « ça va » souriant et dynamique ne traduit le plus souvent qu'une part infime – même en deçà de la part visible d'un iceberg – de notre état réel du moment. Et ce n'est pas uniquement en raison d'un degré d'intimité que nous avons avec notre interlocuteur. Nous fanfaronnons. Je fanfaronne. Pour un saxophoniste n'ayant jamais intégré la moindre fanfare, c'est un comble…

Mais, en toute franchise, bien sûr que je suis pétrifié de peur, bien sûr que je suis hanté, obsédé par ce qui m'attend. Et cette perspective me terrifie, me révolte et m'accable. Ne plus embrasser mes proches, goûter à un simple verre de vin, prendre le plaisir d'une douche chaude le matin, entendre le rire de mes trois petits-enfants. Je prends encore davantage conscience que nous n'avons qu'une seule vie, qu'une seule jeunesse, que le train ne repasse jamais, que la vie est éphémère et précieuse, que chaque instant mérite d'être vécu, que comme le chantait Michel Fugain, nous n'avons pas le temps de tout faire, que cela nous impose de faire des choix et de définir des priorités et des priorités parmi les priorités, que nous ne saurons jamais si nous sommes mus par le hasard ou le destin, que notre existence prend des directions radicales en fonction de nos rencontres, et que nous n'en faisons très peu de réellement importantes dans toute notre vie et qu'il faut savoir les identifier – ce qui est forcément très compliqué à l'instant T – que nous ne sommes que de passage, un passage fugace et futile, que nous n'avons guère plus d'importance pour le monde qu'un simple éphémère, à la différence que nous pouvons de temps à autre nous permettre le luxe de « perdre une journée… », que nous ne laissons quasiment aucune trace de notre passage sur Terre, à l'exception de quelques rares politiciens, scientifiques, explorateurs, artistes ou sportifs – c'est-à-dire ces gens que nous excluons de la catégorie du commun des mortels – que ce qui compte avant toute chose, c'est l'amour, l'amour de nos « amours », de nos enfants et petits-enfants, tout comme l'amitié qui a également une place en pole position des priorités de nos existences, que ce qui nous arrive malencontreusement doit être perçu comme l'occasion de vivre une expérience, que nous sommes tous uniques, tous semblables, appartenant à la même espèce et en même temps tous singuliers, tous différents de notre voisin, et surtout que tout cela passe très vite, tellement vite que les vertes années semblent, avec le recul, avoir spontanément cédé leur place à l'heure de la retraite, que nos enfants sont devenus adultes avant même que nous ayons eu le temps de partager avec eux tout ce que nous souhaitions partager avec eux, que le temps de l'enfance est, quoi qu'on en dise, tout simplement court, que le temps de façon générale n'est qu'une perception, car il est une évidence qu'il semble s'accélérer à mesure que l'on avance en âge, que la vie doit être sacrément plus intéressante que la mort, car si l'inverse était vrai, nous n'aurions pas autant peur de cette dernière – à moins que l'au-delà soit source de formidables surprises, mais je me permets d'avoir des doutes… – que le désir de survie est plus fort que tout lorsque nous ne sommes pas commandés par la douleur. Car je me le répète… je veux vivre !!

Soit ! Ma signature apposée en bas d'un document administratif donne parfaitement le droit à mes proches, dans cette situation, de faire suspendre tout traitement et de me conduire ainsi à la mise en bière. Et tant qu'à faire, j'aimerais autant que cette mise en bière se fasse pendant l'happy hour, question d'économies, mais surtout de convivialité… Mais je réalise tout d'un coup quelque chose d'absolument terrifiant : cette signature a été faite à un moment où je n'avais pas toutes les cartes en main, où j'étais incapable de savoir comment je réagirais devant la situation. Il s'agissait totalement d'une projection, en fait, sans connaissance de cause… et pour cause !

Je m'en veux. Comment ai-je pu ne pas anticiper justement le fait que cette anticipation était par définition biaisée parce que je ne pouvais pas me projeter à l'avance dans l'état dans lequel je serais au moment fatidique ?

Je tourne et retourne le problème dans mon cerveau agité.

Je suis apparemment un cas d'école. Incapable de m'exprimer, de communiquer quoi que ce soit au monde extérieur, mais ne souffrant d'aucune douleur physique, je suis identifié par le corps médical comme un malade végétant en totale inconscience pour une durée indéterminée, et qui serait sûrement un légume incurable en cas de réveil. Dans ce cas, mes directives anticipées tombent sous le sens : à quoi bon s'acharner puisqu'il n'y a AUCUN espoir ? Et que j'ai signé en bas à droite, exprimant mon souhait que, dans ce cas, on en finisse !! Le problème est qu'à la signature de ce foutu papier, j'allais très bien. Je faisais mes mots croisés, je travaillais mon sax, je mangeais et buvais tout ce que je voulais sans la moindre restriction, je vivais une vie agréable et paisible en compagnie de Mathilde, à mille lieues de savoir ce que pouvait être la sensation d'avoir la mort en face pour de bon ! ... Cette signature a été effectuée suite à une réflexion intellectuelle et philosophique complètement déconnectée de toute considération sensorielle et émotionnelle. Et je vais en payer les conséquences au prix fort. Parce que là, maintenant, à l'instant T de l'heure H du jour J où j'en suis, j'affirme haut et fort – sans aucun sarcasme – que je veux vivre, qu'en dépit de la situation désespérante dans laquelle je me trouve, je ne veux quitter cette vie pour rien au monde...

Je suis convaincu qu'il doit arriver que de grands malades souffrant le martyre ressentent la même chose que moi en ce moment et refusent de se résoudre à l'inéluctable. Des gens qui ont comme moi signé le même genre de papier et qui ne peuvent exprimer leur refus. En fait, je me dis que ces directives anticipées ne devraient être signées qu'au dernier moment et en état de pleine conscience, avec la certitude que le malade a le total exercice de son libre arbitre. Elle ne semble pas trop mal, mon idée... Sauf que si c'est signé au dernier moment, ce ne sont plus des directives anticipées ! ... Et on perd dans ce cas l'essence même de ce pour quoi ce concept a été inventé. Voilà une quadrature du cercle face à laquelle je vais pour l'heure abdiquer. Pourquoi me lancer dans un tel débat avec moi-même, comme si mes neurones abritaient à eux seuls le Parlement ! Personne ne saura jamais rien de mes réflexions, après tout. Alors autant que j'utilise les derniers instants qu'il me reste à me remémorer et revivre ce que j'ai aimé dans ce passage terrestre... Autant que je profite de ce présent, aussi perturbant soit-il.

Je me calme un peu et me laisse donc aller à une lente et douce torpeur...

Peu à peu, pêle-mêle, je revois les premiers pas de Zoé, la rencontre dans cette soirée improbable avec Mathilde, je revois mon premier prof de saxophone dont j'ai lamentablement oublié le nom, je revois la plage de l'île de la Réunion sur laquelle Mathilde et moi dormîmes et fîmes l'amour trois nuits de suite, la naissance de Léo, la course folle dans les rues pavées après avoir chapardé dans un magasin à l'âge de dix ans, le premier baiser avec Nicole au bord du lac, les fous rires avec Zoé quand nous inventions des chansons absurdes alors qu'elle avait six ans, la première fois où Antoine m'a dit avec solennité que j'étais son ami suite à une énième rocambolesque histoire de non-dénonciation d'adultère, je revois les premiers travaux de fondation de notre maison dont j'étais si fier, je revois une partie de pétanque un soir d'été sous un saule dans une commune de Provence, je revois le sapin de Noël clignoter dans le salon avec Zoé et Adrien découvrant leurs cadeaux à différentes époques – mais le sapin, lui, est toujours le même, et toujours au même endroit – je revois l'impatience de mon grand-père devant mon incompétence à faire un nœud de cravate, je revois des clients me saluant chaleureusement au moment de partir, je revois Joseph, un vieux restaurateur qui m'avait marqué par sa bonhomie et son intelligence lors de mes débuts, je revois un concert de be-bop époustouflant il y a une petite vingtaine d'années je ne sais plus où, il me revient le goût des fraises au printemps, le son des cloches dans le village de ma grand-mère, la texture d'une pêche pas assez mûre et difficile à éplucher, il me revient l'obtention de mon permis de conduire alors que j'étais persuadé d'avoir échoué à cause d'un créneau réalisé de façon un peu trop nerveuse, il me revient la désagréable stupeur que je ressentis lorsqu'un jeune homme de moins de trente ans me proposa sa place assise dans le métro pour la première fois, il me revient l'odeur tant aimée de la glycine, le goût d'un Grand Vin de Bourgogne que l'on porte avec excitation pour la première fois à ses lèvres après l'avoir carafé une bonne demi-heure, il me revient aussi le bruit et le poids de la tondeuse à gazon – seul contact réel avec la nature ces dernières années – il me revient la bague que j'ai achetée afin de la glisser au doigt de Mathilde, je ressens le vent de la pointe du Raz, l'odeur de la marée, j'entends le bruit des pas dans une neige fraîche et épaisse, toutes ces images et sensations se mélangeant dans des éclairs sans que j'en aie le moindre contrôle, tel un ouragan mental, faisant coexister des moments de la plus grande futilité avec d'autres majeurs de mon existence... Je revois et retrouve en fait toutes ces choses qui ont fait que j'étais heureux sans le savoir... Que la vie serait plus belle si nous pouvions vivre chaque seconde de bonheur en pleine conscience de ce bonheur. Ce n'est que dans des moments exceptionnels de rare plénitude que nous ressentons cela, et je réalise à quel point c'est à la fois insuffisant et en deçà de la réalité.

Il paraît que nous voyons défiler toute notre vie à l'instant où nous voyons la mort approcher, en même temps que le platane. Peut-être. Sans doute. Peu importe. Peu de gens ont témoigné, en fait...

C'est peut-être ce qui m'arrive, mais j'en doute, car je suis conscient que j'ai le contrôle de la situation. J'ai décidé de me mettre dans cet état. Cela démontre que j'ai une sorte de chance, après tout. La plupart des êtres humains subissent cet instant alors qu'ils aimeraient peut-être profiter davantage de ces résurgences du passé...

Donc courage, Pierre. Encore une fois, tout n'est pas complètement noir. Profite ! Ne baisse pas les bras, si j'ose dire. De toute façon, tu n'as pas le choix, alors concentre-toi sur la part infime de positif, sur ce qui remplit un tant soit peu ta bouteille… Tant qu'elle n'est pas finie, ta vie continue… Et je repars sur-le-champ dans de douces rêveries…

Je me réveille, nerveux. Irrité par je ne sais quoi. Évidemment, je ne peux pas davantage râler que rire ou pleurer, et je réalise à quel point mes énervements récurrents pouvaient compter sur les soupapes de la rouspétance. De véritables petits volcans salvateurs. La nature humaine est donc bien faite, si j'ose dire. Je cherche un peu. Et je comprends que l'objet de mon énervement est une hésitation entre les remords et les regrets à propos de mon manque de voyages. À force de repenser aux éléments marquants de mon existence, je m'aperçois que je ne me suis pas assez souvent éloigné de mon périmètre quotidien. C'est à travers la procuration de toutes les langues entendues dans mes hôtels que je me suis en fait le plus évadé...

Ma déception se teinte de nostalgie, alors qu'il est complètement absurde d'être nostalgique de quelque chose que l'on n'a pas vécu... !

Aurai-je l'occasion de vivre d'autres voyages ?

Cette perspective m'apparaît comme un point inaccessible. Et certainement pas comme un objectif un tant soit peu crédible, avec mes bips-bips dans les oreilles.

Si cela doit se reproduire un jour, ce sera avec Mathilde. Forcément.

Nous émerveiller ensemble de pays inconnus.

Je pourrais mettre une touche de cynisme dans mon ressenti en me disant que, finalement, voyager ne consiste quelque part qu'à s'acheter des souvenirs pour l'avenir. Et d'ailleurs, les marchands de babioles ne s'y trompent pas...

Outre un voyage en Turquie effectué avec un de mes amis de jeunesse il y a fort longtemps, je me remémore nos escapades avec Mathilde et constate qu'il n'y eut en tout et pour tout qu'une quinzaine de jours au Maroc, et l'île de la Réunion pour notre voyage de noces. Mais un département d'Outre-mer peut-il être considéré comme une destination à part entière de voyage, la notion de dépaysement étant quand même considérablement atténuée par une surreprésentation de la culture française, ne serait-ce que sur les enseignes commerciales ou les panneaux de signalisation...

Et aussi quelques brefs séjours dans quelques capitales européennes.

Trop rares aux yeux de Mathilde.

Il me revient quelques voyages professionnels, dans le dernier tiers de ma carrière, lorsque je fus appelé pour aller donner quelques stages de formation, jamais plus de quatre ou cinq jours : les États-Unis, le Canada, l'Inde, le Japon. Mais comme leur nom l'indique, les voyages professionnels ne laissent guère de place au tourisme ou à la contemplation.

Juste quelques excursions comparables à des virées de collégiens en voyage scolaire.

Je continue de penser que tous les voyages, qu'ils aient pour objet des sites mondialement reconnus ou des endroits plus insolites, ne peuvent que faire progresser le genre humain. Des générations entières de nos ancêtres, qui n'ont vécu que sur 30 km^2 de territoire, ne pouvaient pas avoir une ouverture d'esprit supérieure à la nôtre...

Voyager. Marcher. Retrouver, même pour de brèves périodes, le caractère nomade de notre condition humaine.

Utiliser notre voûte plantaire sous différents points de la voûte céleste...

Et scotché ici, dans l'incapacité totale d'explorer ne serait-ce que les abords de mon lit, je ne peux que m'attrister de la frustration que je ressens.

Des regrets, tout comme des remords que ce retour en arrière me procure.

Une certitude me revient subitement : j'aurais aimé connaître le Grand Nord. Au-dessus du cercle polaire. Ça, oui, j'aurais aimé.

Antoine m'en a souvent parlé.

Les aurores boréales. Inimaginables pour quelqu'un n'en ayant jamais vu, paraît-il.

La nuit polaire plusieurs mois de l'année.

Et à l'inverse, le soleil de minuit.

Le premier lever de soleil après trois mois de nuit complète dans le nord de la Norvège. Un premier jour… d'une durée de quarante-cinq minutes…

Le lendemain, d'une durée de cinquante, cinquante-cinq minutes…

À ce propos, il me revient une conversation avec Antoine à ce sujet : comment se passe donc le ramadan au-dessus du cercle polaire ? Impossible de rester quatre mois sans boire ou manger quand le jeûne coïncide avec l'été !!

Pour Antoine, cela voulait dire qu'il y a forcément une adaptation à la réalité du lieu. Mais pourquoi Dieu lui-même n'a-t-il pas prévu cela avant ?

Il s'agit donc bien d'une preuve que les lois divines ne font pas le poids face à celles de la nature et que tout cela n'a pas beaucoup de sens.

Je me souviens parfaitement du renforcement de mon agnosticisme suite à cet échange avec Antoine. Et de la rasade supplémentaire de whisky qui s'ensuivit…

Une attitude face au divin qui, je l'avoue, me pèse un peu à présent. Il serait effectivement plus réconfortant d'avoir une bouée spirituelle à laquelle me raccrocher en pareille circonstance. Et ce n'est pas la première fois que je le ressens depuis ma présence ici. Et, comme je me le dis souvent, je préfère les spiritueux...

En tout cas, pour moi qui suis fasciné par les phénomènes jour-nuit sur notre globe, cette destination du Grand Nord aurait assurément été de premier choix.

Mais je suis frileux...

On ne peut pas tout avoir.

Je ne sais pas si c'est le fait de n'avoir jamais fait ce voyage qui me manque ou si c'est d'entendre Antoine m'en parler, finalement. L'imaginaire façonné par une belle narration peut parfois susciter des émotions plus fortes que le réel.

Et la force mentale que je déploie dans cette période de ma vie ne peut que me conforter en ce sens.

Cette période de ma vie qui ne sera pas la dernière, je m'en fais le serment, l'objectif, et le devoir...

Je sais qu'il est là… Il m'a déjà fait le coup il y a un moment, sans que je sois capable d'évaluer réellement le laps de temps qui nous sépare de cet épisode. Il reproduit le même scénario. Antoine vient me voir. Et ne dit rien. Je l'ai entendu entrer, j'ai reconnu son pas. Il s'est assis à ma droite, je l'entends respirer et bouger nerveusement sur sa chaise depuis un petit moment. Il n'est pas installé au même endroit que la fois précédente ; il est plus proche.

Après Zoé, Antoine. Ils vont donc tous défiler comme ça, comme je le présupposais ? Chacun va venir partager son moment d'intimité avec moi avant de proclamer « Go » aux médecins ? Ou plutôt « Stop », en fait…

Chacun à tour de rôle, dans un ballet macabre de larmes essuyées dans une salle d'attente ?

Si je n'étais pas le principal protagoniste de la situation, je trouverais cela grotesque, presque risible, en fait.

En principe, Antoine devrait ne rien dire. Persuadé qu'il parlerait tout seul, il devrait se taire. Mais je sais qu'il va dire quelque chose. Pas pour moi. Pour lui. Pour s'entendre à voix haute me dire une dernière chose. Je suis presque dans sa tête, le connaissant par cœur.

Alors j'attends. Je ne sais pas ce qu'il rumine, mais j'attends, serein autant que je peux l'être.

Il se lève, marche lentement vers ma gauche, traverse la pièce, s'arrête, puis revient à sa position initiale. Va-t-il entamer les cent pas ? En général, ce genre de comportement est commandé par un stress, le trac, ou une nervosité, une impatience, une inquiétude difficile à juguler autrement que par une agitation corporelle.

Presque par surprise, Antoine se lance :

— Pierre, je ne pouvais pas, je ne pouvais te laisser partir sans te dire que... je sais que tu ne m'entends pas, puisque les médecins ont donné leur aval pour l'application de tes directives anticipées... C'est qu'ils n'ont plus d'espoir, c'est certain... donc... donc au moins, au moins je te l'aurai dit... Pierre... je voulais juste te demander pardon... Tu ne l'as jamais su, mais... mais il s'est passé quelque chose entre Mathilde et moi... il y a une quinzaine d'années...

(*Un silence.*)

— Je n'en suis pas spécialement fier, mais je voulais le dire à voix haute devant toi. Ça n'a pas duré longtemps... Une bagatelle. Je ne vois pas l'intérêt d'en dire davantage. C'était trop compliqué et pas... pas très sain... bref... Voilà... Je sais que tu serais abasourdi si j'avais ton regard en face de moi... D'ailleurs... te l'aurais-je dit ? Il n'y aurait eu sans doute aucune raison pour que je te le dise, puisqu'il n'y en a pas eu pendant quinze ans... Ton accident nous met dans une situation d'urgence propice à faire se délier les langues... Voilà...

(*Un silence plus long que le précédent.*)

— ... Ne m'en veux pas. Tu as toujours été et tu resteras toujours mon ami...

(*Il éclate en sanglots.*)

— ... Pierre.

Je l'entends se moucher et reprendre ses esprits. Même si je ne le vois pas, je l'entends et ressens le redressement de son corps, pour faire bonne figure, alors que cela n'est destiné qu'à lui-même...

Puis il souffle un peu, marque un temps, je l'imagine ému face à moi, et lance posément, à un volume relativement bas :

— Pierre, je voulais juste te dire ceci, en fait, car cela résume ce que j'ai ressenti pour toi pendant toutes ces années : une amitié indéfectible se nourrit d'un sentiment qui manque à l'amour : la certitude.

Puis il tourne les talons, et s'en va…

Qui ment ? Qui dit la vérité entre Mathilde et Antoine ? Forcément l'un des deux pour la première question et l'autre pour la deuxième. Quel est donc l'intérêt de mentir à ce sujet ? Et de la même façon, quel est donc l'intérêt de venir m'avouer un acte commis il y a quinze ans alors que mon simple état actuel devrait être à lui seul un argument imparable en faveur de la prescription ?

En fait, de toute évidence, ces deux personnes n'ont pas vécu l'évènement avec le même point de vue. D'une certaine façon, les deux m'ont dit la vérité, leur vérité. Mathilde m'a dit sa vérité. J'imagine cette incartade suffisamment déconnectée d'une réelle implication sentimentale pour qu'aux yeux de Mathilde, en toute sincérité, il ne se soit « rien passé »… Alors qu'un acte charnel, du point de vue masculin, représente une ligne supplémentaire au tableau de chasse. Peu importe le contexte, la situation, le CV de la partenaire, une conquête reste une conquête. Point. J'ai trop discuté avec Antoine de ces questions pour ne pas comprendre aujourd'hui les tenants et aboutissants de cette histoire dont, quel que puisse être le degré de repentance ou de regrets, je fus le dindon. Comme dans un boulevard de série Z… Sans jamais avoir découvert la présence de mon meilleur ami dans le moindre placard ni sous le lit conjugal. Nul besoin de chercher de telles cachettes. Devant mes horaires de travail et ma naïveté, Mathilde et Antoine se trouvaient comme Moïse face à la mer Rouge !

Les deux m'ont dit leur vérité. Oui.

Mais les deux m'ont menti ! Pendant des années !

Mensonge, omission, déni, peu importe les ingrédients de ce curieux cocktail et dans quelles proportions il fut réalisé. Ni l'amour pour l'une ni l'amitié pour l'autre ne furent des remparts suffisants contre la tromperie. Et en même temps, ce sont bien ces sentiments-là, si j'ai bien compris, qui firent que l'affaire se termina promptement. Les scrupules, ou plus exactement le sentiment de culpabilité, furent alors les plus forts, et l'incapacité à se regarder devant la glace emporta leur aventure dans le mémorial des histoires avortées. Soit.

Je m'interroge. Cette anecdote, dont je suis la « victime », démontre à quel point nous sommes de drôles d'animaux ! Sociables et sociaux avant tout, mais totalement tournés vers notre petit nombril. Car c'est bien ce seul fait de ne pas assumer se regarder dans la glace qui fit interrompre la relation entre mon épouse et mon meilleur ami. Mais certainement pas le fait que cela puisse me causer du mal, à moi.

D'après ce que j'ai compris, en tout cas.

Pour l'heure, j'essaie surtout de me focaliser sur le ressenti émotionnel que l'aveu d'Antoine provoque sur moi. Tristesse ? Jalousie avec effet rétroactif ? Indifférence ? Dédain ? Déception ? Angoisse ? Dégoût ? Haine ? Envie de revanche ? Il me vient en fait une sorte de liste, sans doute non exhaustive, des sentiments censés être générés par ce type d'information, mais je suis bien incapable d'identifier si je les éprouve réellement ou non. Ou si le rejet de l'adultère ne relève chez moi que d'un réflexe moral. Je comprends surtout qu'il m'a manqué une donnée essentielle pendant la visite d'Antoine : son regard.

C'est bien par le regard et par d'autres signes muets que passe l'essentiel de nos émotions, j'en suis convaincu. Pourtant, j'aurais pu apprendre cette nouvelle déplaisante par téléphone ou par une tierce personne. Je n'aurais pas davantage eu le regard d'Antoine en face de moi, et au final, je pense que cela m'aurait bien davantage touché. Outre le fait que j'aie assurément bien d'autres priorités évidentes en ce moment, qui l'emportent sur tout le reste, je pense qu'il y a un peu aussi du fait que j'ai perdu une part de mon « humanité ». J'entends, j'écoute, je réfléchis, j'analyse, je compte, je me souviens, j'ai des émotions, je suis conscient, je comprends, mais je n'ai aucune relation avec autrui, je ne ressens ni empathie ni antipathie, je ne peux me retrouver dans aucun échange, je ne rebondis sur rien, je ne laisse passer aucun silence avant de faire émerger une nouvelle idée qui relancera le débat. Incapable de reconnaître le monde, de m'ouvrir à quoi que ce soit, incapable de m'exprimer, de transmettre mon intériorité vers l'extérieur, que reste-t-il donc en fait d'humanité en moi ? … Je pense que d'un certain côté, je suis devenu une « machine » humaine qui n'est plus tout à fait un être humain à part entière. La preuve, mon sort de vie ou de mort est totalement dépendant de la volonté d'autres personnes qui ont autorité sur moi. Et plus je réfléchis à cet état de fait, plus la révélation de l'histoire passée entre Antoine et Mathilde me semble désuète, futile et sans intérêt. Nous sommes tous libres de faire ce que nous voulons de notre corps. Il n'appartient à personne d'autre qu'à nous. Tels sont en deux phrases des arguments parfois entendus dans la bouche de Zoé lors de conversations avec sa mère. Elle a sans doute raison. De ce fait, la question du pardon me semble inutile.

Alors, si chacun est libre de son corps, si aucun amour ni aucun engagement ne peuvent venir altérer ce droit fondamental, n'ai-je pas de facto à l'instant toute légitimité à revendiquer le même droit ??!! …

Mon corps et donc ma vie m'appartiennent.

Alors, demandez-moi mon avis, s'il vous plaît, là, maintenant, ici, à la seconde, plutôt que de vous référer à une signature apposée un jour où je venais sans doute de finir la dernière cacahuète gisant dans la coupelle posée à côté de mon whisky…

Le présent.

Le présent.

Le présent.

Ne vous tenez qu'à cela, par pitié, le présent.

La seconde du moment présent.

Mettez-moi des sonars et des capteurs où vous voudrez, mais venez à ma rencontre, sondez-moi. Certains de vos collègues scientifiques sont capables d'aller explorer le plus profond des océans ou la couche externe de l'écorce martienne, alors vous devriez être capable de venir à l'écoute d'un pauvre abruti comme moi.

Je me sens las de relancer perpétuellement mentalement les mêmes appels au secours.

Las, certes, mais je ne désespère pas...

Les revoilà ! Mes copines ! Enfin, surtout la dénommée Sandra, qui fait partie de l'équipe de nettoyage de ma carrosserie à chaque fois que j'en suis le témoin auditif. Je perçois des bribes de paroles marmonnées à l'étouffée. Comme souvent, je ne les ai pas entendues entrer, ce qui signifie que j'étais plongé dans mon « sommeil dans le sommeil ». Un sommeil que je considère comme réparateur et bienfaisant et contre lequel il serait vain et contre-productif de vouloir lutter. Sans doute est-ce de ce sommeil rassurant et rassérénant que je ne sortirai pas, sans m'en rendre compte. Et d'après ce que j'ai compris, c'est pour bientôt… Je vais essayer de ne pas y penser, tout en y pensant forcément, en me disant à chaque endormissement qu'il s'agit peut-être du dernier. Un peu comme la sensation que j'ai ressentie toute ma vie au moment d'embarquer dans un avion. À la différence que la probabilité d'un crash aérien reste objectivement et incontestablement faible par rapport à celle de ne plus jamais me réveiller un de ces jours…

Le seul bémol avec ce sommeil récurrent, dont je n'ai conscience ni de la fréquence ni de la durée, est justement qu'il m'a fait perdre, je me le redis encore une fois, toute notion du temps. Cette situation me pèse de plus en plus. À part quelques informations glanées dans quelques propos de mes visiteurs, je n'ai aucune idée de la saison dans laquelle nous sommes. Tout comme je n'ai aucune idée du laps de temps écoulé depuis la visite solitaire de Zoé. Se compte-t-il en jours, semaines, mois ? Mystère absolu.

Les membres de ma famille, ultra respectueux de l'autorité médicale et scientifique, ont un esprit beaucoup trop fermé pour tenter une mise en contact qui sortirait des simples prescriptions comme « parlez-lui » ou « mettez-lui de la musique ». Seul Léo aurait assez le profil pour croire à certaines forces inconnues des connaissances actuelles. Mais je doute qu'il ait en lui l'énergie nécessaire pour convaincre, ou ne serait-ce que tenter de le faire, les autres de la pertinence de tout mettre en œuvre pour essayer de sonder l'insondable de mon cerveau, pour essayer d'entrer en contact avec moi, un peu comme l'on tenterait d'entrer en contact avec des extraterrestres…

Tout bien réfléchi, je ne vois qu'une seule personne vers laquelle me tourner, presque comme une évidence : Sandra.

Si salut il doit y avoir, c'est sans doute par elle qu'il viendra. Elle n'est pas membre de ma famille et par conséquent n'est sujette à aucun affect vis-à-vis de moi. Non-médecin, elle œuvre toutefois dans le monde médical et a accès à eux. D'après certains de ses propos, je devine aisément qu'elle ne porte pas la hiérarchie en place à l'hôpital dans son cœur et qu'elle n'hésitera pas, si elle est convaincue d'être dans son droit et d'avoir raison, à aller porter un discours contradictoire au nez et à la barbe des médecins. La curiosité et l'intelligence de ces derniers feront ensuite le reste. Ou pas…

La question vitale qui se pose alors est tout simplement celle-ci : comment entrer en contact avec Sandra ? Comment attirer son attention ? Comment lui donner l'idée de venir à ma rencontre ?

Ma perpétuelle immobilité reste évidemment l'obstacle numéro un. Je ne vois pas d'issue à cet instant, mais je suis convaincu qu'elle existe.

Je vais trouver. Je sais qu'il y a urgence, mais je vais trouver.

J'entends Sandra et son acolyte, dont je ne suis pas sûr qu'elle soit la même personne que la dernière fois, s'agiter.

— Putain, c'qu'il est lourd, quand même.

— Et il bouffe rien, en plus.
— Je sais pas comment il fait pour garder autant de réserves !
— Ça doit être ses os qui doivent être des os de rhinocéros, en fait...
— Ou alors il a les couilles tellement pleines que ça joue sur le poids.
— Tu sais que t'es vraiment conne toi, hein ?

Et les voilà parties dans des gloussements et ricanements que j'aurais trouvés insupportables – voire blâmables s'ils avaient émané de certaines serveuses – en d'autres temps, mais qui m'apportent pour l'heure un réel réconfort, car ils relèvent finalement d'une empathie sincère à mon égard.

Autant la voix de Sandra m'est devenue familière et clairement identifiable à mes oreilles, autant j'ai du mal à bien discerner les caractéristiques de l'autre. Certes, elle n'appartenait pas toujours à la même personne, mais je suis incapable de dire combien de filles ont accompagné Sandra... Une nouvelle à chaque fois ? Ou alors celle-ci est-elle déjà intervenue à plusieurs reprises ? Je ne sais plus. Autant ce fut évident lors des deux premières visites, autant le doute s'épaissit au fil du temps. Je me souviens vaguement que la dernière fois, Sandra était accompagnée d'une fille qu'elle ne connaissait pas et que cette dernière tenait des propos fort intéressants sur les capacités inconnues de notre cerveau, du moins par notre culture occidentale, car elle faisait référence au bouddhisme ou autres pratiques orientales. Mais ce n'est pas elle, aujourd'hui. C'est encore une autre. L'hôpital public semble faire appel à de nombreux contrats de vacation. La titulaire à son poste semble être bel et bien Sandra : je vais donc me « focaliser » sur Sandra. Je ne sais comment, mais je vais le faire.

Déjà, premier point, j'apprécie sa voix. Indéniablement. Puisque je ne peux rien communiquer vers l'extérieur, alors concentrons-nous sur l'intérieur, la seule chose qu'il me soit possible de faire. Que m'évoque cette voix ? Trahit-elle une origine géographique de par sa prosodie ou son léger petit accent, que je qualifierais de façon caricaturale comme provenant du monde des banlieues ?

Puis-je me construire mentalement une histoire, une biographie de Sandra à partir de sa voix ? Voici une bonne occasion de tester ce qu'il se passe lorsqu'on mélange imaginaire, projections et fantasmes. De toute évidence, Sandra pourrait être ma fille. Où a-t-elle grandi ? Dans quel milieu a-t-elle évolué ? Quel a été son parcours scolaire ? A-t-elle choisi son métier d'aide-soignante ou celui-ci s'est-il imposé à elle lorsqu'elle s'est retrouvée au pied du mur à cause d'un CV vierge de tout diplôme réellement reconnu ? Quel est son quotidien ? Quels sont ses loisirs, ses centres d'intérêt ? Y a-t-il un homme dans sa vie ? Ou une femme ? Ou... deux hommes ? Est-elle jeune maman ou fait-elle partie de ce pourcentage croissant de la gent féminine qui revendique haut et fort ne pas vouloir d'enfant ? Se maquille-t-elle beaucoup ? Ou, au contraire, laisse-t-elle son apparence physique la plus proche de ce que la « Nature » lui a accordé ? Est-elle gourmande, notamment de pâtisseries ? Ou est-elle, au contraire, une « pichoteuse » – expression de ma grand-mère pour qualifier les gens qui passent plus de temps à rêvasser et contempler leur assiette qu'à réellement en apprécier les saveurs – qui fait attention à chaque gramme de nourriture ingéré de façon à ce qu'il ne se traduise pas d'une façon ou d'une autre devant la glace ou sur la balance ? Quel genre de musique apprécie-t-elle ? Joue-t-elle d'ailleurs d'un instrument ? Pratique-t-elle un sport ? Est-elle supportrice d'un champion ou d'une équipe ? A-t-elle déjà beaucoup voyagé ? Quelles relations entretient-elle avec ses parents ? A-t-elle des frères et sœurs ? Croit-elle en Dieu ? Et si oui, dans lequel des trois majeurs que les multinationales de la spiritualité en kit nous proposent ? Se soigne-t-elle à l'homéopathie ou fait-elle confiance aux antibiotiques ? De quel côté penche sa raison au moment de glisser un bulletin dans l'urne ? Est-elle syndiquée ? Préfère-t-elle les talons ou les chaussures plates, le rouge ou le bleu, la tapenade ou le tarama ? Est-elle végétarienne ou lui est-il impossible de ne pas entrer au moins une fois par semaine dans un fast-food ou un kebab ? ... Et il me vient pêle-mêle une foule de questions disparates, certaines de toute évidence pertinentes, d'autres a priori plus incongrues. Je ne sais où cela me mènera, mais j'ai l'intime conviction que Sandra jouera un rôle essentiel dans mon « retour ». Je n'ai aucune idée du comment, mais je pressens cela de façon irrationnelle. Il me vient une vague amertume quand je réalise que je ne me fie absolument pas à la sagacité de Mathilde, d'Antoine ou de mes enfants. Certes, les révélations que j'ai eues récemment l'honneur d'entendre ne favorisent ni mon espérance ni ma confiance, mais la raison doit être, j'en suis sûr, plus profonde.

À force de trop se connaître et se côtoyer, se connaît-on vraiment ? Je ne doute pas une seconde des sentiments éprouvés à mon égard par mes proches, mais paradoxalement, se donnent-ils la force nécessaire pour entrer en contact avec moi ? Comme je me le disais il y a un instant, surtout pour aller à l'encontre ou au-delà de ce que dit la médecine ? Alors que ces sentiments devraient donner l'énergie de tout bousculer et d'envoyer valser le rationnel ?

Je me demande d'ailleurs comment j'aurais fonctionné si la situation avait été inversée. Si Mathilde avait été à ma place, dans ce lit et cette chambre, je m'en serais sans doute également remis aux avis médicaux, sans chercher ailleurs. Réconforté sûrement par le fait que Mathilde bénéficiait de la meilleure attention médicale possible. Ils ont bien tenté de me diffuser la musique que j'aimais, à un moment, mais ça n'a pas duré. Ils ne me parlent pas beaucoup, en fait, non plus…

Je ne dois pas m'appesantir sur ce qui dysfonctionne chez mes proches, mais me concentrer sur la lueur positive qui se présente à moi… Penser à la bouteille à moitié pleine !

Alors je vais me concentrer sur la vie de Sandra, penser très fort à elle, l'appeler lorsqu'elle sera présente, tenter je ne sais quelle télépathie… Télépathie à laquelle, il n'y a pas si longtemps, quand j'y repense, je ne croyais pas le quart d'une demi-seconde…

Me concentrer mentalement sur une entrée en contact avec Sandra ne doit pas me faire oublier l'autre travail auquel je me suis astreint, dans le cadre de mon programme d'« auto-rééducation », celui de me reconstruire toutes les sensations liées à certaines parties de mon corps. Ce travail entamé par la concentration autour des « manosses ». Si j'y ajoute mes instants de rêverie et de voyages mentaux improvisés, cela risque peut-être de remplir trop copieusement mon agenda et d'emmêler les pinceaux de mes neurones, mais en toute honnêteté, je n'ai pas grand-chose d'autre à faire non plus... Et de surcroît... je n'ai pas d'agenda !

Donc, après les mains, les pieds ou les coudes, j'ai décidé de « travailler » sur mes épaules.

La pensée populaire fait dire qu'elles portent tout. On dit de quelqu'un de responsable et entreprenant qu'il a « les épaules » pour se lancer dans son projet. À bien y réfléchir, je trouve cette façon de voir les choses un peu exagérée. À part des bretelles, les sangles d'un sac ou des enfants de moins de quatre ans en certaines occasions, que portent réellement nos épaules ? Ce sont surtout notre colonne vertébrale et nos muscles dorsaux qui fournissent le plus d'efforts, si mes souvenirs sont exacts.

Mon métier m'a causé quelques maux de dos, parfois même des lumbagos mémorables. Mais en quoi mes épaules étaient-elles donc sollicitées ?

Je ressens davantage mes épaules comme un formidable outil de mobilité. Ce sont elles qui dirigeaient mes bras, véritables ponts entre ma volonté et ma capacité d'action. Le plus grand plaisir lié aux épaules proprement dites était celui de l'étirement matinal. À la manière d'un chat. Avec toutefois la différence que les épaules sont bien l'apanage des bipèdes que nous sommes. Elles n'ont aucun lien avec notre façon de nous déplacer… sauf pour porter un sac à dos pendant une randonnée… Et comme ce sport n'a jamais été ma tasse de thé…

Je souris à mes propres réflexions. Intérieurement, bien sûr…

Je me lance dans quelques souvenirs. Les mains de Mathilde qui, en de trop rares occasions, me massaient le dos. Je me souviens alors que je jubilais particulièrement lorsqu'elles s'attardaient sur mes épaules, les pétrissant à la manière d'un pizzaïolo de food-truck de station balnéaire.

C'est aussi et surtout grâce à mes épaules que j'ai pu porter tous ces plateaux avec tous ces verres, ces assiettes en équilibre fragile sur mes avant-bras qui ont tant fait rire mes enfants lorsqu'ils étaient petits.

Je m'aperçois qu'à l'instar des coudes, il m'est très difficile de retrouver une réelle mémoire sensorielle liée à mes épaules, pour la bonne et simple raison qu'elles ne sont pas pourvues de capteurs comme peuvent l'être nos pieds et surtout nos mains.

Je pourrais recommencer le travail autour des mains ou des pieds pendant des heures avec grand plaisir.

Pour le reste, je sens que cela va être très compliqué…

Je prends acte de cette découverte avec tristesse, un peu comme un double bémol imposé à ma situation.

Qu'est-il donc utile de faire ?

Continuer encore mes investigations mémorielles vers d'autres zones de mon corps ou approfondir encore davantage les manosses et les piedosses ?

Comme pour tout le reste, je ne peux évidemment demander conseil à personne. C'est en moi et en moi seul que se trouve la réponse.

Seul.

Je suis seul. Doux euphémisme.

Mais ne sommes-nous pas tous seuls, en fait ? Effectivement, nous traversons seuls l'existence. Bien avant la confrontation avec la Grande Faucheuse, nous sommes seuls. Sans en être pleinement conscients. Parce que nous sommes accompagnés. C'est cela le mot : accompagnés. Nous sommes accompagnés.

Dans les transports urbains, les autoroutes, les supermarchés, dans nos lits conjugaux, les églises, les usines, les bureaux, devant nos gâteaux d'anniversaire, sur les plages ou les remonte-pentes, dans les bars, les restaurants, les salles de concert ou de cinéma, dans les piscines ou les salles de sport, dans les hôpitaux, dans les fêtes familiales ou nationales, nous sommes accompagnés de proches, de gens aimés et d'une multitude d'inconnus. Mais, profondément, nous sommes seuls.

On s'agite, on blague, on commente l'actualité, on rigole, on trinque, on se dispute, mais... nous sommes seuls, je me le répète.

J'ai toujours eu cette sensation quelque part dans un tiroir de mes pensées, mais ma situation m'en fait prendre conscience avec une plus grande acuité. Et c'est bien sur les boulevards des plus grandes villes que j'ai pu traverser que j'ai le plus ressenti ce sentiment de solitude.

Nous venons au monde seuls. Conçus par d'autres et aidés par d'autres à arriver en bon état de marche, mais tout de même... seuls. Si nous ne prenons pas la première bouffée d'oxygène, personne ne le fera à notre place. Et ce sera ainsi tout au long de l'existence. Nous digérons ce que nous mangeons. Pas ce que notre voisin a ingurgité ! C'est nous qui nous dépatouillons avec nos examens, nos épreuves et nos rencontres.

Nous sommes profondément seuls et en même temps... on n'arrive à rien tout seul ! Nous sommes obligés de nous entraider et de collaborer pour atteindre nos objectifs ou vivre des expériences qui nous rendent pleinement humains.

C'est le partage et la conjugaison des talents qui nous permettent de créer, ou tout simplement de gérer notre condition d'humains. Je crois entendre Antoine dans certaines de ses diatribes.

Drôle de condition, oui, que celle d'être humain. Faite de paradoxes et d'oxymores, de contradictions pour la plupart inconscientes ou noyées dans le flot de nos actions quotidiennes.

En parlant de coopération et de travail d'équipe, j'en vois quelques-uns qui feraient bien de s'y mettre davantage : mes toubibs !

Au boulot !!

D'ailleurs, je me rends compte que je n'entends jamais leur visite. Ils doivent bien le faire, pourtant... Enfin, je suppose. Pour vérifier ma ventilation ou mes divers taux de globules, ou je ne sais quoi. Soit ils se contentent de noter les données sur les écrans sans dire un mot, auquel cas ils ne risquent pas de me sortir de mes phases de sommeil, soit... tout est contrôlable depuis leur cabinet, car tout est peut-être envoyé grâce à la wifi, à la manière d'une imprimante. En fait, si c'est cela, effectivement, je ne suis qu'un cas, dont on mesure les données, mais dont on considère le degré d'humanité insuffisant pour aller lui rendre visite. À quoi bon aller voir un patient qui ne peut répondre au moindre : « Comment vous sentez-vous, ce matin ? »

L'expression « être au chevet du malade » perd ici alors tout son sens. Le chevet suppose la présence, le chevet suppose l'échange, le chevet suppose donc la conscience de part et d'autre de la bordure du lit... C'est-à-dire une situation qui ne me concerne pas.

Après tout, je n'en sais rien, je n'ai aucune idée des us et coutumes actuels dans le monde hospitalier, je n'ai aucune preuve de ce que j'avance, mais cela me semble tout de même suffisamment plausible pour rajouter une petite couche d'affliction à mon actuel désarroi. Et pour des gens qui conseillent à mes proches de me parler, il ne me semble pas qu'ils donnent beaucoup l'exemple...

Ça fait beaucoup de choses à encaisser quand même... Et finalement... ai-je les épaules assez larges pour pouvoir supporter tout ça ?

Je navigue entre deux eaux. Au propre comme au figuré. Un vieux souvenir de kayak alors que j'étais encore bien jeune. Le tourbillon d'une rivière vosgienne dont j'ai lamentablement oublié le nom. Des remous, des courants et contre-courants agissant en sens giratoires et inversement, le souvenir d'une petite cascade à descendre avec la peur au ventre juste avant de se laisser entraîner par les rapides. Je n'ai plus aucune idée de l'occasion à laquelle cela se passa. Je sais simplement qu'Antoine n'était pas là.

Comme toute activité nécessitant une totale concentration, je me souviens de la sensation que seul le présent comptait. À la seconde. Impossible de laisser son esprit divaguer comme cela m'arrivait si fréquemment alors que je prenais des commandes ou recevais des ordres pour mon organisation en salle...

J'aime me remémorer ces moments de ma vie, car je les revis pleinement. Je suis là, à cet instant, âgé de moins de vingt-cinq ans, à descendre une rivière en kayak et à en éprouver à la fois les giclées impétueuses et les efforts musculaires pour la dompter.

Je navigue. Je navigue et c'est bon. Doux. Très doux.

Je suppose qu'il doit y avoir un parallèle entre cette situation du passé et celle d'aujourd'hui. Sans doute. Mais je ne l'identifie pas franchement.

Je me rends compte aussi pour la énième fois que mes souvenirs sont ici bien plus forts qu'ils ne le seraient en feuilletant un album de photos. Nouvelle confirmation de mon rapport distant avec cette façon d'immortaliser le passé...

Tout à coup, un bruit réel du présent réel me ramène à l'instant réel : la porte s'ouvre. Il est vrai qu'il est inutile de frapper avant d'entrer... L'écriteau « ne pas déranger svp » que doivent afficher les aides-soignantes lorsqu'elles viennent à l'ouvrage doit être le seul cas de figure où ma porte est inaccessible…

Des pas. Une personne.

Suivie d'une autre.

Puis une autre.

Et une autre.

Et une dernière.

Ils sont cinq. Ils sont tous là…

J'écoute le silence. En repensant aux propos de tous mes profs de sax : le silence fait partie de la musique. Totalement. Il existe une profonde différence entre l'absence de bruit ou de son, et le silence. Le silence suppose une présence, une énergie, dont la volonté ou la raison d'être est de faire silence. Un silence qui est toujours signifiant ou annonciateur d'autre chose.

Alors là, en cet instant, j'écoute le silence de Mathilde, Adrien, Zoé, Léo et Antoine. Leur silence verbal, tout du moins. Car les reniflements, relégués au fond de la gorge ou avortés au fond d'un mouchoir, vont bon train. Au moins trois paires de jambes viennent de se croiser et se décroiser en moins de trente secondes. Une caméra de cinéma montrerait assurément une salle d'attente dans laquelle les protagonistes seraient de parfaits inconnus les uns pour les autres. Je visualise très bien les regards furtifs et fuyants qu'ils échangent, les interactions muettes qui interviennent entre eux, les moues, les soupirs. Tout cela rien qu'à cause de moi, rien que pour moi. Je n'aurai jamais assez de gratitude…

Comment sont-ils disposés ? Qui est à la gauche ou à la droite de qui ? Et cet ordre a-t-il une quelconque signification, en fait ?

Je fais quelques pronostics et suppositions quant à leurs emplacements en attendant de vérifier, à l'oreille, si j'avais raison ou pas, lorsqu'ils se mettront à parler. Car je n'ai aucun doute là-dessus : ils vont parler.

Qui se lancera le premier ou la première ? Pour dire quoi, surtout ? Je n'imagine pas du tout un seul membre de ma famille capable de se lancer dans une diatribe spirituelle ou religieuse. Si nous avons bien un point commun, c'est celui-là. La religion et tous ses avatars ne nous concernent pas vraiment. Tout propos de cet ordre tomberait forcément comme un cheveu sur la soupe, ou – comme aime à le dire Antoine – comme une saucisse de Morteau dans un couscous…

Depuis que je sais, par la bouche de ma fille, que mes « volontés » anticipées seront « respectées », j'ai la conviction qu'ils viendront tous dans ma chambre ensemble une dernière fois. Eh bien, nous y sommes. J'ai quand même de bons pressentiments…

Je n'attends rien. Je ne m'attends à rien. Sans doute des adieux déchirants, peut-être quelques traits d'humour, quelques anecdotes qui me surprendront sympathiquement ou me consterneront, c'est selon.

Sans que je n'aie la moindre idée du processus qui me conduira à la fin, je sais que je vais les entendre pour la dernière fois. J'aimerais pouvoir évacuer les larmes que je sens germer virtuellement, la douleur morale que j'éprouve, mais je reste prisonnier de ma coque, inlassablement sans contact possible avec l'extérieur. Je voudrais tous les serrer dans mes bras, les embrasser, les regarder droit dans les yeux, les étreindre longuement afin de puiser dans ces contacts charnels l'énergie nécessaire pour continuer à m'accrocher. Tout en réalisant que si je pouvais le faire… alors je serais tout simplement sorti d'affaire !

Je me sens terriblement frustré. Mais en fait, n'est-il pas évident que la frustration n'est ni plus ni moins que la pierre angulaire de notre condition humaine ? Ou du moins, le fait de savoir gérer nos frustrations ? … Je me dis qu'au final, l'un des plus grands enjeux de nos éducations consiste simplement à apprendre à vivre avec ces frustrations qui accompagnent toutes les étapes de notre existence. Eh oui, nous n'aurons ni n'obtiendrons jamais tout ce que nous désirons. Et cela commence dès la petite enfance. Je ne sais si mon éducation fut idéale en la matière, car elle fut, comme toutes les éducations, bien évidemment imparfaite. Mais une chose est certaine, ma situation actuelle pourrait constituer une formation accélérée en gestion de la frustration, même si je ne la souhaite à personne. Oui, je suis dans la frustration la plus totale, le manque le plus absolu de tout ce qui constitue le b.a.-ba du fonctionnement humain. Je ne peux même pas me frapper la tête contre les murs, tourner en rond, hurler, injurier la Terre entière, insulter père et mère, m'insurger contre mon sort. Rien ne sortira. Tout restera enfoui.

Je me souviens d'une conversation un jour avec Zoé alors qu'elle était à peine adolescente. Le thème pourrait être résumé ainsi : où vont les larmes qu'on retient ? Un thème qui, je le sais, l'a marquée au fil de sa vie et qui revient fréquemment dans ses conversations. Je trouvais à l'époque la question très poétique. Mais elle implique qu'il existe une volonté de notre part de réprimer certaines larmes. Pour de multiples raisons, conscientes ou non. Par peur de soi-même, ou des autres. Mais dans ma situation, il ne s'agit pas de ça. Je ne retiens aucune larme. Au contraire. Je voudrais qu'elles sortent, qu'elles jaillissent en un tourbillon salvateur, qu'elles explosent. Que reste-t-il d'humain à un être qui ne peut rien exprimer, ni à autrui ni à lui-même ?

Je ne sais même plus si j'ai peur de ce qu'il va se passer. À partir du moment où on ne peut exprimer cette peur, la ressent-on réellement ? Et la question se pose de la même façon pour tous les sentiments et émotions. Nous possédons des mots pour exprimer ce que nous ressentons. Mais à quoi servent les mots lorsqu'ils ne peuvent être échangés ? Les mots auraient-ils pu être utiles à Mowgli ou Tarzan pendant leur enfance ? ... Je souris intérieurement de ma comparaison. Mais c'est cela : je suis un Mowgli ou un Tarzan émotionnel. Sauf que pour les sauts de liane en liane, on repassera...

Et Tarzan, lui, pouvait crier à sa guise.

Quant à Mowgli, il pouvait compter sur une multitude d'amis. Je me laisse alors divaguer à essayer de retrouver tous les personnages du *Livre de la jungle* qui fut pendant un bon laps de temps le dessin animé préféré de Léo, nous obligeant à le visionner au moins trois bonnes fois par semaine sur le magnétoscope.

Tiens ! Je l'avais complètement oublié, celui-là : le magnétoscope ! Si moderne en son temps, et déjà totalement ringard aujourd'hui. Devenu une véritable pièce de musée. L'obsolescence de nos technologies comme preuve supplémentaire de la rapidité de nos existences...

Et je me laisse aussi bercer mentalement par quelques thèmes musicaux de ce dessin animé qui reste de ce point de vue un véritable chef-d'œuvre et démontre à lui seul que l'on peut créer pour les enfants sans les prendre pour des neuneus...

— Je ne suis pas d'accord !!

Adrien vient de lâcher cette phrase en détachant bien chaque syllabe à la manière d'un comédien de la Comédie-Française dont le jeu relèverait d'une autre forme d'obsolescence. J'en « sursauterais » presque...

Il s'est levé, et je ressens une forme de tension dans toute la pièce. Quelques secondes d'apnée.

Il reprend :

— Zoé, tu défends bien toujours les thèses féministes, je suppose ?

Je ressens l'étonnement embarrassé de ma fille.

— Euh... oui...

— Bien ! Toi et tes copines défendez l'idée qu'une fille peut finalement renoncer à coucher avec un mec, c'est bien ça ?

— ... Oui... Et ? Enfin, ça fait partie des multiples cas de figure dont nous parlons, oui, mais je ne vois pas bien où tu veux en venir...

— Tu vas comprendre, ma sœurette... Si je ne me trompe pas – et tu m'arrêtes si je me trompe, OK ? – une nana se fait draguer dans une soirée. Elle sort avec le mec qui lui propose de finir la nuit chez lui... Elle en a envie. Elle accepte. Et une fois chez le mec en question, pour dix mille raisons, le gars a mauvaise haleine, ou sa brosse à dents est dans un tel état de décrépitude qu'aucun doute ne peut être émis quant à son degré d'hygiène dentaire, ou ses chaussettes sont sales, ou il y a un poster de l'OM en grand au-dessus de son lit, ou son lit est vraiment pas confort ou grince trop dès qu'on s'assoit dessus, ou... j'en sais rien, bref ! La fille veut plus ! Elle dit non ! Et le gars insiste. Il la traite d'allumeuse. Et s'il va au bout de son insistance, alors ça devient un viol. Parce qu'il faut que la fille soit d'accord au moment de l'acte.

(*Il insiste sur ces derniers mots.*)

— Donc toi et toutes tes copines militantes, vous revendiquez quoi ? ... Hein ? Tout simplement le droit de changer d'avis !!! Et vous avez quarante mille fois raison. Je suis entièrement d'accord avec vous. Le droit de changer d'avis, de se rétracter est un droit fon-da-men-tal... il est même accordé dans tous les contrats d'assurance ou de crédit, quelque part dans une ligne écrite en tout petit... Eh bien, pour papa, c'est exactement le même cas de figure !! Nous allons agir selon une décision qu'il a prise il y a bien longtemps sans lui laisser la possibilité, au moment de l'acte, de pouvoir changer d'avis.

Antoine intervient, énervé :

— Mais ça n'a rien à voir ! Ton raisonnement est stupide ! Ton père ne peut tout simplement plus s'exprimer, car il est dans un état dans lequel il ne ressent plus rien. Son cœur bat, il respire, OK. Mais il ne pense plus, ne ressent plus rien... La fille dont tu parles peut agir en pleine conscience. Elle possède quelque chose de fondamental, justement, dans ce que tu racontes : son libre arbitre. Pas ton père. C'est pour des cas comme celui-ci que les directives anticipées ont été mises en place. Au cas où notre humanité ne se résume plus qu'aux fonctions vitales de la respiration et de la circulation. Pour le reste, je suis désolé d'employer ce terme, mais… Pierre n'est qu'un… qu'un légume… Excusez-moi…

— Qu'en sais-tu qu'il n'a plus son libre arbitre ?
— Les médecins sont formels, Adrien.
— Les médecins ? Ils n'en savent rien, les médecins ! Personne, je dis bien personne n'est jamais revenu d'un tel coma pour raconter ce qu'il s'y passe. Personne ne sait rien à ce sujet. D'où vient la conscience ? Est-ce qu'elle est produite par notre vie organique ou nous précède-t-elle ? Et tu sais très bien que je ne porterai pas le débat sur des questions religieuses, c'est pas mon délire.

— Alors où veux-tu en venir ?
— On ne sait rien de l'état dans lequel se trouve papa, en fait. Si ça se trouve, il nous entend parfaitement, mais ne peut pas s'exprimer.
— Si c'était le cas, il y a belle lurette que les médecins l'auraient détecté. Le corps humain est bien fait et on en comprend aujourd'hui la quasi-totalité des rouages.
— Faux ! On ne connaît rien de notre cerveau. La science a plus de connaissances sur le quatrième satellite de Jupiter que sur le fonctionnement du cerveau de chacun de nous.

Mathilde coupe :
— Où veux-tu en venir, Adrien ?
— Nulle part. J'exprime simplement mon désaccord avec ce que nous nous apprêtons à faire… Il y a quelque chose qui, éthiquement et philosophiquement, me dérange, me donne carrément la nausée, en fait, au plus haut point… Et en plus, je ne suis pas non plus dupe sur le fait qu'il y ait aussi d'autres enjeux…

— Du genre ?

— Je ne vais pas vous faire un dessin sur les perspectives offertes par les droits de succession dans ce pays, non ?

— Adrien, arrête !!! Tu es ignoble !!! Ton père et moi sommes en indivision, tu le sais très bien... Son décès ne changerait rien pour moi matériellement. Tout est à nous deux. Tu parles pour ne rien dire et tu remues la merde là où il n'y en a pas !! ...

— Désolé, maman, mais comme tu viens de le dire, tout sera à toi quand il ne sera plus là...

— Stop, Adrien !! Tes allusions sont abjectes !

— Non, je ne me tairai pas... Vous savez tous ici que je mets le doigt là où ça titille parce que j'ai raison... Et toi, Zoé, tu ne dis rien ? Tu sais très bien que tu aurais tout ce que tu veux si maman était la seule décisionnaire pour certaines aides que vous demandez en vain à papa depuis plusieurs années avec Bertrand... D'ailleurs, pourquoi il n'est pas là, mon cher beau-frère ? Il garde Jeanne et Louis, je suppose ? OK, réponse recevable... Mais regarde-moi, Zoé ! Toi, la fifille à ton papa, ça ne te fait pas bizarre d'être finalement la plus prompte à le laisser calancher ?

Zoé :

— Ta gueule, Adrien ! Tu n'es qu'un jaloux ! Toute ta vie, tu n'as fait que me jalouser moi, et Léo aussi. Mais tu n'es qu'un naze, Adrien. Tu ne fais rien ! Tu gâches tout. Tu n'as jamais été foutu d'exploiter le moindre de tes talents.

— Mais Zoé, je ne te parle pas de ça. Tu mélanges tout. Tu te défends de façon complètement hors sujet. Tu mets des affects là où il n'y en a pas, justement. Je te dis clairement et objectivement que oui, tu as intérêt à la mort de papa. Je ne dis pas que tu y as pensé, mais cet aspect existe, que tu le veuilles ou non... Imagine qu'il ait été assassiné. Eh bien, je suis navré de te dire que la police ferait de toi la suspecte numéro un... que tu le veuilles ou non...

— Et toi le numéro deux, ou le un bis... Une simple enquête auprès de la famille ou de voisinage démontrerait très vite que tu le détestais et que...

— Détester quelqu'un est loin de constituer un mobile suffisant pour un meurtre, sœurette. Il faut des raisons objectives pour cela... Et je n'ai jamais détesté papa, comme tu le prétends. C'est bien plus complexe. Nos relations ont été très difficiles, c'est une évidence, mais justement, je pense être celui qui a le plus besoin de le voir s'en sortir pour avoir peut-être l'espoir d'une conversation que je n'ai jamais pu avoir avec lui.

Antoine le coupe :

— Je comprends ton émotion, Adrien, mais il faut que tu entendes qu'outre le deuil de ton père, tu devras vivre avec des zones d'ombre, des questions sans réponse, d'autres en suspens, et de terribles frustrations... Je peux simplement te dire que c'est le lot de la majeure partie de nous tous... Rares sont les gens qui sont totalement en paix après le décès de leurs parents. Il reste souvent une part d'inachevé.

— Tu me fatigues, Antoine, avec tes sermons faussement bienveillants. Je n'ai pas besoin de tes cours en filiation... Et puis, il me semble que ce genre de décision n'incombe qu'à la famille, c'est-à-dire aux gens qui ont une relation matrimoniale ou filiale avec le malade. Et... désolé, Antoine, mais tu n'entres dans aucune de ces cases...

Un silence pesant tombe comme une enclume. Je ne m'attendais pas à ça. Mais je devrais finir par le comprendre : dès que ces gens parlent autour de moi, directement ou indirectement, je ne vais que de surprise en surprise. Comme si toute ma vie familiale n'avait été qu'un iceberg alors que je pensais être juché sur un îlot tranquille.

Les propos d'Adrien m'ont secoué. Sans le savoir, il vient de me fournir une raison supplémentaire de me battre : parler avec lui. Enfin...

Zoé reprend la parole, très émue et nerveuse :

— Je pense que les directives anticipées signées par papa sont une bonne chose. C'est sa volonté à lui que nous devons respecter, ce qu'il a décidé, lui, en son âme et conscience, en connaissance de cause...

Adrien la coupe :

— Oui, quand tout allait bien. Pas aujourd'hui, à ce que je sache. Pose-lui la question et tu verras ce qu'il te répond. Car, je le répète...

— Stop !!!!

Léo a crié avec la force et la précision que seule une respiration ventrale maîtrisée peut permettre, générant aussitôt un silence autoritaire.

— Vous me fatiguez, là, tous les deux. Vous croyez que c'est l'endroit et le moment pour délier vos langues de vipère ?...

(*Il marque une pause.*)

— Bon. Ceci dit, la question que soulève Adrien est centrale. Il y a quelque chose qui me paraît bizarre dans ces directives, que je comprends par ailleurs dans leur principe général, c'est que l'on demande aux gens de se positionner sur quelque chose qu'ils ne connaissent pas !... Personne n'a envie de mourir. Personne n'a envie de souffrir. Mais autant la première proposition nous est promise de façon sûre et certaine, autant la seconde peut être contournée de nos jours avec la morphine et tous les antidouleurs découverts par la médecine... Moi, je peux anticiper sur quelque chose que j'ai déjà expérimenté, que je connais déjà. Je peux anticiper sur le fait que je ne retenterai jamais un saut à l'élastique, par exemple, je peux anticiper sur le fait que je mangerais bien des sushis ce soir, je peux anticiper sur le fait que je prendrai une petite laine la prochaine fois que j'irai rendre visite à Zoé dans son bled de merde, je pourrais en citer plein... Je peux anticiper sur des choses que je connais de par mon expérience. Si je ne connais pas, ça s'appelle autrement, ça s'appelle des envies. Ou des désirs. Mais problème : personne n'a envie de mourir. Je le répète, la seule chose que je peux anticiper, par expérience, c'est que je n'ai pas envie de souffrir. Parce que j'ai déjà expérimenté la douleur. Donc, dans ce cas-là, je demande tous les antidouleurs de la Terre. Mais est-ce que j'ai pour autant envie de mourir ?? Je n'en sais rien. Et en fait, je me doute bien que non. Que savons-nous de ce que nous déciderions si nous pouvions nous exprimer ? Peut-être que même dans cet état-là, la majeure partie d'entre nous demanderait à vivre encore, animée par l'espoir, ou tétanisée par la peur du point final. Tant que l'on ne souffre pas, où est le problème de vivre dans un état de léthargie perpétuel ? Je vous signale que c'est ce que nous faisons tous en moyenne entre un quart et un tiers de nos journées : nous dormons. Sans conscience ni communication avec l'extérieur. Comme ce que fait papa en ce moment de façon permanente. Les médecins sont convaincus que son état est irréversible. Tous leurs voyants sont au rouge, c'est vrai. Et alors ? On ne peut maintenir éternellement quelqu'un en vie. Le corps vieillit de toute façon, même occupé à ne rien faire. Donc tôt ou tard, il mourra. Comme chacun de nous. Alors, vous allez me dire, est-ce une vie de rester ainsi ? Toute vie mérite-t-elle d'être vécue ? La question se doit d'être posée, évidemment. Mais qui est donc légitime pour y répondre ? Existe-t-il une réponse universelle ? C'est forcément du cas par cas... mais le malade ne peut pas s'exprimer ! Alors on a inventé les directives anticipées, et on revient au début et on tourne en rond...

(*Un silence.*)

— Ce qui me trouble aussi, c'est que l'on anticipe sur ce que l'on souhaite que les autres décident pour nous lorsque surviendra un évènement dont on ne sait carrément rien... !!! Eh bien, je trouve ça complètement absurde ! En fait, il s'agit d'une délégation de pouvoir. La mort ne nous demande pas notre avis pour venir. Et c'est très bien comme ça. Mais là, on autorise autrui à la décider pour nous, alors que si ça se trouve… nous ne sommes pas d'accord ! Je comprends que l'on respecte les volontés d'un défunt en matière d'héritage ou de cérémonie funéraire, car la personne anticipe justement sur ce qu'il se passera après sa vie. Un peu comme ce que j'ai lu dans un article récemment à propos de la mise en scène que Mitterrand a faite de son propre enterrement… Quand la personne sera passée de l'autre côté, qu'elle n'appartiendra plus au monde des vivants. Mais il ne s'agit pas de ça ici. Papa est vivant. Certes, il ne galope pas, il ne nous casse pas les oreilles avec son saxo, mais il est bel et bien vivant !

Je sens qu'il prend le temps de s'adresser à tout le monde. J'entends les variations de sa voix provoquées par le fait qu'il ne cesse de balayer son regard, et avec lui son visage tout entier, vers tous ses interlocuteurs.

— Il y a une autre comparaison qui me vient à l'esprit : Alzheimer. Il ne viendrait à l'idée de personne de demander des directives anticipées au cas où nous serions atteints par cette maladie. Pourtant, la perte de repères qui peut aller jusqu'à l'oubli de sa propre identité peut causer de véritables drames pour l'entourage. Des gens que leurs parents ne reconnaissent même plus. Ces parents dont on pourrait dire qu'ils ne sont plus eux-mêmes. Eh bien, qui nous dit que l'état dans lequel se trouve papa n'est pas du même ordre ? Si ça se trouve, il se prend pour un papillon et vit dans un rêve mental permanent, et si ça se trouve, c'est drôlement amusant !!! Il est peut-être dans un état de conscience que nous ne soupçonnons même pas, peut-être quelque chose de comparable à un esprit flottant. Nous n'avons aucun moyen de vérifier ou partager ce qu'il vit, donc on va s'arroger le droit de le faire partir. C'est l'immobilité, la coupure avec l'extérieur qui nous font dire que cette vie-là n'en est pas une, mais qu'en savons-nous ? Même les toubibs ne savent pas. Car on touche là à quelque chose de métaphysique. Papa, comme tous les gens dans son cas, nous dérange, en fait. Car il nous offre la vue d'une humanité tronquée. Comme tous les handicapés, les marginaux, tous ceux qui ont quelque chose de différent, tous ceux qui sont dans un état modifié de conscience – je pourrais même y ajouter les alcooliques chroniques – ça nous heurte, ça nous gêne. Alors un légume immobile, et donc inutile, n'en parlons même pas !

— Et la dignité, tu en fais quoi ?

Mathilde a parlé calmement.

— Tiens, je suis surpris que ce mot n'ait pas été servi plus tôt… La dignité est surtout question de regard que l'on porte sur soi-même. Donc je n'imagine pas bien papa se poser à l'heure actuelle cette question-là. C'est nous, les autres, qui nous la posons.

— Justement, cette question-là, il l'a anticipée. Je sais que votre père aimait trop la vie pour pouvoir accepter cet état-là, et qu'il ne supportait pas l'idée d'être de cette façon à notre charge.

— L'idée ! Tu as dit « l'idée ». Oui, maman, il s'agit bien d'une idée, d'une projection mentale produite par nos affects et notre culture. Mais ce n'est QUE ça, effectivement : une idée. Quelque chose d'abstrait qu'il a pensé intellectuellement quand tout allait bien pour lui.

Adrien intervient :

— Et en parlant de charge, je pense que les politiques au pouvoir ne sont pas ravis à l'idée de voir se généraliser des gens à entretenir aussi amorphes sur des lits d'hôpitaux. Ça coûte cher, ces conneries !

Mathilde :

— Essaie d'être cynique ailleurs, s'il te plaît.

Antoine :

— Tu oublies que beaucoup sont traités à domicile.

Adrien :

— C'était une boutade, c'est bon. Mais il y a tout de même un fond de vrai et vous le savez très bien. Alors qu'une perf, c'est pas si cher, après tout...

Léo :

— Pas faux, Adrien. En fait, le fond du problème est que nous considérons qu'une vie réduite à ventiler et être perfusé d'eau, de sucre et de sels minéraux n'est pas réellement une vie. À partir du moment où la personne ne bouge pas et ne s'exprime pas, nous considérons que la mort est préférable et on se donne bonne conscience en appliquant la soi-disant demande de la personne alors que tout allait bien dans sa vie et qu'elle ne considérait pas vraiment la probabilité de se trouver un jour dans cette situation. Car c'est comme les accidents, ça n'arrive qu'aux autres. Personne ne se projette réellement et concrètement dans cet état-là. C'est impossible. Ou alors c'est juste, comme je l'expliquais tout à l'heure à maman, une vague idée que nous avons de la chose. Je suis sûr qu'il y a des gens qui signent ça comme on signe un papier auquel on ne croit pas vraiment. Genre : « On verra bien. Et si ça peut vous être utile, les enfants, autant le faire. » Je le redis, Papa a peut-être une vie mentale intense. Sans doute est-il complètement inconscient, mais il rêve peut-être, il voyage dans des états que nous ignorons. Et ce ne serait pas de la vie, ça ? Les médecins nous ont dit qu'il ne s'en remettrait jamais, mais il est peut-être dans un état de plénitude totale là où il est, un état qu'il n'avait jamais connu jusqu'à ce jour...

Zoé :

— Tu oublies l'essentiel, Léo. Ils nous ont surtout dit qu'il pourrait peut-être se réveiller. Oui, ça fait partie du domaine du possible. Mais que dans ce cas, il ne serait qu'un « légume », comme le disait Antoine tout à l'heure. C'est-à-dire un homme qui ne saurait plus parler, plus marcher, plus boire tout seul, s'habiller, sans conscience de qui il est ou de ce qu'il fut. Un homme qui nous verrait sans nous regarder, sans savoir qui nous sommes, avec le degré d'autonomie d'un bébé de six mois, sans aucun espoir d'amélioration ou d'apprentissage. Un homme qui baverait dans son fauteuil. Alors, vous êtes gentils, les frangins, mais c'est vous qui viendrez lui donner la becquée de purée quotidienne ? C'est vous qui changerez ses couches ? Vous avez bonne mine à philosopher aujourd'hui, mais je vous prends au mot. Vous dites qu'il a signé ces directives quand tout allait bien, mais vous êtes en train de faire strictement la même chose. Vous théorisez sur une soi-disant vie mentale en imaginant qu'il est chez Oui-Oui et les papillons !!! Mais tu délires complètement, Léo. Effectivement, tant qu'il est chez Oui-Oui, ça ne change pas grand-chose à ta vie, tu viens rendre ta petite visite de temps en temps, histoire de checker que la sonde n'a pas bougé. Ou qu'ils ont mis une bleue cette semaine. C'est mieux que la verte de la dernière fois. En attendant, c'est moi qui ai tenté de lui mettre de la musique il y a huit mois, sans résultat. Tout comme sont encore restés vains à ce jour tous les exercices de stimulation mis en place par les toubibs et qui n'ont toujours rien donné... Je vais être franche : moi, je veux retrouver mon père. Celui avec lequel je discute, je ris, je m'accroche aussi parfois, celui avec lequel je suis d'accord, ou pas, celui avec lequel je trinque, celui contre lequel je peux me blottir, même à mon âge, celui que j'aime, et qui m'exaspère aussi, celui qui n'aime pas mon mec, mais qui s'occupe tellement bien de ses petits-enfants, je veux retrouver mon père, vous entendez, mon père, un être humain, fait de sentiments et d'émotions à partager. Pas une plante verte qui ne serait même pas belle pour la déco. Oui, clairement, je préfère faire le deuil de papa plutôt que de passer, pendant des années, par ce genre de vie. Qui n'en serait pas une, ni pour lui, ni pour nous, ni surtout pour maman.

Adrien :
— OK, sœurette, mais dis-moi, que se serait-il passé s'il avait eu un accident qui l'aurait transformé en légume sans passer par la case coma ? Tu l'aurais euthanasié ? Comme Nestor ? S'il s'était retrouvé dans un fauteuil du jour au lendemain, sans aucune parole ni autonomie, on aurait fait quoi ? On l'aurait piqué ? C'est bien parce qu'il est dans le coma, un coma dont – je le répète, comme Léo – nous ne savons rien, que la question se pose, en fait… Aucune culpabilité. Apparemment, il est à demi mort, et si jamais il se réveillait, il serait un fardeau ingérable, alors autant en finir tout de suite et ne pas prendre le risque de galérer…
Léo :
— Ce que tu dis est atroce, Zoé. Adrien a raison, c'est le coma qui permet de déculpabiliser. Tu parles de légume. Mais c'est bien pour l'entourage que cela pose problème. Pas forcément pour le malade lui-même. Le légume a-t-il conscience d'être un légume ? Est-il malheureux d'être un légume ? On n'en sait rien, car personne n'est revenu de l'état de légume. Je le répète, c'est comme Alzheimer. C'est bien l'entourage qui souffre de ne plus retrouver la personne dans le corps du malade. Mais le malade, lui, s'il est sécurisé et écouté, tout va bien pour lui. Plus de soucis ! Plus de factures ! Plus d'impôts ! Plus de problèmes ! Il ne reconnaît pas ses enfants… Et alors ? Où est le problème pour lui ? Il est peut-être très heureux ainsi… Et tous ceux que nous qualifions de légumes sont peut-être dans des états psychiques plutôt agréables. Qu'en savons-nous ?
Zoé, elle coupe :
— Non mais tu as déjà entendu certains malades dans des hôpitaux pousser des cris de déments ? Tu les imagines dans le bien-être ?
Léo :

— Tu mélanges tout. Il y a des dizaines de maladies mentales et toutes ne sont pas issues d'une période de coma...

Zoé :

— Oui, mais l'absence d'oxygénation du cerveau pendant un certain temps provoque des lésions irréversibles et...

Léo, il coupe :

— Et alors ? Qui te dit que la personne souffre ? Elle n'est pas capable de l'exprimer. Mais on n'en sait rien. Être juste dans la sensation. De la faim, du froid, de la peur, de la joie. Sans pouvoir mettre des mots dessus. Sans la partager, OK. Mais en quoi ce ne serait pas humain ? Cela justifie-t-il que l'on facilite le processus qui mène à la mort ? Mais dans ce cas, achevons tous les handicapés qui nous encombrent ! Tu nous demandes si on s'occuperait de papa s'il se réveillait ? Mais le problème est médical. Oui, nous manquons d'aides-soignants pour ces tâches-là. Le problème est politique et c'est une question de santé publique. Mais la solution n'est certainement pas d'euthanasier des gens sous prétexte que leur degré d'humanité n'est pas jugé conforme à ce que doit être l'humanité ! Et certainement pas non plus de les euthanasier parce que les soins qu'ils demandent seraient trop compliqués ou trop onéreux ! Et, effectivement, je le dis tout haut, je l'assume, je ne m'occuperai pas de papa, c'est clair. Pas au quotidien. J'estime que cela devra être fait par des professionnels.

Zoé :

— Super ! Tu es un formidable beau parleur, Léo, mais quand il s'agit de mettre les mains dans le cambouis...

Léo :

— Je n'ai pas de leçon à recevoir de ta part. Et je suis en profond désaccord avec toi. Le seul cas pour lequel je trouve une intervention de ce genre légitime, c'est l'avortement. Parce qu'un embryon n'est pas une personne. Et qu'on ne tue pas un fœtus. On l'empêche de se développer, c'est tout. C'est sûr que si des diagnostics prénatals établissent que ton môme sera un légume, alors bien sûr que oui, tu as le droit, en tant que parent, de demander l'avortement. Mais chez un sexagénaire qui a eu une vie, et est une personne à part entière, on est dans un autre domaine.

Mathilde :

— Vous êtes formidables. Jusqu'à preuve du contraire, celle qui partage le quotidien de votre père, c'est moi. Celle qui l'a aimé, en tant qu'adulte, c'est moi. Celle qui peut dire, sans erreur, ce que Pierre aurait dit s'il avait pu prendre part à ce débat, c'est moi... Tu as raison quelque part, Léo, et tu as du bon sens. De façon générale, vous vous posez des questions bien trop générales, je trouve. Je suis peut-être plus... *sensible* que vous.

(*Elle insiste sur le mot.*)

— Je réfléchis moins. Je me laisse guider par mon instinct et mes émotions. Et un peu comme Zoé, oui, c'est un mari que je veux retrouver. Je veux exister dans son regard, être reconnue en tant qu'épouse, même si c'est pour me faire engueuler parce que la table du salon n'est pas rangée comme il faut... Je n'ai pas envie d'avoir un bébé qui n'en est pas un à la maison. Je n'en ai pas la force. Si je dois dorénavant n'avoir plus que la télévision comme compagnie le soir, eh bien, je veux que ce soit clair, que je puisse faire le deuil de votre père, ne plus... ne plus rester dans cette espèce d'attente qui n'en est pas une...

(*Une pause.*)

— Au moins, la télévision, ça évite de manger seul avec ses idées...

Elle fond en larmes, puis reprend tant bien que mal sa respiration, comme un nageur luttant contre une mer agitée.

— Je suis désolée, je n'ai pas la force, pas le courage de me confronter à ça. Je ne peux pas, tout simplement. Tu as dit,

Adrien, que c'est le coma qui nous permet d'envisager son départ. Que s'il avait été victime d'un accident le transformant illico en légume – décidément, je déteste ce mot – nous n'aurions pas eu le choix. C'est vrai, tu as entièrement raison. Mais je rebondis sur l'évocation de l'avortement par Léo. Aujourd'hui, les parents ont le choix grâce aux échographies. Et c'est très bien ainsi. Eh bien, j'ai le sentiment d'être dans le choix, moi aussi... Grâce, ou à cause, de ce coma. Quelque part, nous pouvons choisir l'avenir. Celui de Pierre, et le nôtre aussi... C'est ce choix qui est un progrès, grâce aux... aux directives anticipées... Ne pas devoir se cantonner à ce que le destin ou le hasard nous réservent... Se référer à la volonté de Pierre. Qu'a-t-il dit à ce sujet de son vivant et qu'aurait-il voulu s'il avait pu exprimer cette volonté ? C'est cela le plus important et qui doit être respecté. La médecine a fait et fait encore des progrès considérables. Qui repoussent sans cesse les frontières de la mort. Et nous voilà confrontés à une question qui est bien au-dessus du médical. Je suis désolée, les enfants...

Elle pleure à nouveau.

— Je voudrais tellement qu'il se réveille sans séquelles, que tout recommence comme avant... Je veux le retrouver, lui... son sourire, ses silences, sa peau... ses colères aussi, sa façon de râler après les mots croisés, ses inquiétudes pour vous, les enfants, surtout toi, Adrien... Oui, Adrien, ton père s'inquiète beaucoup pour toi, je peux te l'assurer... Il n'est certainement pas dans l'indifférence, non... Je veux retrouver nos souvenirs, ensemble, nos disputes au sujet de la pâte à crêpe, des projets aussi, oui, nous en avions encore... La pâte à crêpe... Je le revois encore me dire que, finalement, le rhum n'aurait jamais été inventé sans l'esclavage... Et il riait de sa bêtise...

L'intensité de ses larmes redouble.

J'entends quelqu'un se lever et se diriger vers l'endroit d'où venait la voix de Mathilde. Sûrement Léo. J'entends une étreinte.

Les tissus froissés. Les caresses perdues au milieu des larmes, dans un concert d'une effroyable tristesse. Tout le monde pleure, désormais. Ils se sont levés, se serrent les uns contre les autres, s'embrassent, se cajolent. Je sais que Zoé et Adrien, si farouchement hostiles l'un envers l'autre il y a quelques minutes, se serrent très fort. Antoine semble inconsolable. J'entends désormais ce que pourrait être, ce que sera sans doute, la scène de mon enterrement. Expérience unique, mais je n'éprouve aucune envie de faire la moindre ironie ou le moindre sarcasme à ce sujet. En fait, virtuellement, mentalement, je me joins à leurs larmes, ma douleur communique entièrement avec la leur. Je les ai entendus se disputer, exprimer de la colère, de la jalousie entre certains d'entre eux. J'ai entendu des choses difficiles à entendre, parfois même cruelles, mais ils s'embrassent comme ils n'embrasseraient personne d'autre. Ils s'enlacent comme ils n'enlaceraient personne d'autre. Il existe un lien indestructible au-delà des tempêtes, des calmes plats, des secousses, de l'ennui, des exaspérations ou des désaccords. Un lien qui les unira devant mon cercueil. Un lien d'autant plus unique et fort qu'ils ne l'ont pas choisi. J'esquisse, virtuellement, bien sûr, un sourire : nous formons une famille…

Je me sens épuisé. Harassé. Vidé. Au bout de mes forces. Je ne sais combien de temps s'est écoulé depuis la visite de ma famille, mais je ne cesse d'y repenser. Je tourne en boucle leurs arguments contradictoires. Les propos au sujet de l'héritage m'ont blessé. Au-delà de l'étonnement, je suis profondément contrarié par le fait qu'Adrien n'avait pas totalement tort dans ses propos au sujet de ces histoires de succession. Trois questions me viennent à l'esprit :

Suis-je contrarié par le fait qu'Adrien ait plutôt intelligemment soulevé certaines poussières que je pensais avoir mises sous le tapis ?

Ou suis-je contrarié par le fait que j'aurais dû en parler en toute franchise afin de mettre les choses au clair, mais je m'aperçois alors que je n'aurais eu en fait aucun argument pertinent à mettre en avant pour expliquer ma position.

Ou suis-je tout simplement contrarié parce que je réalise, une fois de plus, et cette fois sur un sujet sensible, que notre vie a beaucoup surfé sur le non-dit pendant des années ?

C'est sans doute la dernière question qui me heurte le plus. Je constate à nouveau que nous nous connaissons sans nous connaître, en fait. Nous nous parlons sans nous parler. Et pourtant, nous nous aimons. Est-ce le fonctionnement le plus répandu au sein des familles ? Je n'ai pas vraiment de point de vue sur la question, mais si c'est le cas, je trouve cela terrifiant. Ceci dit, cela pourrait-il être autrement ? Peut-on tout se dire ? Au risque de se fâcher. Car le non-dit qui me taraude est bien celui qui sert toujours d'antidote aux conflits. Pas celui de la pudeur ou de l'habitude.

Une certitude me revient : nous ne choisissons pas nos enfants. Par contre, s'il y a des gens que nous choisissons, ce sont bien nos amis. Et à ce titre, je ne sais que penser de l'attitude d'Antoine.

Adrien avait raison : qu'est-ce qui justifiait la présence d'Antoine dans cette ultime visite, compte tenu des questions soulevées ? Il est certes mon meilleur ami, mais en attendant, je l'ai davantage entendu dans son rôle de lobbyiste des directives anticipées plutôt qu'en véritable soutien moral. Je ne peux pas totalement lui en vouloir, puisqu'il milite pour la cause et que c'est lui qui m'a convaincu de signer ce foutu papelard, mais son évidente influence auprès de Mathilde me met mal à l'aise. Et forcément me revient l'histoire de leur amourette avortée. Un non-dit de plus…

Je balaie d'un revers de neurone cette dernière pensée, que je trouve totalement futile, voire parasite, tout en osant espérer que la question sera traitée un jour…

Antoine et ses convictions, Antoine et son militantisme, qui a toujours flirté avec le prosélytisme. Il me vient une métaphore pour le moins désagréable : c'est comme s'il m'avait conduit dans une impasse, pour ensuite… continuer sa route… Antoine vit avec ses certitudes, qu'il considère comme universelles. Un aspect de sa personnalité que je n'avais pas vraiment identifié jusqu'ici. Est-ce que cela pourrait altérer la suite de notre amitié, si suite il devait y avoir ? … Aucune idée. Tiens, je me suis posé cette question de façon spontanée, ce qui démontre bien que je n'ai pas abdiqué ! J'ai encore le sens de l'anticipation. Je me projette ! D'autant plus que les désaccords dont j'ai été le témoin me laissent forcément un répit supplémentaire… Ils ne sont pas d'accord, c'est le moins que l'on puisse dire. Et du coup, je suis pour l'heure le bénéficiaire de la lapalissade qui assène que l'on règne mieux lorsque le monde est divisé…

Ce répit… Je devrais m'en réjouir, jusqu'à jubiler ! Je devrais virtuellement bondir de joie comme un cabri en faisant valser les cotillons ! …

Et pourtant, c'est un sentiment de malaise qui s'empare de moi. Et je sais surtout que ce malaise, que je sens dériver peu à peu vers la lisière du mal-être, est causé par la différence de position entre Adrien et Léo d'un côté, et Zoé de l'autre, de toute évidence concertée avec sa mère. Ce que je constate est à mes yeux une aberration : c'est mon fils aîné, avec lequel j'ai eu les relations les plus compliquées tout au long de ma vie, qui se trouve être le meilleur avocat pour mon maintien en vie (bien soutenu par son frère cadet), et c'est ma fille, celle dont je me suis senti le plus proche depuis toujours, qui se montre la plus prompte et la plus volontaire à enclencher le processus final. Bien sûr que j'ai entendu les arguments de l'un – qui consiste à dire qu'il a en quelque sorte besoin de régler ses comptes avec moi – et de l'une – qui peut être résumé par le fait qu'elle veuille garder le meilleur souvenir possible de moi – et ils sont tous deux entendables. D'autant que, si j'y réfléchis bien, ils se rejoignent, en quelque sorte ! C'est bien l'absence d'amour d'un côté qui pousse à espérer en avoir un jour, et le sentiment de plénitude de l'autre qui pousse à refuser qu'il soit altéré par le moindre coup du sort.

Soit. Il n'empêche. Ce constat m'afflige. J'ai toujours considéré que l'amour devait justement être porté vers l'autre. L'attitude de Zoé est en fait égoïste. Elle se focalise sur son ressenti à elle, sur ce qu'elle ne veut pas, elle, pour sa propre vie. Mais ce qui m'arrive, pour moi, lui est finalement relativement secondaire. Et de façon diamétralement opposée, le point de vue d'Adrien est plus ou moins similaire. Les motivations sont, quelque part, les mêmes. Pour régler ses problèmes à lui, lui aussi. C'est Léo qui s'est montré le plus empathique et le plus pertinent. Mais cela est-il réellement une surprise ?

Je souris. Intérieurement, bien sûr.

Je n'ai pas beaucoup parlé avec Adrien tout au long de ma vie, et pourtant, il a compris l'essentiel. Cela me confirme bien que nous ne choisissons pas les enfants que nous mettons au monde. Ils viennent à travers nous, mais nous ne les choisissons pas. Ma relation avec ce fils aîné a toujours été tendue, c'est le moins que je puisse dire. Et pourtant, à l'arrivée – ou juste avant le poteau – j'ai trouvé en ce fils complexe et si éloigné de moi mon meilleur défenseur. Ironie d'un sort insoupçonné. Adrien vient de me prouver en quelques minutes son empathie et sa clairvoyance au-delà de ce que j'aurais pu imaginer. Ces qualités n'ont pu lui tomber du ciel en franchissant le pas de cette porte. Il les a forcément développées au long de sa jeunesse et de sa vie d'adulte, sans que j'en discerne la moindre particule. De toute évidence, je n'ai jamais vraiment pris le temps de le regarder ou l'écouter. Trop vite agacé par sa nonchalance ou ses emportements, je me souviens avoir attendu avec impatience le moment de son départ à chacune de ses visites à la maison… Je n'ai jamais cherché à le sonder davantage, renonçant très tôt à tenter de gratter sa carapace. Et ce n'est que dans la situation extrême que je traverse que je prends conscience de cela. Que de temps perdu ! Ou alors, histoire de me draper d'une mauvaise foi rassurante, il vient d'avoir, lui, un éclair de génie que personne n'aurait pu deviner jusqu'ici tant l'épreuve que ma famille traverse le pousse à se sublimer ?! …

Réfléchir à l'attitude d'Adrien ne fait que grandir une réelle amertume. Je ne vois pas d'évènement fondateur dans son enfance pour que je m'en éloigne à ce point. Les dés étaient pipés dès le départ en ce qui me concerne. Sur n'importe quelle « carte chance » qu'il eût pu tirer sur son parcours, j'y aurais sans aucun doute inscrit « reculez de trois cases » ou carrément « allez en prison sans passer par la case départ ». Le comble est quand même que c'est grâce à lui que je peux jouir d'un répit supplémentaire ! Il s'est façonné sans moi, ou peut-être en opposition à moi, ce qui est après tout particulièrement formateur…

Je réalise aussi à quel point une fratrie est quelque chose de troublant. On se retrouve au milieu d'autres personnes, aîné, au milieu, ou cadet, que l'on n'a pas choisies, mais avec lesquelles nous allons devoir vivre notre enfance, et ensuite, avec lesquelles nous allons devoir gérer certains problèmes essentiels de l'existence alors que nous sommes dans le fond très différents, voire opposés. Le même foyer, la même éducation, et pourtant… Au moins, dans les relations professionnelles, dans lesquelles nous devons faire face à de nombreux conflits, nous savons quand même en principe pourquoi nous sommes là, alors que dans une fratrie, la raison de notre présence reste une éternelle énigme métaphysique. Ai-je vécu quelque chose de similaire avec ma propre sœur, subitement disparue à l'orée de sa ménopause ? Je ne pourrais le dire, mais il y a quelque chose de comparable : le sentiment que cette personne, avec laquelle j'ai été élevé, était, quoi qu'on en dise, une étrangère. Alors que je l'adorais… Lointain souvenir, presque effacé par le temps, érodé comme un rocher balayé pendant des millénaires par la marée, ou plutôt comme un caillou de rivière travaillé et façonné par les alluvions, c'est-à-dire par ce qui survient postérieurement. Et en l'occurrence, cette vie postérieure, c'est celle construite auprès de Mathilde, qui, peu à peu, a flouté mon enfance et ma jeunesse dans ma mémoire.

Et avec ma sœur, nous n'avons jamais été confrontés à la question soulevée par mes enfants et qui me hante sans relâche depuis cette visite mouvementée : celle de l'héritage. Je fus le seul à gérer la fin de vie, puis hériter de nos parents, ce qui était de toute façon bien maigre.

Une pensée terrifiante me vient à l'esprit, que j'ai jadis entendue comme boutade de comptoir, mais qui s'avère en ce jour pertinente avec une acuité particulièrement acide :

En fait, les rapports que nous entretenons avec nos semblables, nos amis ou nos proches ne sont faits que pour passer le temps. Les vraies relations ne se révèlent que lorsque surviennent les enjeux financiers ou de pouvoir...

Je trouve cette affirmation d'un cynisme et d'un pessimisme consternants, mais les échanges entendus dans cette chambre ne peuvent qu'apporter de l'eau au moulin de cette triste « vérité ». En certaines circonstances, qui touchent en partie à l'essentiel, se met alors en place le « tout-à-l'ego »...

Le discours « officiel » de Zoé est chargé d'humanisme, quelque part, cette envie de ne me voir revenir que comme le père qu'elle a connu. Un peu comme le soleil qui revient forcément à l'identique, à quelques nuances météorologiques près, de la veille. Mais Adrien a vu juste. Je sais qu'il a vu juste. Je n'arrive pas à lâcher du lest quant à cette union avec ce Bertrand. Et signer une donation me pèse. Du moins, me pesait. Car il en serait peut-être différemment s'il me venait l'opportunité de me réveiller de tout ça. Mais il est peut-être trop tard. Zoé a finalement « intérêt » à me voir partir et elle m'enterrera avec un goût d'inachevé, avec une rancœur à mon égard. Si j'étais en plein « état de marche », je ne sais si j'aurais assez de larmes pour exprimer la tristesse que cela me procure.

Vaut-il mieux vivre avec des regrets ou avec des remords ? Question universelle, sans réponse universelle, que je me suis déjà posée à propos de voyages manqués. Mais pour l'heure, il vaut mieux vivre tout court.

Si je me réveille, comment cela se passera-t-il avec les miens ? Moi qui en sais plus aujourd'hui sur eux et sur moi-même que le jour de mon malaise, comment arriverais-je à gérer tout cela ?

J'irais voir Zoé avec un chèque en lui disant : « Coucou, tiens, je vais te faire la donation que tu attends depuis des plombes… »
Non. Bien sûr que non. Pas si simple.
Je sais très bien que mon regard sur les choses est aujourd'hui influencé par la situation extrême que je traverse. Qu'en serait-il si j'étais totalement « guéri » ? Retrouverais-je de facto les arguments que je considérais comme incontournables lorsque ma vie oscillait entre mots croisés, crêpes et saxophone et que mon aversion pour ce Bertrand prenait l'ascendant sur toute autre considération ?
Je me déteste.
Je me fatigue.
Je suis las.
À ce moment, je sais que j'aurais du mal à me regarder dans une glace. Dire que je ne suis pas fier de moi est un cruel euphémisme.
Et si je restais ainsi pendant des mois, des années, des lustres non mesurables ? À vieillir ainsi, sans mouvement ni activité autre que cérébrale. Sans paroles, sans échange, sans sourire, pourrais-je supporter cela ?
Tout d'un coup, je suis pris d'un violent vertige. Non, je ne veux pas de cela non plus. Une éternité sans intérêt, sans projet, sans lendemain. M'endormir sans pouvoir me dire que demain sera un autre jour. Ne plus jamais dire « bonsoir » ou « bonne nuit », qui ne sont que des promesses…
J'en viens à l'instant à souhaiter ne plus me réveiller, que… que mes directives anticipées soient bel et bien respectées ! Car, même si je les ai signées sans en prendre toute la mesure, je ne divaguais pas non plus. Elles correspondent bien à ce que je pense profondément de ce genre de situation. Cette vie vaut-elle d'être vécue ? Des années sans contact avec le monde !…
Non !!! Au secours !!!

Mathilde et Zoé ont raison de dire que c'est ce que j'aurais voulu. Elles témoignent à raison de mes volontés...

Dans mon esprit, il y avait jusqu'ici deux alternatives :

Ou bien on favorisait mon décès, ou bien on mettait tout en œuvre pour me sortir de là. Mais il y en a bel et bien une troisième, la pire : me laisser ainsi !... Permettre à mes fonctions vitales de faire leur travail, et puis voilà... Sans que quiconque n'ait idée que je bouillonne, gesticule, me débatte intérieurement. Que je sois comme une pieuvre prise dans un filet et qui déploie une énergie titanesque à vainement s'en défaire.

J'en viens à donner pleinement raison à ces directives anticipées. Oui, j'avais raison de vouloir cela. Cette vie-ci ne présente aucun intérêt et ne peut être source que d'incurables souffrances psychiques. Je vais devenir fou. Ce sera ma seule échappatoire. Fou à hurler à la mort, fou à me faire exploser la tête contre les murs, fou à insulter et injurier la Terre entière. Altérer ma conscience de façon à ne plus souffrir de mon sort. N'être plus qu'une bête, un animal maintenu sur la planète par la magie de cathéters renouvelés par des inconnues.

Je veux qu'on me laisse le choix. De la même façon que je désirais vivre à tout prix il y a encore peu, je veux cette fois m'en aller. Je veux le dire, l'exprimer, le demander, le supplier. Je réalise encore une fois que ce droit au changement d'avis est la pierre angulaire de tout, comme l'a argumenté Adrien.

Adrien et Léo qui, finalement, si je vais au bout de leur raisonnement, seraient prêts à me laisser ainsi, car ils se disent que je jouis peut-être d'un état d'esprit flottant, très agréable à vivre... Jolie façon, aussi, de se débarrasser du problème, quelque part...

Même dans cet état de stress intense, rien, rien ne se passe. Je ne sens ni mon cœur s'accélérer ni mon ventre se nouer. Rien. Toujours rien. Désespérément rien.

Puisque rien ne bougera, rien n'évoluera.

Je ne vois plus l'intérêt que je pourrais avoir à me battre. Contre qui et contre quoi ? Je n'ai aucun cancer qui me ronge.

Seule, dans un coin de mon portefeuille, une carte de quelques centimètres carrés de plastique reste vitale…

Je souris.

Intérieurement, bien sûr.

Et je n'ai plus que cela : sourire tout seul de vagues traits d'humour que je me fais à moi-même. Le plus souvent de façon jaunâtre.

Et en parlant de carte vitale, l'addition doit effectivement être drôlement salée pour la collectivité, mais en toute honnêteté, cela m'est complètement égal.

Je veux m'endormir. Sereinement, apaisé, tranquille. Bercé par quelque doux souvenir de mon passage sur Terre. Comme si je m'endormais dans les bras de Mathilde ou de Zoé. Tel un nourrisson inconscient. Ne plus rien ressentir. Plus de mot à mettre sur telle ou telle sensation. Ne plus souffrir. Ne plus être fatigué, ne plus avoir peur et partir vers le grand mystère. Juste un endormissement.

Dormir. Morphée pour l'éternité. Je sais que mes phases de sommeil sont nombreuses et durables. Certainement plus longues que mes phases de veille. Après tout, le sommeil est indolore et ne pose aucun problème. Ça doit donc être cela, la mort… Ni plus ni moins qu'un éternel sommeil, comme l'ont décrit ou imaginé toute la poésie et la littérature depuis des lustres. Rien de plus, rien de moins.

Il me vient alors une phrase prononcée par Zoé lors de cette dernière visite :

« Tout comme sont encore restés à ce jour tous les exercices de stimulation mis en place par les toubibs et qui n'ont toujours rien donné. »

Ainsi, on me stimule ? Ou du moins, on m'a stimulé ?

Eh bien, je ne me suis aperçu de rien ! À part cette musique que l'on m'a diffusée il y a déjà longtemps, je n'ai aucun souvenir d'une quelconque stimulation de mes sens. Cela veut donc dire que cela s'est passé à chaque fois pendant mon sommeil et que, par conséquent, mes phases de sommeil sont bel et bien plus longues que mes phases de veille. Je suis peut-être passé à côté d'une véritable chance...

Et si j'avais moins dormi ? Si j'avais été éveillé pendant ces exercices, aurais-je pu répondre présent ? Ces exercices sont-ils d'ailleurs définitivement révolus ? Ou le corps médical y procède-t-il encore ? Si j'avais moins dormi, aurais-je eu une chance de m'en sortir ? Ou alors, leurs exercices sont-ils à ce point inefficaces ?

Tellement inappropriés qu'ils ne me réveillent même pas ! Toutes ces questions se bousculent dans mon cerveau et m'auraient, en d'autres temps, donné la migraine... Mais elles ont le mérite d'insuffler à nouveau le moteur de tout combat : le doute.

Et si, et si... je réfléchis... moi, moi... je n'avais pas tout tenté ? Si je ne m'étais pas totalement rendu disponible aux sollicitations extérieures ? Comment se fait-il que je ne me souvienne que des visites des aides-soignantes, notamment de Sandra, et d'aucun médecin ? D'aucun infirmier ou infirmière ? Pourquoi ?

Voilà un mystère qui commence à s'épaissir et qui présente l'avantage de me faire, à nouveau, changer d'avis !!! ...

Je dois répondre à ces questions. Et après, seulement après, je verrai si je veux, oui ou non, aller dans le sens de mes directives, et souhaiter me laisser choir dans le sommeil définitif...

Bon. Qui ne tente rien n'a rien. L'adage millénaire n'est pas sans fondement. Alors, faisons-lui confiance. De toute façon, je ne risque rien. Puisqu'une partie de ma volonté a déjà envisagé la fermeture du rideau, je ne vois pas où je pourrais tomber plus bas. Quelles sont donc les possibilités qui me sont offertes ? Reprendre mon travail mental sur les « manosses », « piedosses » et tutti quanti ? Force est de constater que ça n'a pas été jusqu'ici une franche réussite. Cela m'a occupé, certes, cela m'a donné de l'espoir, cela a même été agréable, je ne peux pas dire le contraire, mais objectivement, je suis toujours aussi enfermé dans ma coque qu'au début et je me sens toujours aussi loin d'un réel retour vers le monde. Peut-être cela m'a-t-il permis de ne pas voir mon état se détériorer encore davantage. Que je maintienne une ligne de flottaison constante. Il m'est bien évidemment impossible de répondre à cette question, puisqu'il m'est impossible de vérifier quoi que ce soit ou de recueillir le moindre avis médical pertinent sur le sujet. Cela a par contre le mérite de constituer une pensée positive, douce et apaisante. Dans le doute, je préfère le réconfort du versant positif d'un questionnement.

Je dois m'accrocher. Je dois, je dois, je dois… ou… je veux ? Ce n'est pas tout à fait, ni même pas du tout, la même chose !

Entre vouloir et devoir, il y a un gouffre.

Je ne dois rien à personne. Par contre, j'ai encore mon libre arbitre et ma volonté. Celle de tout tenter pour sortir de cette prison absurde. Oui, je VEUX m'en sortir. À la seconde où je pense, je VEUX cela. Ce qui ne veut pas dire que je n'aurai peut-être pas changé d'avis dans cinq minutes. Peu importe. Là, je veux m'en sortir. Je le désire. J'en ai la volonté. Et ce n'est pas de la méthode « Coué »…

Et le courage ?

Je pense que ma relative bonne santé mentale actuelle, après tout ce temps passé ici, est bien la preuve de mon courage et de ma résilience.

Alors je vais juste me reconcentrer une nouvelle fois sur le seul objectif qui puisse me laisser une chance de m'en sortir : rester éveillé le plus longtemps possible de façon à faire diminuer mes temps de sommeil et ainsi avoir une chance d'être disponible à la moindre tentative de sollicitation sensorielle émanant du corps médical. Je ne comprends toujours pas pourquoi aucune « rencontre » n'a été réalisée à ce jour. Un simple hasard ?...

J'ai maintes fois tenté de rester éveillé pour être « présent » lors des visites de mes proches, il va me falloir maintenant obtenir le même résultat vis-à-vis du corps médical.

Alors, de façon à me maintenir en alerte, je vais pousser encore plus loin ma concentration.

Bon.

Exercices algébriques exhumés de mon certificat d'études, bribes de dictées, calcul mental, c'est amusant un moment, mais vite rébarbatif, car il n'en résulte aucune joie. Ces histoires de trains partis de deux villes de France distantes de plusieurs centaines de kilomètres, roulant à des vitesses différentes, et dont l'heure du croisement constitue la question demandée ont plus de chance de produire l'inverse de l'effet escompté sur mon cerveau. Virtuellement, j'en bâille déjà... Comme ont dû bâiller des générations et des générations d'élèves, mais pas trop non plus, car ils risquaient, en toute impunité républicaine, un bon coup de règle sur les doigts...

Alors je ne vois pas d'autre solution que reprendre mes rêveries liées à ma vie. Et ne choisir que les moments les plus fous, les plus doux, les plus agréables, les plus positifs ou joyeux. De façon à ce que le plaisir m'éloigne le plus possible du sommeil.

Déjà, je peux par exemple commencer par me remémorer toutes les compositions des équipes de France aux Coupes du monde 1966, 1978, 1982, 1986, 1998, 2002, 2006, 2010 et 2014, celle de 1958 s'étant jouée alors que j'étais vraiment gamin et qu'il n'y avait point de télévision à la maison pour vibrer sur les exploits des Bleus en Suède. Ça en fait des joueurs, des sélectionneurs, des souvenirs de matches épiques ou navrants, des buts incroyables ou inespérés ! Des équipes composées d'artistes ou de commandos dont les patronymes ont, à travers les époques, témoigné de la place de l'assimilation étrangère dans la société française. Budzynski, Djorkaeff, Révelli, Trésor, Platini, Tigana, Fernandez, Stopyra, Karembeu, Zidane, Pirès, Thuram, Pogba…

Je revois la demi-finale de Séville en 1982, le match du siècle, le France-Brésil de 1986, celui, pas mal non plus, de 2006 avec un Zidane touchant les nuages, et puis l'incroyable match contre la Hongrie en 1978 que la France joua en maillot blanc rayé de vert parce que l'arbitre s'aperçut juste avant le coup d'envoi que les deux équipes étaient en blanc !! … Il suffisait à l'une des deux équipes de jouer avec son jeu de maillots de rechange, mais l'équipe de France avait déjà renvoyé ce deuxième jeu au pays puisqu'elle était d'ores et déjà éliminée avant ce match pour du beurre. Les Hongrois avaient proposé aux Français leurs maillots rouges, mais le gardien, tout de rouge vêtu, avait refusé de changer de maillot. Un imbroglio incroyable qui retarda le coup d'envoi dans la confusion générale et bouleversa la programmation des chaînes du monde entier. C'est finalement des motards qui furent envoyés dans le centre-ville avec une mission simple : trouver des maillots colorés ! Ils revinrent avec des maillots blancs rayés de vert, prêtés gentiment par un petit club de banlieue, pendant longtemps animé par des pêcheurs de la région. Les Français entrèrent sur la pelouse avec des shorts bleus et ces maillots vert et blanc, provoquant l'hilarité du public argentin qui se mit à entonner des chants à la gloire de ce petit club. Le lendemain du match, l'intendant de l'équipe de France déclara que cet incident était entièrement de sa faute, mais qu'il ne pourrait être pénalisé, car… il était entièrement bénévole ! … Impensable de nos jours, où il doit bien y avoir pour l'équipe de France une bonne dizaine d'intendants professionnels, un pour les lacets des chaussures, un pour le cirage, un pour les lacets de rechange, un pour le cirage en temps de pluie, un pour les shorts, un pour les caleçons, et un aussi sans doute pour les crèmes épilatoires de ces messieurs, sans parler de celui préposé aux tatouages… Je caricature à peine. Autres temps, autres mœurs…

Curieusement, ce n'est pas le titre de 1998 qui me laisse le plus de souvenirs, au niveau sportif, j'entends, même si la liesse populaire cet été-là fut bien la plus dense et la plus fervente qu'il m'eût été donné de voir.

Quant à 2010, autant mourir tout de suite…

Bon. Très sympa le football, mais ça ne va pas me tenir en haleine des jours et des jours non plus…

Je me dois de naviguer aussi à travers des souvenirs plus personnels. Ce n'est pas la première fois que je le fais, il va sans dire. Je vais essayer de fouiller encore davantage, de ne pas me contenter de faire ressurgir les évènements majeurs comme la naissance de mes enfants ou leurs premiers pas.

Par exemple, retrouver le jour de ma rencontre avec Antoine. Je revois très bien le contexte, le lycée hôtelier de La-Roche-sur-Yon, l'époque oui, mais le moment précis où nous nous sommes vus pour la première fois, je n'en ai pas le moindre souvenir… Le brouillard le plus total dans mon esprit.

Je ne vais pas chercher la petite bête là où elle ne se trouve pas. Cette évacuation de ma mémoire n'a pas réellement de signification, sans doute. La capacité de stockage ou de perte de données par nos neurones reste un mystère et se trouve peut-être plus aléatoire que notre besoin de tout expliquer pourrait le laisser supposer.

Alors j'essaie de laisser une place à l'aléatoire, ou plutôt, j'essaie de fonctionner par associations d'idées, un peu à la manière d'un cadavre exquis. Par exemple, si je pense au mot « plage », j'essaie de me remémorer celle qui m'a le plus marqué. Et j'entends alors le chant des mouettes. Et du coup, ces mouettes me font partir vers le monde des oiseaux. Et ainsi j'essaie de me remémorer les oiseaux que j'ai préférés lors de mes pérégrinations rurales ou bucoliques. Quoiqu'il existe une variété invraisemblable d'oiseaux dans nos villes. J'aurais aimé apprendre à reconnaître le chant des oiseaux. Il existe des stages pour cela. Mais la plupart d'entre eux consistent en fait à s'initier à l'ornithologie alors que, pour ma part, seul le chant des pinsons, bergeronnettes, colibris, mésanges ou autres étourneaux m'intéresse. Je me moque éperdument de la taille de leurs œufs, de leur période de nidification ou de la façon dont ils élaborent leurs fatras de branchages et de mousse. Ce sont tous des piafs à mes yeux et je ne leur reconnais que leurs talents sonores. Et pour faire de l'ornithologie, il faut se confronter aux… ornithologues, que j'identifie avant toute chose comme des barbus illuminés parlant à voix basse en souriant devant n'importe quel perdreau à plumes, avec l'appareil photo argentique en bandoulière et des chaussettes dans les sandales… Ce qui ne m'empêche pas du tout d'avoir toujours aimé être réveillé à l'aube par le chant des oiseaux, leurs conversations agitées, érotiques, paraît-il, et mystérieuses.

Tiens, une question. Le chant des oiseaux relève-t-il de l'art ? Je me souviens avoir discuté avec Zoé de la question alors qu'elle abordait un jour ce sujet en Terminale. Intéressant, et tenter à nouveau d'y répondre, en reprenant le fil des arguments développés à l'époque, va me faire gagner quelques minutes de veille, j'en suis certain.

En résumé, bien sûr que non, il ne s'agit pas d'art, car même si nous, auditeurs, sommes charmés, l'art nécessite qu'il y ait volonté et intention de la part de l'artiste de créer une œuvre. Or un oiseau n'agit que par son instinct et non par sa volonté. Et jusqu'à preuve du contraire, ces bestioles ne chantent pas pour nous autres humains… Point à la ligne.

Mon petit jeu de cadavre exquis me conduit en toute logique à divaguer maintenant vers le monde de la musique, surtout celui du jazz, bien entendu. Jusqu'à présent, ce petit jeu fonctionne plutôt bien. La rapidité avec laquelle je saute d'une pensée à une autre, d'une sensation à une autre, à travers des flashes de souvenirs jusqu'ici enfouis, semble me tenir éloigné du besoin de m'endormir. C'est bon signe. Alors, allons-y pour la musique.

À la seconde, il me vient *Mack the Knife*, standard des années 50, dont j'adore la version de Bobby Darin, crooner moins célèbre que Sinatra, mais néanmoins magnifique. J'adore dans cette chanson sa façon de ponctuer son chant par des petits « hun-hun », « hum hum », « oh-oh », « anh-anh »…

J'ai toujours eu des difficultés à jouer ce morceau au sax. Le groove, a priori évident, ne l'est pas tant que ça. Mais bon, depuis que j'ai entendu ma famille commenter mes talents de musicien, le doute s'est immiscé dans mon esprit et je n'ai pas envie, pour l'heure, de chercher des arguments pour une éventuelle défense. Ce serait une démarche totalement inutile, et complètement dénuée de sens. On « verra » plus tard…

Par contre, je ressens une petite satisfaction. Rien ne me prédisposait à jouer de la musique. Fils d'un mécanicien automobile totalement hermétique aux joies musicales et d'une femme de ménage qui ne connaissait que deux chansons de Maurice Chevalier et trois de Tino Rossi, je peux dire que je ne suis pas né avec une clé de sol autour du cou. Et de façon générale, je pense qu'une vie réussie, pour reprendre une affirmation d'Antoine, est une vie qui contredit de façon volontaire ses déterminismes... Rien que sur le plan musical, je peux dire qu'en partie, oui, j'ai réussi quelque chose. Et n'en déplaise à tous les grincheux !

Mais je sens poindre un danger avec ce jeu de cadavre exquis. Celui de me laisser embarquer vers une sorte de bilan de ma vie qui ne manquerait pas de me mettre dans un inconfort dont le sommeil serait alors... une parfaite échappatoire !

Pour dresser ce bilan, je me dis que j'ai encore du « temps », les jours et les nuits que l'on voudra bien me laisser...

En attendant, je dois lutter !

Alors quoi ? À quoi penser ? Où voyager dans les méandres de ma mémoire ? Quel sujet aborder ? Des souvenirs de vacances, des blagues de comptoir, des mots croisés, des conversations à refaire ou défaire le monde ? Vite, il me faut trouver une solution. Je ne veux pas m'endormir. Je ne dois pas dormir. Si on vient me titiller, je veux être « présent »...

Me titiller... Tiens tiens... Le mot est amusant et mutin. Je réalise à cet instant que depuis que je suis ici, à part le doux souvenir de mon premier flirt avec Nicole, je n'ai eu aucune pensée à coloration érotique. Je ne me suis jamais concentré sur ce type de souvenirs, d'ailleurs. J'ai même tout fait pour en évacuer les embryons. Pourquoi donc ? Parce que mon état implique une sûre et certaine frustration à l'arrivée ? Peut-être... Il n'y a en tout cas aucune raison morale à ce que je ne repense pas aux plus beaux moments sexuels partagés avec Mathilde. Il y en eut d'ailleurs de magnifiques. J'adorais lui acheter de la lingerie, mon plaisir consistant à mettre en valeur ce qui à mes yeux était le plus féminin et désirable dans son corps, et qui a contrario la complexait quelque peu : la générosité des courbes de ses hanches.

Magnifique, torride, fabuleux, je revis à l'instant des moments charnels qui à eux seuls vous rendent heureux d'être présent sur cette planète. Un mélange d'instinct animal et de désir. Un mélange de volonté et de sentiment incontrôlable. Je ne parle pas d'amour ici. Mais bien de désir et d'appétit sexuel, d'union des corps, des peaux, des hormones et des sécrétions…

Parfait, parfait, je ne suis pas près de m'endormir…

— Allez, allez, on le torche en vitesse, on est super à la bourre...

Allons bon ! Alors que mes pensées étaient particulièrement agréables, je n'apprécie guère l'entrée intempestive de Sandra. Animée par l'énergie d'un bulldozer, elle est accompagnée, semble-t-il, par la même personne que la première fois. Je l'entends s'agiter avec frénésie à mes côtés. Elle ne vient jamais seule. Un peu comme les gendarmes motards, ou les plongeurs sous-marins, ça se fait toujours en binôme. Preuve qu'il s'agit d'un métier dangereux ! Plus prosaïquement, j'imagine bien qu'il lui serait impossible de me basculer sur le côté et de me manipuler en solo... Indice éclatant que je n'ai pas tant maigri que cela... Je me sens d'humeur badine, bien que contrarié par cette arrivée en fanfare.

— Allez, allez, grouille, il est plus de onze heures et on en a encore quatre comme ça derrière... J'en peux plus de ce boulot de merde...

— Attends, attends, je peux pas aller plus vite que la musique.

Il s'agit bien de la même collègue que la première fois. Je ne m'étais pas trompé. J'ai donc dorénavant acquis un sens nouveau : celui de ressentir les énergies des gens sans les voir ni les entendre parler. J'en suis bien content. Voilà un gage d'adaptation qui, outre le fait qu'il m'octroie une faculté supplémentaire pour l'avenir, démontre que nos sens savent coopérer entre eux. L'aveugle développe son ouïe et son toucher, le sourd développe sa vue, etc.

Les deux préposées au maintien d'un niveau acceptable de mon hygiène s'activent. J'entends leurs respirations cadencées par leurs efforts pour me soulever, me basculer, sans – évidemment – que je ne distingue le haut du bas, la droite de la gauche. Pour moi, je suis toujours à la même place. Sans aucune notion ni sensation de mon corps.

— Tiens, il ne nous l'avait pas encore fait, celui-là... remarque la « collègue » dont j'ignore toujours le prénom...

— Quoi donc ?

— La demi-molle.

— Lol. Fais voir...

J'entends Sandra se déplacer.

— Pfff, ben ouais, je fais plus gaffe. De toute façon, c'est complètement réflexe. Ça n'a rien à voir avec le désir ou quoi que ce soit... C'est mécanique. J'ai vu des comateux encore plus proches de la mort que lui bander comme des ânes...

Je me sens parcouru par un incroyable frisson virtuel...

Je ne dois pas laisser passer cette chance... Apparemment, cela ne m'était jamais arrivé auparavant, d'après ce qu'elles viennent de dire. Mais si cela se produit à l'instant, c'est que ce sont mes pensées érotiques qui en sont la cause...

Elles sont pressées. Tant pis. Je dois leur envoyer un « message », si je puis dire... Je dois me concentrer... Ne penser qu'à Mathilde. Mathilde et sa lingerie. Ses guêpières, ses dentelles, la douceur de sa peau, le galbe de ses fesses et de ses cuisses. Je savais depuis un moment que c'était par Sandra que j'entrerais en communication avec le monde des vivants, sans en identifier le moyen. C'est le moment.

Là, ici, maintenant.

À l'instant.

À la seconde.

Mathilde, Mathilde, Mathilde. Nos nuits d'il y a trente ans. Tu étais tellement belle et désirable, Mathilde…

Elle avait raison de me dire l'autre fois qu'il n'était pas normal que nous n'ayons pas plus de relations charnelles. En y regardant de plus près, en me focalisant sur l'étincelle qui nous fit nous unir à nos débuts, il y avait moyen que je retrouve une part de ce désir. La preuve en est là aujourd'hui, et il a fallu que je sois dans l'urgence absolue, au pied du mur, coincé entre le rien et le néant pour que j'en prenne conscience. À bien y réfléchir, c'est franchement triste. Mais je réfléchirai plus tard.

Je peux repenser à Nicole aussi, et sa poitrine d'extraterrestre. Je découvrais, j'étais minot, peu importe, ça peut encore fonctionner…

Il faut que ces aides-soignantes comprennent que je ne suis pas en proie qu'à de la mécanique…

L'exercice est délicat. Car l'urgence de la situation, et son stress en corollaire, sont antinomiques avec l'état que je souhaite faire perdurer. Je pense que l'on pourrait parler d'oxymore comportemental !

Respire, Pierre. Et concentre-toi tranquillement.

Je suis vite rassuré :

— Euh… par contre, là… c'est plus vraiment une demi-molle…

Ça marche !!!

J'ai de toute évidence rejeté toute notion de pudeur à l'arrière-plan.

Sandra :

— Tiens, c'est bizarre… Tu l'as lavé ?? Ou tu l'as asticoté ?? …

Elle éclate de rire.

— Ben non, t'es con. J'ai rien fait de plus…

— Attends, on va voir…

— Arrête, on est à la bourre, tu as dit…
— On s'en fout. On peut rigoler un peu…
— Tu fais quoi ?? T'es complètement barge !!! Si un toubib rentre, on est foutues…

Et voilà Sandra partie dans des gémissements caricaturaux de films pornos de série Z, tout en faisant je ne sais quoi… Et j'avoue que ça me plaît d'entendre cette vie complètement décalée autour de moi. Cette Sandra excentrique, sans retenue et sans complexe.

— Putain, ça lui plaît au papi.
— Vieux cochon, oui. Il n'a pas pris son pied depuis combien de temps, celui-là ?…
— Arrête, je te dis.
— Nom de Dieu !!!!!!!

Sandra vient de crier cette interjection…

— Putain de nom de Dieu, Coralie…

Ah ben voilà, elle s'appelle Coralie. Mais je m'en fous !

— Quoi, qu'est-ce qu'il y a ?
— Mais tu ne comprends donc pas ?
— Ben non…
— Mais on n'est plus du tout dans la mécanique, là… Il réagit ! Il réagit… Il est excité par mes conneries… Donc… il me sent… donc, il m'entend… Il m'en-tend… Tu comprends ça ? Il m'entend. Il ressent ! Donc, il est… putain, il est… carrément vivant, ce mec !!!…

Je sens que je vais défaillir. Je me sens aussi proche de l'objectif qu'un nageur épuisé qui n'a plus que deux mètres à parcourir pour toucher le premier l'arrivée avec cinq centièmes d'avance sur son poursuivant… Un terrible stress m'envahit…

Continue tes réflexions, Sandra… Parle tout haut. Tu n'es pas loin. Tu n'as plus qu'une chose à dire…

— On ne va pas en parler aux toubibs, on n'a pas le temps... et ça craint...

— Mais t'es conne ou quoi, toi ? Bien sûr que si, on va en parler, et tout de suite ! Ce mec est conscient, je suis sûre que ce mec est conscient... Putain de nom de Dieu de bordel de sa mère la pute !!!

Je sens que je vais flancher, éclater en sanglots...

Sandra. Je savais que mon salut viendrait par elle et que je devais, d'une façon ou d'une autre, entrer en contact avec elle. Mais je n'aurais jamais imaginé cette procédure-là... Peu importe. Seul le résultat compte. La « morale » passera après.

J'entends les deux filles se précipiter hors de ma chambre.

Le silence reprend ses droits.

Je ne suis pas essoufflé, mais j'en ressens la sensation. J'ai le sentiment d'avoir accompli un effort surhumain.

Épuisé. Terrassé. Laminé.

Le silence s'abat encore davantage.

Et tout d'un coup, l'angoisse...

L'angoisse des sous-mariniers naufragés qui ont cru détecter un navire arriver à leur secours alors qu'il n'en est rien... Le navire trace sa route, imperturbable...

L'angoisse de l'alpiniste solitaire victime d'une grave entorse en pleine montagne par grand froid, convaincu que l'hélicoptère qui passe à quelques encablures l'a vu... mais non... Le bourdonnement s'éloigne et avec lui les espoirs de revoir le jour se lever le lendemain...

Et si les médecins renvoyaient aux chères études qu'elles n'ont pas faites ces deux écervelées impertinentes ?

Et s'ils étaient overbookés au point de reporter à demain leur visite, et puis demain, ils auront autre chose à faire, et puis ils oublieront...

Et si, pas de chance, ils ne sont pas là aujourd'hui. Les infirmières leur en parleront, promis, car le médecin de garde ne veut prendre cette responsabilité, mais la consigne finira par tomber dans les oubliettes, que sais-je ?

Et si, pire, Sandra changeait d'avis, reculant devant la situation de porte-à-faux que ne manquerait pas de produire chez elle le récit de ce qu'il s'est passé à des gens qui, quelque part, sont ses supérieurs ?

Oui, j'avais des pensées érotiques. Mais ça, elle ne le sait pas. Elle doit être persuadée que ce sont ses amusements à elle qui ont provoqué cet état chez moi.

D'ailleurs, j'avoue que ses gémissements, plutôt crédibles, ont eu l'effet de la fameuse deuxième lame de rasoir qui vient achever le poil avant qu'il ne se rétracte... Et qu'une gamine de toute évidence plus jeune que ma propre fille puisse générer, d'une façon ou d'une autre, ce genre de choses sur moi me met mal à l'aise. Un malaise que je balaie très vite, il y a une autre urgence...

Que Sandra se sente responsable est une bonne chose, car cela l'a mise sur la bonne voie. Mais est-ce avouable de son point de vue ? J'ai de sérieux doutes. Comment va-t-elle trouver les mots ? Ne risque-t-elle finalement pas de se dire que ça n'en vaut pas la peine, que je ne suis qu'un patient anonyme parmi d'autres, un numéro de chambre, un condamné impersonnel broyé par la machinerie hospitalière ?

Même si je ne le sens pas et que je suis incapable d'en mesurer la fréquence, je sais que mon cœur bat à deux mille à l'heure.

La porte s'ouvre à nouveau.

Plusieurs pas.

Je reconnais la voix de ce cher médecin.

Soulagement !

— Bon, bon, bon, reprenons toutes les mesures, si vous le voulez bien... Nous referons ensuite un scanner complet.

J'entends, avec un trac à couper le souffle, des bruits inidentifiables à mes oreilles.

Le trac, l'espoir, la crainte se mêlent...

Je sais que c'est ma dernière chance.

— Monsieur Letuyer, est-ce que vous m'entendez ? ... Si c'est le cas, pouvez-vous, à votre choix, remuer un doigt, ou un orteil, ou une paupière ?

J'essaie de me concentrer sur ma main droite, celle pour laquelle j'eus le plus de résultats lors de mon investigation des « manosses ».

J'y mets toute mon énergie, toutes mes forces mentales.

Bouge ton index, Pierre.

Bouge-le.

Je t'en supplie.

J'ai l'impression qu'il bouge, je sens qu'il bouge. Je suis convaincu qu'il bouge.

— Toujours rien, Docteur ? lance une voix féminine inconnue.

— Rien. Désespérément rien.

— Pourtant, d'après ce que nous ont expliqué ces aides-soignantes, il ne doit pas être loin du réveil...

— Hum. Ma confiance est très limitée dans cette Sandra Gourvennec.

(*Tiens, elle est bretonne... mais je m'en fous...*)

— Une vraie petite mytho. Et toujours en train de rouspéter après la Terre entière.

— Certes, mais elles n'ont pas pu l'inventer. Je ne vois pas bien leur intérêt à faire cela...

Au moins, le toubib connaît Sandra. Les rapports professionnels ne sont donc pas tout à fait ceux d'une froide multinationale. Voilà une bonne nouvelle.

Pourquoi mon index ne bouge-t-il pas, alors que j'y mets toute la volonté du monde ? C'est quand même pourtant plus simple de bouger un doigt que d'aller chercher mentalement des suggestions érotiques afin d'exprimer charnellement mon désir !

Respire, Pierre. Et laisse-toi aller. Tranquille.

Tu es conscient depuis le début. Tu n'es pas loin. Ils ne doivent pas quitter cette chambre avant que tu n'aies montré un signe.

La porte s'ouvre à nouveau.

Mathilde, j'en suis sûr ! Je reconnais ses pas.

Elle a mis les petites chaussures marron qu'elle s'était achetées à la suite d'un coup de cœur il y a deux ans en bord de mer. Je m'en souviens très bien. Elle les adore. Le bruit qu'elles provoquent est reconnaissable entre tous. J'en déduis que nous sommes à la mi-saison, comme on dit… Printemps ? Automne ? C'est une autre histoire…

Une chose est sûre : je ne peux pas rester dans cet état pour le monde extérieur tout en jouissant d'une telle acuité intérieure.

— Excusez-moi, Madame Letuyer, mais ce n'est pas le moment pour la visite… Une urgence…

— Tout va bien ? s'inquiète Mathilde.

— Oui oui… mais nous devons vérifier deux, trois choses…

La voix féminine inconnue renchérit :

— Au contraire, Madame Letuyer, c'est une très bonne chose que vous soyez là… Restez…

Je ne sais à qui appartient cette voix, mais elle est remplie de chaleur, d'intelligence et de bienveillance. Une interne, sans doute. Qui n'hésite pas à prendre des initiatives, sans trop se soucier de l'avis du « patron ».

Une attitude que, pour ma part, j'aurais fustigée si elle avait émané d'une serveuse pendant ma carrière. Peu importe. Ne mégotons pas sur les opportunités qui s'offrent à moi, furent-elles « éloignées » de mes valeurs.

Je suis pris soudainement d'une sensation jusqu'alors inconnue. Ou plutôt non, que je connaissais autrefois, il n'y a pas si longtemps, mais qui me semble remonter à plusieurs siècles, pratiquement à une autre vie : je ressens un vertige.

Un vertige qui n'a rien de virtuel, mais est bien réel... Je me sens partir en apesanteur, ou comme dans un grand huit de fête foraine, avec des sensations de haut-le-cœur et de frissons indescriptibles dans le ventre. Je vole, plane, tombe en chute libre, puis remonte telle une feuille de chêne ou de bouleau prise dans les caprices du vent, telle une plume soufflée par la bouche brouillonne d'un enfant de six ans. Je sens quelque chose que je n'avais pas ressenti depuis des lustres, quelque chose qui me remplit, qui est en moi, et qui me fait mal... Ça brûle. Au niveau de la poitrine, de la trachée. C'est... mon Dieu, oui c'est bien cela... c'est de... l'air que je ressens ! Je retrouve la sensation de l'air dans mes poumons et ces retrouvailles ne sont ni indolores ni anodines. Si je ressens cela, c'est que je suis sur la bonne voie. C'est un vieux réflexe qui se remet en marche, à la fois troublant, rassurant, mais terriblement douloureux.

— Pierre, Pierre, tu m'entends ?... Je suis là...

Mathilde.

« Je suis là. » Ces mots résonnent étrangement à mes oreilles. Jusqu'à présent, c'est moi qui ai pensé cela très fort, comme un appel. Le « je suis là » de Mathilde est quant à lui presque maternant, d'une volonté rassurante et apaisante, ce qui est très cohérent avec cette sensation d'air dans mes poumons, peut-être comparable à celle que ressent un nouveau-né lors de sa première prise d'air au moment de sa naissance. Je n'en sais rien et ni moi ni personne ne pourra jamais le savoir, mais il y a de cela dans ce que je vis en cet instant, quelque chose de l'ordre d'une naissance, ou d'une renaissance. Disons même plutôt d'une renaissance.

Je sais que je remonte, je ne peux pas me tromper. Car j'ai mal dans ma poitrine.

Voilà une partie du corps que je n'avais pas cherché à faire revivre mentalement et à laquelle je n'avais pas pensé... Et il est vrai que notre conscience du plexus solaire, à part dans des cours de yoga, de danse ou de méditations diverses, est quasi nulle dans nos quotidiens.

La douleur s'intensifie.

Le processus est-il inexorable et dois-je lui faire confiance ou existe-t-il un risque de rechute ?

La réponse ne tarde pas à venir.

— De l'oxygène, vite, placez-le sous oxygène, crie le médecin, très tendu.

— L'encéphalo repart...

— Parfait. Mais activez-vous sur l'oxygène, bordel !...

Accroche-toi, Pierre. Tout le monde est avec toi, à présent. Aie confiance.

Laisse-toi guider.

La douleur ne cessant d'augmenter, j'essaie de penser à autre chose. Mais je suis rattrapé par de terribles vertiges, par des sensations de chutes d'ascenseur sur plusieurs étages avec l'appréhension de me fracasser en mille morceaux sur le sol. Je me sens emporté dans un tourbillon d'énergies contraires.

Bien que je n'aie jamais expérimenté ce genre de sport extrême dans ma vie, je me sens ballotté sur une coque de noix perdue en plein cap Horn ou en plein Atlantique Nord, à la merci de forces supérieures et aléatoires.

Mathilde ne cesse de me parler, de m'encourager. Si ce n'était pas une voix féminine, on pourrait comparer son énergie à celle d'un homme assistant sa compagne pendant l'accouchement. À la différence que le verbe « pousser » est totalement absent de son vocabulaire…

J'en souris. Intérieurement, bien sûr… Quoique non… Je sens des douleurs se propager dans tout mon corps, irradiant mes membres et mon visage.

Je peux peut-être sourire. Pour de vrai. Pour communiquer un sentiment à quelqu'un. Mais je n'ai pas la force de l'éprouver tant mes douleurs sont intenses.

Mon corps se réveille par mille courbatures insupportables. Celle dans les reins est à la limite du tolérable.

Mathilde continue ses encouragements.

Je sens maintenant quelque chose de nouveau… Ma main gauche. Prise dans un étau.

C'est Mathilde qui me la serre. Je le sais. Oui, c'est cela, Mathilde me tient la main et je le sens…

— Il bouge !!!!

Mathilde a hurlé cette exclamation, explosant en sanglots.

— Oxygène !!

— Mais on ne risque pas de lui faire une suroxygénation ? lance l'interne.

— Quelques secondes, comme un coup de fouet… Allez-y…

J'ai l'impression d'être à bord d'un vaisseau spatial de cinéma dans lequel tout l'équipage se bat contre des avaries causées par des attaques de lasers ennemis.

Les bibs-bips, que je n'entendais même plus, s'intensifient, à me faire exploser les tympans.

La pièce n'est plus qu'une salle des machines en pleine ébullition.

Une nouvelle douleur dans la poitrine, et aussi dans le ventre. Quelque chose d'incontrôlable et d'insupportable.

Je me mets à tousser ! Très violemment.

La douleur est terrible dans ma trachée. Comme si je régurgitais des kilos de matières parasites accumulées pendant des siècles.

Je sens quelque chose de froid et désagréable posé sur mon visage : le masque à oxygène, bien évidemment…

Mathilde continue, en essayant de maîtriser ses hoquets, de m'encourager.

Tout d'un coup, le voile noir qui envahissait mon esprit s'éclaircit, je «vois» apparaître des couleurs multiformes et tourbillonnantes, à la manière d'un kaléidoscope… Si je n'avais pas toutes ces douleurs dans le corps, je trouverais le moment magique et carrément psychédélique.

Me voilà en plein clip de Pink Floyd !!

Ça faisait longtemps que je n'avais pas vu de choses aussi belles. Sans mes douleurs, je resterais bien volontiers ici, dans cet état…

Peu à peu, les couleurs se mélangent, comme des arcs-en-ciel disparaissant et se fondant en une seule couleur : la lumière blanche.

Ébloui comme un chat en pleine errance nocturne par l'arrivée inattendue et fatale d'un 4x4, ou comme un musicien amateur qui découvre lors de sa première représentation publique que les projecteurs d'un théâtre sont comparables au phare d'Audierne. Ou même pire.

J'ai l'impression que la lumière rentre en moi, qu'elle me brûle les yeux, la rétine, le nerf optique et le cerveau dans un même assaut guerrier.

Mon corps remonte, comme un plongeur parti en flèche depuis plusieurs dizaines mètres et qui ne respecte pas, malgré lui, les paliers de décompression. Ma tête va imploser.

J'ai mal. J'entends un cri de bête, mélange de râle d'ours et d'«aboiement» de chevreuil, sans tarder à comprendre que ce cri émane de ma personne.

— Calme-toi, Pierre. Tout va bien. Tout va bien.

La voix de Mathilde est apaisante. Elle me caresse le crâne.

Moi qui pensais il y a peu que nous traversions finalement nos vies désespérément seuls, j'atténue sur-le-champ mon point de vue...

Dans la lumière blanche et ultra-agressive, je distingue bientôt une ombre, vite identifiable comme un visage.

Les traits se dessinent. Les cheveux, le regard, le sourire.

D'une infinie tendresse.

Mathilde.

Une larme coule sur sa joue...

— J'avoue que vous représentez un cas d'école que je n'avais encore jamais connu. C'est totalement incompréhensible. Vous semblez bien évidemment très fatigué et diminué, mais vous devriez n'avoir perdu aucune de vos fonctions cognitives. Je ne comprends pas…

Le médecin qui me parle est bien celui que j'entendais, et je dois reconnaître que sa physionomie est bien moins austère que le son de sa voix ne le laissait penser. Blouse blanche, la cinquantaine bien entamée, des lunettes qui donnent une intelligence supérieure au regard, la panoplie du professeur de médecine est remplie. Mathilde est assise à mes côtés et ne me quitte pas des yeux.

En arrière-plan, affairée à je ne sais trop quoi, je distingue la silhouette qui doit être celle de la jeune interne. Mais il m'est impossible de distinguer son visage.

Je suis encore dans un état vaporeux, perclus de douleurs et de courbatures monstrueuses, mais il m'est impossible de me mouvoir complètement. Je me contente de cligner des yeux, hocher la tête ou agiter les doigts. Mais l'intensité de mon regard fait sans nul doute comprendre à mes interlocuteurs que je comprends tout ce qu'ils me disent.

Le médecin reprend :

— Une question me taraude aussitôt, M. Letuyer. Bien sûr, nous allons vous laisser vous reposer et reprendre des forces avant d'entamer un long processus de rééducation… Dans votre cas, un retour à une vie normale doit se faire tranquillement et par étapes… Nous allons vous surveiller encore pas mal de temps ici, ne vous inquiétez pas… Mais forcément, pouvez-vous me répondre par oui ou par non, en remuant doucement votre tête ou en clignant des yeux, comme vous voudrez, depuis quand êtes-vous... réveillé, en fait, si je puis dire ? ... Avez-vous, selon vous, gardé votre conscience avec vous depuis tout ce laps de temps ? ...

La question est terriblement piégeuse. Mon premier réflexe est de répondre spontanément « non ».

Il reprend :

— Je vous demande cela parce que nous savons depuis peu que le rythme cardiaque réagit aux stimuli sonores chez les personnes conscientes. Or, dans votre cas, votre rythme cardiaque est resté stable tout le temps. Même lorsque nous vous diffusions de la musique à des tempos différents... Donc vous semblez être resté inconscient, mais votre bonne santé actuelle semble démontrer le contraire... Votre cas est vraiment un mystère...

Je réalise sur-le-champ que ma réponse était la bonne, car elle signifie : « Non, je n'étais pas conscient. Non, je ne me souviens de rien. Et surtout, je n'ai rien entendu de tout ce qui a pu être dit dans cette pièce pendant toute mon hospitalisation. »

Je n'ai bien évidemment pas encore eu le temps de réfléchir à la question sereinement, mais il va de soi que si tous les membres de ma famille réalisent que j'ai en fait entendu tout ce qu'ils se sont dit ici même, il y a là le germe pour que nos relations ne reviennent jamais à la normale...

Alors la réponse est la bonne. J'ai menti.

Un mensonge que je confirme en hochant à nouveau la tête : non.

Mathilde ne me quitte toujours pas des yeux. Je ne sais si elle a détecté ma fraude ou si elle a la tête ailleurs.

Pour l'heure, je me sens terriblement fatigué.

— Bien, bien, reprend le médecin. Nous en reparlerons...

Je le sens dubitatif. Ses appareils ont peut-être enregistré chez moi des activités cérébrales caractéristiques de l'état de conscience. Des mesures qu'il découvre maintenant et qu'il n'a pas été foutu de découvrir plus tôt.

Défaillance technique ? Négligence ? Incompétence ?

Je suis à nouveau surpris de n'avoir gardé aucun souvenir des diffusions de musique à des tempos différents dont il m'a parlé... Y en a-t-il eu tant que ça ? Ou dit-il cela pour faire bonne figure devant Mathilde ?...

Je n'ai absolument pas la force de réfléchir à tout ça. Ce n'est pas le moment, et cela m'est en fait complètement égal en cet instant. L'heure n'est pas encore venue de juger, ni même de demander des comptes.

J'ai un mal de crâne d'une intensité extrême et je n'ai toujours pas les moyens de m'exprimer. L'usage de la parole m'est encore impossible. À peine suis-je en capacité de balbutier quelques syllabes dénuées de sens.

Je sais que j'ai peur, en fait. Peur de quelque chose de tout bête : m'endormir.

Que le cauchemar recommence. Que mon sommeil soit si profond que mon corps préfère cette fois y rester pour de bon. Je ne sais pas trop si j'ai peur de la mort ou de repartir dans ce coma, mais je sens bien que le sommeil va m'envahir. Tout en ayant une peur bleue de ce sommeil. Et je ne peux toujours poser aucune question pour que l'on me rassure simplement.

Aie confiance, Pierre. Tu es protégé, dorénavant.

Je me répète ces mots.

On frappe à la porte.

« Entrez » répond le toubib, et je vois apparaître le museau d'une jeune fille de vingt-cinq ans environ. Elle n'a pas besoin d'ouvrir la bouche pour que je comprenne de qui il s'agit.

— Oui, Mademoiselle Gourvennec, vous désirez... ?

— Non, non, excusez-moi, je passais pour... pour voir si tout allait bien...

— Tout va très bien, oui. Merci, Mademoiselle. Merci à vous...

L'inclinaison de mon oreiller me permet de voir en un éclair les traits de Sandra. Elle non plus, je ne l'aurais jamais imaginée ainsi ! Presque blonde, le teint clair, de grands yeux noisette, la silhouette plutôt frêle, je m'étais mentalement créé une fille robuste, plutôt brune, avec une physionomie de type méditerranéen. Sans aucun doute, son phrasé et son vocabulaire m'ont embarqué sur la voie de clichés sociétaux sur lesquels je méditerai à tête reposée.

Juste en partant, car le médecin, sans avoir besoin d'être clairement explicite, lui a fait comprendre que sa présence dans cette pièce n'était pas franchement indispensable, elle croise mon regard, rougit imperceptiblement, esquisse l'infime amorce d'un sourire et me lance la plus belle chose qu'il m'ait été donné de voir depuis une éternité, avec toute la bonté et l'empathie dont l'humanité, sur son plus beau versant, est capable de donner, et de la façon la plus simple et la plus spontanée qui soit :

Un clin d'œil...

Je réalise à quel point cette pièce est laide. J'y ai passé quinze mois et neuf jours exactement. Quinze mois entre ces murs d'un bleu pâle à faire se suicider un dépressif, même perfusé d'antidépresseurs et de chocolat. Comment est-il donc possible que l'on place ici des malades avec toutes leurs facultés visuelles ? Être soigné et séjourner ici relève du parfait oxymore. Cela revient à obliger un daltonien à peindre, de mémoire, un arc-en-ciel...

Ainsi, j'ai vécu quinze mois dans ce cagibi. Tourner en boucle cette réflexion me donne le vertige.

Mes articulations vont légèrement mieux. Aussi puis-je effectuer de tout petits mouvements de rotation du cou qui m'ont permis de découvrir qu'il y a bel et bien une fenêtre qui laisse filtrer une dose acceptable de lumière naturelle. Des fauteuils, une table, une lampe, la machinerie médicale à laquelle je ne comprends rien et qui m'a peut-être abandonné dès le départ, et face à moi, je distingue une porte qui doit donner sur un cabinet de toilette sommaire. Territoire encore inconnu et prohibé pour moi.

Il est cinq heures du matin. Retrouver la temporalité des horaires n'a pas été si facile que ça. Comme un nourrisson, je dois réapprendre à « faire mes nuits ».

Mais je n'ai pas sommeil.

Euphémisme ! Je sens mes facultés carrément à leur sommet, oui.

Bon. Et maintenant, que vais-je faire ? Comme le chantait Gilbert Bécaud, star absolue des années 50 et 60 – pour lequel les filles cassaient des fauteuils en arrachant les nœuds de leurs cheveux trop bien coiffés – et dont les moins de trente ans n'ont jamais entendu parler aujourd'hui ! L'art populaire est bien programmé pour une certaine obsolescence, et c'est en grande partie ce qui fait son charme, d'ailleurs…

Que vais-je donc faire ?

Les retrouvailles ont été émouvantes avec tout le monde, mais je remercie mon cerveau de ne m'avoir toujours pas octroyé la récupération de la parole jusqu'à présent. Qu'aurais-je alors bien pu dire si cela avait été le cas ? Ma situation ne supporte ni la moindre banalité météorologique ni le moindre épanchement plus profond, puisqu'il me placerait obligatoirement dans l'embarras du mensonge.

Comment pourrais-je regarder Zoé dans les yeux en lui disant que tout va bien et que je suis tellement heureux de la revoir ? Bien sûr que j'ai été ému de la serrer dans mes bras et l'humidité de ses pupilles ne faisait qu'accentuer mon émotion, mais quelque chose est quand même coincé en travers de ma gorge.

Je ressasse le fait que Zoé fût la plus fervente militante pour accélérer mon décès. J'ai entendu son point de vue pour se justifier, mais le fait est là. Alors, dans la chaleur de l'étreinte sincère que nous avons partagée, je n'ai pu évacuer cette pensée de mon esprit. Même s'il me tarde qu'elle puisse, comme elle en avait émis le souhait lors de sa visite en solo, me faire manger une purée ou une compote. Et cela ne devrait pas tarder, car j'ai retrouvé hier, pour la première fois, la sensation de faim. Un plaisir indéfinissable, d'ailleurs. Il est temps que l'on mette mes perfusions au placard !

Mais pour en revenir à ma fille, comment pourrais-je aborder le sujet de la donation comme si de rien n'était, comme si je ne savais pas ? De même, comment aller voir Adrien, le prendre par l'épaule, et lui dire « allez, viens, fiston, on va causer tous les deux… » ?

Comment pourrais-je même, de façon totalement détachée et sereine, placer le bec de mon saxophone dans ma bouche ?

Comment passer du temps avec Antoine et Mathilde, à table ou ailleurs, sans que mon expression ne trahisse déception, inquiétude, suspicion ou même dégoût ?

Il est impossible que je puisse faire cela. Je me trahirais moi-même, incapable d'assumer une comédie qui n'aurait aucun sens, puisqu'elle ne serait destinée à… aucun spectateur !

Tout le problème se trouve résumé dans cette réalité : ils ne savent pas que je sais. Et moi, je sais qu'ils ne savent pas que je sais. Il me semble bien qu'en dramaturgie, cet état de fait porte un nom, que j'ai oublié. Les auteurs de théâtre ou scénaristes de cinéma connaissent cela par cœur : on donne une information au public que le personnage, lui, ne sait pas… Ce qui fait que le spectateur a un « temps d'avance » sur le personnage. Processus mille fois utilisé dans les films d'épouvante ou d'angoisse. Une femme rentre chez elle tranquillement alors que nous avons vu dans le plan précédent qu'un serial killer l'attend derrière le buisson… Angoisse !! Savamment soulignée par les violons de la musique… Je ne sais vraiment plus comment on appelle cela. C'est Léo qui m'en a parlé alors que nous assistions à un spectacle de Guignol avec Jeanne et Louis. Guignol usant de ce procédé à l'extrême, en interaction avec les enfants, puisque lui et le gendarme ne cessent de se courir après en demandant aux jeunes spectateurs où est passé l'autre…

Léo… Assurément le plus intelligent et le plus diplomate de tous. Il a bel et bien pris ce qu'il y avait de positif chez chacun en laissant le « mauvais gras » au bord de l'assiette. Je ne sais si je peux en être fier. Pourquoi serait-on fier de ses enfants, d'ailleurs ? Nous ne faisons pas grand-chose pour les faire, en fait, n'en déplaise à la gent féminine. Nous laissons faire un processus naturel qui nous dépasse complètement. Qui, je le concède aisément, fatigue physiquement un peu plus les mères que les pères, soit. Mais le fruit réel de notre volonté est quasiment nul. Ensuite, nous les éduquons. Oui, nous avons alors là une part de responsabilité, nous avons une partie des « commandes » entre les mains. Mais pas tant que ça, Adrien en est pour moi la preuve… Je suis convaincu que nos enfants ont dès le départ une personnalité qui leur est propre. Nous pouvons guider, orienter, conseiller, mais rien de plus, je crois. Je suis toujours surpris lorsque j'entends des gens proclamer leur fierté vis-à-vis de leurs enfants. Surtout lorsque ces enfants ont réussi quelque chose, des études brillantes, une carrière ou une performance… Mais, à ce que je sache, ce ne sont pas eux qui ont réussi cela, mais bien leurs enfants !!! … On ne peut être fier, il me semble, que de ce que l'on a réussi soi-même… J'éprouve pour ma part une certaine fierté tout de même lorsque je regarde mon parcours professionnel, parce que c'est moi qui l'ai construit. Même si l'éducation de mes parents y est pour quelque chose, il va sans dire, il n'empêche, c'est moi qui me suis levé chaque matin pour aller turbiner. Pas eux. Et c'est la même chose pour mes enfants. C'est Zoé qui est allée chercher son diplôme de prof d'anglais. Pas moi. Ni Mathilde. C'est Léo qui s'est forgé son intelligence par les expériences qu'il a traversées. Pas moi. Ni Mathilde. Bon, je n'ai rien à dire sur Adrien, je m'en serais douté… Quoique, si ! A contrario, ce n'est pas pour me déculpabiliser entièrement, mais je ne suis pas non plus responsable de toutes les âneries et incohérences de mon fils aîné. Je suis assez fatigué par une époque qui explique et justifie tout par les déterminismes, au point de faire parfois la courte échelle à des victimisations trop faciles…

Le rôle de parent est bien le plus difficile et le plus ingrat qui soit. Le seul pour lequel nous sommes tous complètement imparfaits, sans pouvoir compter sur le moindre remplaçant, d'ailleurs…

Il aurait été tellement plus simple que je ne sois conscient de rien. Que je me réveille comme si j'avais passé une simple nuit, tel que le font les astronautes de *La planète des singes* qui s'étirent et se débarbouillent après un sommeil de plusieurs siècles comme s'ils s'étaient couchés la veille... Que reste-t-il d'un coma sans conscience ? Qu'il ait duré quelques heures, une semaine ou trois ans, quelle notion du temps en garde-t-on après ? C'est comme une opération, je suppose. Que l'intervention ait duré quelques minutes ou plusieurs heures, l'anesthésie générale nous fait perdre toute notion du temps. Et tant mieux...

Ce que j'ai vécu est hors du commun. Rester aussi longtemps en état de conscience sans pouvoir communiquer avec l'extérieur ne doit pas arriver tous les jours. Et le toubib n'a pas besoin de me le confirmer pour que je le devine aisément.

En somme, cette tranche de vie hors du commun se situe sur deux niveaux.

Le premier est purement médical. Une expérience rare que les scientifiques ne manqueront pas de chercher à comprendre. Je pressens aisément que je serai à l'avenir souvent sollicité pour raconter mon histoire et témoigner de ce que j'ai vraiment vécu afin d'aider les chercheurs à en savoir un peu plus sur notre organe central. J'aurai sûrement des examens à passer aussi. Et je ne vois aucune objection à cela. Je ne vois pas au nom de quoi il me viendrait à l'idée de me soustraire à ce genre de coopération. Autant que cela serve à d'autres indirectement.

Le deuxième niveau est d'un autre ordre. Plus personnel. De par cette situation, je le redis, j'ai entendu des informations, des opinions que je n'aurais pas dû entendre, qui auraient dû rester secrètes ou tues. Est-ce positif d'avoir eu cette connaissance ?

De toute évidence, le non-dit fait partie intégrante de nos vies. Qu'il soit volontaire ou non, calculé ou non, de façon stratégique ou naïve, utilisé comme bouclier protecteur de façon totalement réflexe et inconsciente, par mimétisme des générations précédentes, il est sûrement présent dans toutes les familles de tous les milieux. Tout, ceci dit, n'est pas à mettre dans le même sac.

Le non-dit quant à la perception de mes talents de saxophoniste n'est pas de même nature que celui cherchant à dissimuler la pseudo-relation passée entre Antoine et mon épouse, ou celui qui occulte les reproches dont a fait part Zoé.

Et je dois reconnaître que moi aussi, j'ai été producteur de non-dits et de silence. Jamais je n'ai pris la peine de parler avec Adrien, jamais je n'ai eu le courage de dire à Zoé, et même à Mathilde – même si je pense qu'elle s'en doute largement – ce que je pensais de Bertrand… Un fonctionnaire gauchiste et syndicaliste avec un poil dans la main aussi long qu'une corde à sauter, qui ne peut avoir beaucoup de grâce à mes yeux. Même si le long séjour que je viens d'effectuer dans un établissement appartenant au service public m'a démontré qu'il y travaillait des gens particulièrement dévoués et submergés de boulot. Toute pensée tournée vers Sandra Gourvennec me fait sourire…

Et cette fois-ci, pour de bon…

Comment, et de quel droit, aurais-je pu avouer en toute franchise ce que je pensais de Bertrand à Zoé dans le blanc des yeux ?

Je me dis aussi que tout notre couple, avec Mathilde, a été construit sur le non-dit. Et, en y repensant, est-ce cette accumulation de non-dits, ces habitudes, qui ont finalement empêché mes proches, notamment Mathilde, de me parler davantage pendant toute cette épreuve ? Tel un blocage.

Il est bien évidemment trop tard pour revenir en arrière. Alors j'essaierai, au fil du temps, petite touche par petite touche, de remédier à tout ça, de polir l'aspect trop anguleux de nos existences.

Mais attention, Pierre. Ce que tu as appris est une chose. Mais cela ne doit pas complètement bouleverser ta vie. Ce n'est pas à ton âge que tu vas tout changer non plus ! Et certainement pas ton mode de fonctionnement, pour commencer.

Si je n'y prends garde, je sens que j'ai tous les ingrédients pour une bonne déprime. Même si je ne retournerais pour rien au monde là où j'étais il y a encore une semaine, je ressens une analogie avec la situation du navigateur solitaire pour qui le retour dans le monde civilisé est forcément compliqué.

Non, ta vie n'est pas pourrie, non, elle n'est pas un échec, oui, tu as fait des choses bien, et des erreurs aussi. Comme tout le monde. Avec, à la base, des cartes, des atouts et des boulets.

On se débrouille. On fait ce qu'on peut avec ce qu'on a. Vérité de comptoir ô combien pertinente.

Ta vie, Pierre, n'est ni meilleure ni pire que des millions d'autres gens sur cette planète. Tu as aimé, tu as été aimé, tu t'es battu pour certaines valeurs, tu as gagné certaines batailles, tu en as perdu d'autres.

Tu as vécu, tout simplement... Et ce n'est pas fini ! Aborde la suite en ayant une vision sur la bouteille à moitié pleine, un peu comme lorsque tu as pris la décision de te concentrer mentalement sur tes « manosses » ou « piedosses ». Tiens, d'ailleurs, je demanderai au médecin comment s'appellent ces os-là, finalement...

Il rira lorsque je lui dirai comment je les appelais...

Je réfléchis deux secondes.

Non, il ne rira pas. Parce que lui raconter cela reviendra à avouer que j'avais toute ma conscience...

Et si... Et si, et si je l'avouais à la médecine en lui faisant jurer de ne jamais le révéler à mes proches ?...

Impossible, voyons ! L'info sortirait immédiatement dans les médias et la presse ! Je vois déjà le titre : « Il reste 15 mois dans le coma tout en étant parfaitement conscient et entend tout ce qu'il se passe autour de lui ! »

Bien que le titre soit trop long pour n'importe quel journal, je vois bien le tableau, oui…

Tant pis. Le médecin ne rira pas, alors.

Je gamberge à nouveau.

Mais en fait, je suis piégé !! … Si je veux aider la science, je n'ai pas le choix, je dois dire toute la vérité. C'est d'une banale évidence. C'est même à ce niveau-là que mon témoignage peut être utile et faire avancer la connaissance.

Je vais donc devoir l'avouer.

De toute façon, comment pourrais-je rester des années avec ce secret en moi ? Que ce soit pour ma vie intime, vis-à-vis des miens avec lesquels je vivrais de perpétuels « je ne peux lui dire ça, car il ou elle n'est pas censé(e) le savoir » avec l'épée de Damoclès qui risque de me faire sortir LA bourde à tout moment, ou que ce soit vis-à-vis de… de l'humanité tout entière, en fait !

À chaque fois que j'entendrai parler d'une personne dans le coma, je me demanderai si elle vit la même chose que moi, tout en sachant que je n'aurai pas fait le maximum pour aider la médecine à progresser dans ce domaine ?

Impossible !

Oui, ça, c'est impossible.

C'est comme sortir miraculeusement d'un accident de la route et continuer de refuser de donner son sang par la suite…

Donc je vais le dire, et tout le monde le saura.

Je respire un grand coup, car je ressens à l'instant la même sensation qu'avant une audition au sax : le trac.

Réfléchissons.

Je peux peut-être couper la poire en deux.

Étant donné que je ne devrais retrouver l'usage de la parole que dans de longues semaines, ma famille peut attendre... L'urgence est bien d'en parler aux médecins. En leur faisant promettre d'attendre que je retrouve le langage avant de rendre publiques mes révélations. Je ne vois pas en quoi cela poserait de réels problèmes. Je suis convaincu que le médecin comprendrait très bien ma demande. En lui expliquant en toute franchise les tenants et les aboutissants, il acceptera.

Et du coup, je lui parlerai des « manosses » et « piedosses »....

Je souris.

Et me sens quelque part soulagé par cette prise de décision.

Au gré de mes pensées, je constate tout d'un coup que pas une seule fois pendant tout ce séjour hors du monde, que ce soit volontairement lors de mes exercices de vagabondage mental, de concentration, ou de façon inopinée, je n'ai repensé à un évènement quand même marquant de ma vie ! Enfin, marquant en théorie, apparemment, puisque je n'y ai pas pensé une seule fois :

Le jour de mon mariage !

Voilà quand même tout un branle-bas de combat qui, avant, procure plus de stress que tous les examens d'un surdiplômé réunis et qui, ensuite, marque le reste de l'existence au fer rouge de photos fièrement érigées sur des cheminées et des postes de télévision. Et lorsque j'ai cherché des évènements majeurs de mon existence, il m'est revenu l'achat de la bague, oui (preuve d'une facture vécue douloureusement à l'époque ?), le jour de noces proprement dit restant quant à lui aux abonnés absents... Je n'arrive pas franchement à m'expliquer cela et j'avoue que cela m'amuse plutôt, en fait. Le principal est bien que je considère Mathilde comme LA personne majeure de ma vie, après tout. Le reste, ce qui relève du témoignage de notre union aux yeux de la République – et donc des impôts – est tout de même secondaire...

À quoi bon se marier, après tout ? J'en parlerai avec Mathilde, à l'occasion. Elle appréciera.

À ce sujet, je dois reconnaître que Bertrand a toujours été très clair avec Zoé. Pas de cérémonie de noces, on ne sait jamais ce qu'il peut se passer dans la vie, et puis ça coûte cher pour une seule journée ! Je ne peux donner entièrement tort à ce bougre, d'autant que ladite cérémonie, à qui en incombe la facture, hein ? Je vous le demande…

Les occasions de sourire en pensant à ce Bertrand sont suffisamment rares pour que je ne profite pas un peu de celle-ci…

Mon esprit divague à nouveau.

Il me vient une dernière question, qui, celle-ci, me taraude franchement.

Puisque j'en parlerai à tout le monde, il faudra quand même que j'aie une vraie conversation de fond avec Antoine au sujet de ces directives anticipées. J'ai bien entendu les arguments des uns et des autres. Je ne peux m'empêcher de continuer de penser, au-delà de mon cas personnel, qu'anticiper une décision est par définition contraire au principe du droit à changer d'avis. Adrien avait bien raison sur ce point. D'autant que, et j'en suis la preuve, nous ne savons pas grand-chose de ce qu'il se passe aux frontières de la mort. Peut-être les gens souhaitent-ils encore prolonger au maximum ce qu'il leur reste de vie, même s'ils ont signé noir sur blanc ces directives quelques années plus tôt…

Surtout que la maîtrise de la douleur a tellement progressé ces dernières années que l'argument qui consiste à dire que l'on ne veut plus souffrir ne tient plus vraiment.

La question centrale est pourtant simple, en fait. Il s'agit de celle du choix. Et surtout celle du choix différé ! Comme le disait Léo, il est aisé de choisir notre dîner du soir, le lieu de nos prochaines vacances, le film que l'on ira voir au cinéma, et aussi nos études, nos partenaires, le choix de la couleur de notre manteau ou de celui que l'on va offrir lors d'un Noël, car les conséquences de nos choix seront vite concrètes, mais dire à l'avance que l'on souhaite en finir avec la vie, alors que celle-ci est encore là… Non, il y a un problème…

Est-ce un sujet sur lequel on peut réellement se projeter, sur lequel on peut réellement anticiper ?

Le plus important reste donc à mes yeux de pouvoir décider de sa vie ou de son corps à chaque instant de notre existence, à chaque instant T.

Enfin, quoi qu'il en soit, une profonde discussion avec Antoine s'impose, c'est certain. Mais peut-être mon expérience a-t-elle déjà apporté quelques bémols à son point de vue ? Parce que, sans l'opposition énergique d'Adrien, épaulé par Léo, je ne serais sans doute plus de ce monde à cette heure-ci.

Merci, Adrien.

Je te parlerai. Promis.

Nous boirons ensemble. Je ne sais d'ailleurs même pas quel est ton alcool préféré, en fait…

Je respire un peu. Je vais tout dire. Soit.

Mais franchement, je ne me vois pas du tout, alors que je saurai à nouveau parler, dire comme ça à Mathilde et mes enfants :

« Bon, il faut que je vous dise, eh bien, j'ai tout entendu. Vos visites, vos réflexions, tout ce que vous avez dit, tout… »

Je ne me vois pas du tout trouver le courage pour annoncer cela.

J'exagère. Je dormais peut-être certaines fois, tout comme je devais dormir à chacune des sollicitations médicales – voilà un point que je devrai vraiment éclaircir avec le médecin – mais je pense quand même ne pas avoir loupé l'essentiel.

Ou alors, un jour, je sors mon sax et je leur souffle exprès une multitude de fausses notes plein pot dans les oreilles et j'éclate de rire en disant : « Ahahah, je vous ai bien eus hein ? »…

…
Non, tout ça ne me convainc pas.

En toute honnêteté, je ne me vois pas l'avouer en tête-à-tête avec eux.

Et il est bien évidemment hors de question qu'ils l'apprennent par les médias.

Mais ils devront l'apprendre, d'une façon ou d'une autre, afin que nos relations redémarrent sur des bases saines.

Alors quoi ?

Je reste de longs instants à rêvasser, un peu las.

J'aimerais faire quelques mots croisés. Réfléchir à des définitions, chercher, me tromper, gommer, recommencer.

Et tout d'un coup, l'idée apparaît comme une évidence. Elle se précise.

Mais bien sûr !!

Je ressens peu à peu le fait d'aller au bout de cette idée comme un besoin, une nécessité, qui me permettra d'ailleurs de faire d'une pierre deux coups : à destination de ma famille et à destination de la science.

Et je sens que cela me fera énormément de bien aussi, à moi.

Je n'aurai pas besoin de parler.

Ils auront accès à toutes les informations quand ils le voudront, à leur rythme, et ensuite, nous pourrons en parler tranquillement de visu.

Ou pas…

Mais dans l'absolu, je la trouve géniale, mon idée !

Je jubile.

En même temps, il y a urgence, je dois parvenir à réaliser mon idée avant d'être en capacité de parler. Je sais que les prochaines semaines vont être particulièrement excitantes…

Et je n'ai besoin de rien, en fait.

Juste une demande toute simple à faire à Mathilde…

Il est là. Apporté par Mathilde. J'ai désormais suffisamment d'autonomie pour pouvoir me redresser dans mon lit de façon à le placer sur mes genoux. Pour la première fois depuis si longtemps, je l'ouvre. Sans doute surpris d'être sollicité après un chômage technique si long, il met beaucoup de temps à se mettre en route. Ou alors c'est mon impatience et ma nervosité qui me font ressentir cela...

Le fond d'écran apparaît. Je n'ai pas oublié mon mot de passe. Le sésame me donne bien évidemment accès à mes documents. Rien n'a bougé.

Avant toute chose, alors que je n'avais pas ressenti plus de curiosité que cela jusqu'à présent, je profite de la wifi de ma chambre pour aller d'emblée sur un site d'informations.

Mes doigts sont encore patauds. Je fais un nombre incalculable de fautes, mais je suis surpris par la connaissance intacte de mon clavier.

Alors, en quoi le monde a-t-il changé pendant mon « absence » ? Combien de guerres nouvelles ont-elles été déclarées ? De combien de degrés la planète s'est-elle encore réchauffée ? Une nouvelle crise financière se profile-t-elle à l'horizon ? Où en est le PSG ? Ai-je loupé des concerts importants ? Y a-t-il eu des décès dans le monde du jazz ?

C'est bien la présence de cette technologie qui attise mon désir d'être informé. Et non l'inverse. C'est sans doute le même mécanisme qui rend les jeunes insupportablement rivés sur les écrans de leurs smartphones. Je clique au hasard sur des liens. Tiens, nous avons bien, sans surprise, le jeune quadra à la tête du pays… La dégringolade économique et sociale semble continuer. Le fait de prendre connaissance de ces quelques infos après un silence si long m'en fait encore davantage prendre conscience. Oui, aujourd'hui, et de plus en plus, on peut avoir des valises de diplômes dans les bagages et dormir quand même dans des hôtels de passe, ou même à la rue. Et je ne vois pas comment cela pourrait aller mieux dans un avenir relativement proche. Le monde ne s'est pas arrangé pendant mon « absence ». Il n'y a pas non plus d'évènement mondial « majeur », auquel cas, j'aurais d'une façon ou d'une autre entendu mes visiteurs l'évoquer au détour d'une conversation. Alors, à quoi bon continuer à surfer ainsi ? Qu'est-ce que cela pourrait bien changer dans mon nouveau quotidien ? Je ne suis pas dans *Good Bye, Lenin !* non plus. Si je n'y prenais pas garde, je reprendrais sans grande résistance mes vieux réflexes et mes vieilles routines de retraité-qui-veut-être-informé-sur-l'état-du-monde.

Mais non, cela attendra. J'ai appris des choses qui doivent m'inciter à prioriser mon rapport aux autres, et en particulier aux miens. Je vais me tenir à l'idée que j'ai eue. Que je vois comme étant la seule solution pour concilier la franchise au sujet de mon état passé avec le maintien de relations les plus saines possibles au sein de ma famille.

Et le temps presse, en quelque sorte. L'idéal serait qu'ils aient pris connaissance de la vérité avant que je ne recouvre la parole !

J'ouvre donc un document Word. Je réfléchis un peu.

J'ai déjà mon titre.

Ça va s'appeler « Je suis là ».

Et surtout, fi de mes complexes culturels et linguistiques. Les mots croisés m'ont beaucoup apporté en la matière et j'ai énormément lu.

Merci, Mathilde.

Alors, je commence.

J'essaierai de relater les évènements et mes sentiments le plus fidèlement possible, tels que je les ai vécus, au moment présent. Et aussi, j'essaierai de travailler certaines phrases pour ne pas laisser le lecteur dans une impression de carnet de bord... Nous verrons bien...

Je suis convaincu que cette étape est indispensable pour poser les fondations d'échanges dépourvus d'ambiguïté avec mes proches.

Je suis tout excité.

Mes doigts se délient peu à peu et les idées surviennent au fil de mon écriture d'abord hachée. Je suis certain que cela ne fera qu'aller en s'améliorant.

Je me dis que les avancées technologiques ont quand même du bon. C'eût été franchement plus délicat avec papier et stylo !

Les premiers mots me viennent naturellement. Je procède à quelques corrections spontanées, mais il ne me reste globalement qu'à me laisser guider par mes souvenirs...

Après une petite quinzaine de minutes, j'ai écrit ceci :

« *Sa pupille ne réagit toujours pas. Électrocardiogramme stable.* »
Je perçois de façon très précise ce qui se déroule autour de moi.
Mais rien, je ne ressens rien.
Aucune douleur.
À tel point que je ne sens même pas mon corps non plus. D'une insensibilité totale. Enveloppé d'un voile totalement noir.
Où est le haut ? Le bas ? Où suis-je ?
— Statu quo absolu... Il faut voir ses proches.
— Nous allons les contacter, oui.
— Parfait. Tenez-moi au courant, s'il vous plaît.

Je crois ne pas me tromper en me disant que ces voix inconnues parlent de moi et ces quelques mots n'éveillent ni crainte ni enthousiasme. Je voudrais juste savoir ce qui m'arrive, où je suis et même quel jour nous sommes. Mais je ne peux rien faire, ni bouger, ni voir, ni parler. Rien...

Je me sens aussi inerte qu'une pierre et aussi léger qu'une essence de fleur.

Je continuerai demain...

Dans la collection Nouvelles Pages

Un aigle dans la ville – Damien Granotier

La tueuse de Manhattan – Pierre Vaude

Voyage au cœur des hémisphères – Dimitri Pilon

Rose Meredith – Denis Morin

Après elle – Amy Lorens

Dripping sur tatami – Hector Luis Marino

Evuit – Jean-Hughes Chevy

Marcher à contre essence – Oriane de Virseen

Tuée sur la bonne voie – Erell Buhez

Et cétéra ! – Denis Morin

Le dilemme – Gildas Thomas

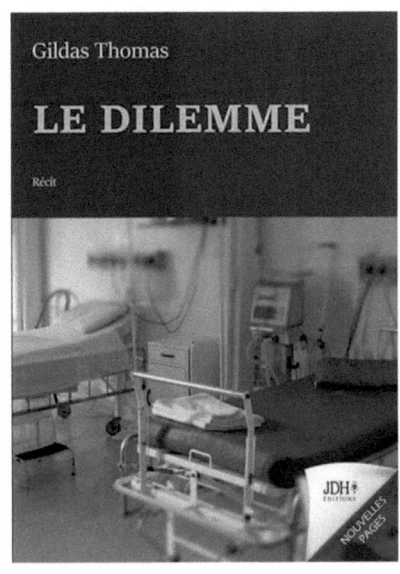

Découvrez les autres collections de JDH Éditions

Magnitudes

Drôles de pages

Uppercut

Versus

Les collectifs de JDH Éditions

Case Blanche

Hippocrate & Co

My Feel Good

Romance Addict

F-Files

Black Files

Les Atemporels

Quadrato

Baraka

Les Pros de l'Éco

Sporting Club

L'Édredon

La revue littéraire de JDH Éditions

Venez découvrir les textes de la revue

Textes et articles dans un rubriquage varié
(chroniques, billets d'humeur, cinéma, poésie…)

Suivez **JDH Éditions** sur les réseaux sociaux
pour en savoir plus sur les auteurs,
les nouveautés, les projets…

Inscrivez-vous à notre Newsletter sur
www.jdheditions.fr
Pour recevoir l'actualité de nos nouvelles
parutions